1er
décembre

Bienvenue !

Chaque jour, ouvrez **un chapitre scellé** et découvrez la suite de cette histoire qui vous emportera sur les pistes du massif du Mont-Blanc. Préparez votre coupe-papier et vos chocolats chauds !

Bonne lecture !

ROMANCE DE L'AVENT

Un Cœur pour Noël

Sophie Jomain
Illustrations de Manon Bucciarelli

AUZOU

Il tombe de timides flocons sur l'autoroute blanche, le massif du Mont-Blanc est couvert de neige. Les touristes étrangers défilent sur les voies, skis et planches de surf accrochés au toit de leur voiture, les stations de sports d'hiver doivent se frotter les mains.

Je souris en voyant s'afficher les conseils de sécurité sur les panneaux électroniques :

LA VOIE DE DROITE N'EST PAS RÉSERVÉE AU PÈRE NOËL, VOUS POUVEZ L'UTILISER.

Ce qui est sûr, c'est que ma mère ne risque pas de se sentir concernée, elle roule comme si le moteur de sa voiture avait été bridé, et ne dépasse pas les 75 km/h. Ça me rend dingue… À ce train-là, on ne risque pas d'arriver avant le printemps !

All I Want For Christmas Is You martyrise la radio, le bulldog en velours et bonnet de Noël dodeline de la tête sur le tableau de bord, les camions klaxonnent furieusement en doublant, mais ma mère, les yeux rivés sur la route, reste imperturbable.

Je laisse échapper un soupir discret et m'absorbe dans le paysage. On arrivera à Morzine dans un peu plus d'une heure, j'ai prévu de rester chez mon père jusqu'à Noël…

Ça fait longtemps que je ne suis pas venue. Presque trois ans, alors que j'y ai passé toutes mes vacances d'hiver jusqu'à l'âge de seize ans, sans exception.

Jusqu'à l'accident.

Jusqu'à ce que mon cœur lâche et qu'on m'interdise toute activité sportive. C'était il y a trois ans, des siècles j'ai l'impression.

— Tu veux que je m'arrête à la dernière station pour prendre l'air avant qu'on quitte l'autoroute ? Hé oh, Avril ? Je te parle !

— Quoi ? Oh, pardon, maman, j'étais dans mes pensées.

— Tu as besoin qu'on s'arrête un peu ? Une fois sorties de l'autoroute, ce sera plus trop possible.

Je lui souris. Elle desserre enfin les lèvres.

— Non, tu peux tracer.

— Tu es sûre ?

— Certaine.

Elle me regarde bizarrement. Elle va insister, je la connais par cœur.

— Je peux vraiment m'arrêter, ça ne me dérange pas.

— M'man, si toi tu as envie de faire une pause, vas-y, mais pour moi c'est bon.

Elle se concentre de nouveau sur la route, mais son petit sourire crispé ne trompera jamais personne.

Qu'elle me couve n'est pas nouveau, ma mère l'a toujours fait. Je suis née avec une malformation du ventricule gauche, j'ai passé ma vie à faire attention, et elle, à me protéger. Il n'y a jamais de hasard : quand on a des parents aussi lourds que peut l'être ma mère, ça va de pair avec un dossier médical béton.

Mon histoire est simple : j'ai fait un arrêt cardiaque vers l'âge de seize ans, on m'a implanté un stimulateur, j'ai vécu au ralenti des mois, contrainte à la prudence, et du jour au lendemain, on m'a dit que je n'étais plus autorisée à faire plus de vingt pas d'affilée, mon cœur était en train de me lâcher. J'ai végété dans un hôpital jusqu'à ce qu'on me transplante un organe tout neuf, huit jours avant mes dix-sept ans.

Deux ans en avril.

Avril, comme mon prénom, à croire qu'il devait s'en passer, des choses importantes, ce mois-là.

Je déverrouille mon téléphone et surfe sur TikTok, Instagram, n'importe quoi qui me fera penser à autre chose qu'à ma situation.

Quand on subit une greffe du cœur à mon âge, dans le meilleur des cas, notre espérance de vie ne dépasse pas les quinze ans. Après, on doit se faire transplanter une nouvelle fois et croiser les doigts pour que ce soit possible.

Je vis chaque jour avec ça en tête.

Les vidéos que je regarde sont de plus en plus débiles, mais je n'arrive pas à décrocher.

Puis, comme un fait exprès, le bip d'une notif WhatsApp me libère d'un massacre culinaire sur Chefclub.

Alors, t'es sur la route ?

Depuis une bonne heure et toi ?
Définitivement coincée
à Grenoble ?

Pfff… m'en parle pas, je suis dég' de ne pas pouvoir te rejoindre avant le 10. Je dois rendre mon pré-mémoire en janvier et j'ai pas fini de photographier tous les fonds du musée. Impossible de faire autrement…

T'inquiète, tu me manqueras pas !

Morue !

Éva, c'est ma meilleure amie. On s'est retrouvées à Morzine tous les ans depuis nos six ans. Elle y est née, ses parents tiennent le plus gros magasin de sport dans le centre-ville.

Aujourd'hui, elle est en deuxième année de licence d'archéologie, et veut me faire croire que ça l'emmerde de ne pas pouvoir arriver plus tôt, mais en vérité, étudier des vieux machins, c'est ce qu'elle préfère !

T'as prévu de sortir un peu quand même ?

Oui…

Je suis sûre que non, sauvage !

On verra bien.

OK !
Bon, allez, meuf, je te laisse, j'ai encore du boulot par-dessus la tête !
À plus !

❤️

Ma mère a pris la sortie de Nangy et s'arrête au péage. À voir sa tête, elle a réussi à lire un bout de notre conversation. Je déteste quand elle fait ça…

— Tu peux encore changer d'avis, tu sais.

Je fais semblant de ne pas comprendre.

— Pour nous arrêter dans une station-service ?

— Non… Je peux faire demi-tour et rentrer à la maison.

Je ne sors pas beaucoup de chez moi depuis mon opération… Je me suis mise dans une bulle pour éviter toute infection et me garder en meilleure santé possible, gagner du temps sur ma prochaine intervention cardiaque. J'ai eu mon bac à distance et j'ai embrayé les cours de fac avec une année de retard, depuis chez moi.

C'est sûr, je ne bats pas des records de sociabilité… Trois semaines à Morzine, c'est un gros défi, et là, ma mère est carrément en train de me tendre la perche pour ne pas y aller.

Ce serait si facile de dire oui et de ne prendre aucun risque, mais je ne vais pas reculer alors qu'on est presque arrivées !

J'ai décidé d'être plus forte que ça.

— Ça va, maman…

— Ce n'est pas l'impression que tu donnes.

— Peut-être, mais je veux passer du temps avec papa, on n'en a pas trop eu l'occasion ces trois dernières années.

Elle pince les lèvres et se retient de dire quelque chose.

Elle déteste quand je parle de mon père.

Mes parents se sont séparés un peu avant mon arrêt cardiaque. Ils n'ont pas supporté la pression. Plus les années s'écoulaient, et moins ils étaient en phase de toute façon. Ils s'engueulaient tout le temps.

Ma mère a toujours été du genre ultravigilante, mon père, lui, voulait que je profite quand même de la vie. Ils ont officiellement divorcé il y a deux ans et leur façon de voir les choses est toujours diamétralement opposée, donc aujourd'hui ma mère est stressée parce que, tout le temps où je serai avec lui, elle ne pourra rien contrôler.

Je me tourne vers elle lorsqu'elle s'arrête au péage.

— M'man ?

— Oui ?

— Tout ira bien, tu verras. Je serai très prudente.

Elle s'efforce de sourire, me caresse furtivement la joue du bout des doigts et pousse un long soupir.

— Bientôt dix-neuf ans, tu as grandi trop vite…, dit-elle en sortant sa carte bleue pour la passer à la borne.

Il est 16 h 30 quand on arrive, le jour a déjà bien décliné.

Morzine n'est qu'à 1 000 mètres d'altitude, mais ici aussi la neige est tombée abondamment.

Tout est blanc, des pentes jusqu'aux toits, on ne voit plus un centimètre d'herbe ou de trottoir. Toutes les décorations de Noël ont été installées, et il y en a beaucoup. Il y a des choses qui ne changent pas, c'est comme dans mon souvenir.

Le chalet de mon père se trouve route des Nants, au sud-est du village, un peu en retrait du bourg.

Ma mère s'arrête en bas de la route enneigée et grimace.

— Envoie un message à ton père pour lui dire où on est. Je préfère ne pas monter, ce n'est pas assez dégagé pour moi.

— Malgré les pneus neige ?

Elle claque la langue.

— Fais ce que je te dis, s'il te plaît, je ne suis pas à l'aise.

J'enfile mon bonnet, ma parka, et sors de la voiture.

Je respire à pleins poumons. L'air est glacé, piqué d'odeur de pins. La montagne…

Elle m'a tellement manqué.

Mon cœur bat fort en revoyant la station de mon enfance, les chalets de bois qui parcourent la colline, tous serrés les uns contre les autres, les téléphériques, le clocher de l'église Sainte-Marie-Madeleine. Morzine, au mois de décembre, a quelque chose de féerique.

— Hé !

Mon père nous a déjà vues et descend presque en courant. Ses cheveux bruns un peu trop longs dépassent de son bonnet, et malgré toutes les couches de vêtements molletonnés qu'il porte, à quarante-cinq ans, il est toujours aussi svelte que lorsqu'il en avait vingt.

Quand ils étaient encore mariés, ma mère disait souvent qu'elle me souhaitait le même patrimoine génétique que lui. Elle n'est pas très haute, blonde, et moi, je suis finalement entre les deux : ni trop grande ni trop petite, enfin…

plus petite que grande. Disons que j'ai les pieds qui touchent le sol, c'est déjà ça. J'ai les cheveux bruns de mon père et les yeux bleus de ma mère. Un mix parfait.

— Salut, princesse, dit mon paternel en se penchant pour me serrer contre lui, tu as l'air en forme.

— Salut, p'pa.

Il y a de l'émotion dans sa voix, je le sens.

Trop de temps depuis nos dernières vacances ensemble. Rien que d'imaginer tout ce qu'il a dû prévoir pour me faire plaisir me donne déjà le tournis.

— Bonjour, Étienne, le salue ma mère, merci d'être venu nous chercher.

— Salut, Amélie, c'est normal…

Quand il se penche pour lui déposer un simple baiser sur la joue, elle s'arrange pour lui faire la bise. Ma mère est protocolaire, parce qu'avec mon père elle considère qu'elle n'a plus à être familière. Ça sonne toujours aussi faux. Par exemple, elle ne se maquille jamais, sauf quand elle doit voir mon père, comme si ça avait toujours de l'importance pour elle. Parfois, je me dis qu'elle n'est pas aussi indifférente qu'elle le prétend.

— Bon, voyons ce que nous avons ! lance-t-il en regardant dans le coffre ouvert. Hé, mais c'est tout ?

Il observe l'unique valise de taille moyenne que j'ai prise avec moi, en plus du Cabaïa que je porte déjà.

Mon père est déçu ou étonné, je ne sais pas trop.

— Je ne reste que trois semaines.

— Oui, mais à la montagne on a besoin d'un peu plus. Tu as pris des vêtements étanches ?

Je hausse les épaules. Je n'ai pas prévu de skier de toute façon.

— Qu'à cela ne tienne, dit-il, ceux que tu portais il y a trois ans t'iront peut-être encore, au pire on ira t'en acheter.

— Avril doit réviser ses partiels, l'informe ma mère comme pour couper court à ses envies de grande aventure, alors crapahuter dans la neige n'est pas forcément à son programme. Et puis, je te rappelle qu'elle vient d'être opérée.

Et c'est reparti…

— Comme s'il s'agissait d'un détail que je pouvais oublier, rétorque mon père. Du reste, elle ne vient pas d'être opérée, c'était il y a plus d'un an et demi. Dois-je *te* rappeler également qu'il a été mentionné l'importance pour Avril de retrouver une activité physique normale ?

— Normale, oui. Mais pour toi, « normale » signifie toujours des randonnées interminables, des descentes en piste noire et des échauffements d'athlète dans la neige. Tout ce qu'Avril doit éviter, en somme.

— Qui a décrété ça ? Toi, pas les médecins.

— Avril est sous immunosuppresseurs pour préserver le cœur qu'on lui a greffé, ce qui sous-entend que son système immunitaire est plus faible et que sa surveillance doit être quotidienne. Étienne, je n'ai pas envie de…

Non, mais je rêve !

— Oh ! J'ai un cerveau, vous savez, je peux m'en servir toute seule. Donc, si vous n'y voyez pas d'inconvénient, je déciderai moi-même de ce que je vais faire de mes journées.

— Avril…, commence ma mère.

Mais ça ne marche plus, là, j'ai passé l'âge !

— Papa, j'ai effectivement mes partiels de janvier à réviser et ça m'occupera plusieurs heures par jour. Maman, si j'ai envie de prendre l'air, je m'habillerai chaudement et je ne remplirai pas de formulaire en trois exemplaires pour vous demander l'autorisation.

Mes parents se regardent, un peu penauds. Moi, je bous. Ce n'est quand même pas croyable qu'ils se bouffent le nez non-stop, comme si je n'étais pas là, comme si je n'en avais pas assez bavé, et comme si j'étais incapable de réfléchir et décider par moi-même.

J'attrape ma valise, leur passe devant et marche en direction du chalet à un rythme qui doit provoquer des vapeurs chez ma mère. Avec eux, pas moyen d'espérer ne serait-ce que cinq minutes de répit. Tout part en vrille en moins de deux et ça devient franchement insupportable.

— Bijou, attends !

Mon père se précipite pour me prendre mon bagage. Je ne m'arrête pas.

— Va plutôt aider maman. Elle a laissé un gros sac de nourriture dans le coffre.

— De nourriture ?

— Oui, destinée à une meuf qui pourrait mourir en mangeant un carré de chocolat parce que son système immunitaire est pourri ! Ou un gramme de sel en trop, qui sait ?

Médusé, mon père s'immobilise dans la neige, mais moi je continue.

Ça suffit, merde !

Si depuis vingt mois je marche et respire normalement, ma vie ressemble aussi à ça : prudence et restriction. Je fais attention à tout, absolument tout. Alors, j'aimerais que mes parents évitent d'en rajouter et de me pourrir ces vacances de Noël avec leurs propres angoisses.

Lorsque j'arrive devant l'authentique chalet savoyard de mon père, ma mauvaise humeur se dissipe.

La façade est décorée de tout un tas de cloches d'alpage qui appartenaient à mon grand-père, et au premier étage, le balcon sculpté et les larges fenêtres à croisillons offrent une vue à 360° sur le village et la montagne. C'est l'un des plus grands chalets de Morzine, et franchement, j'ai toujours trouvé que c'était aussi l'un des plus beaux.

Mon père ne ferme presque jamais, je n'ai qu'à pousser la porte pour entrer. J'accroche mon sac à dos au portemanteau et souris.

L'entrée donne sur un salon en pin, du sol au plafond. La cheminée en pierre est allumée, les fauteuils et le canapé en velours n'ont pas bougé, le tapis est toujours aussi élimé, et dans un coin, majestueux et nu comme un ver, un sapin patiente dans son pot.

Il n'a pas oublié…

Mon père a toujours attendu mon arrivée pour faire le sapin de Noël.

Il y a même la caisse en plastique dans laquelle je trouvais toutes les merveilles du monde pour le décorer, lorsque j'étais petite.

— Il s'appelle Norbert, me dit mon père en entrant dans le chalet à son tour.

— Norbert ?

— Ouais, parce que Nordmann, c'est trop commun.

Mon sourire s'étire, mon père a toujours eu de drôles d'idées.

— Je te sers un café, un thé ? demande-t-il à ma mère qui a à peine osé faire plus de deux pas à l'intérieur.

Elle a passé tellement de temps ici pourtant…

— Non merci, dit-elle en regardant sa montre. Il est déjà 17 heures et je suis attendue à Thonon chez Cathy, il ne faut pas que je tarde, je n'aime pas rouler de nuit.

Mon père acquiesce. Je sais exactement ce qu'il est en train de penser. Cathy, il ne l'a jamais vraiment aimée, il l'a toujours trouvée trop bruyante. Je me tourne vers ma mère qui va rester chez elle plusieurs jours.

— Bon ben, sois prudente !

Si elle me répond « toi aussi », je hurle.

Elle ne le fait pas. Elle s'approche, me serre contre elle un instant et me regarde comme si elle n'allait pas me revoir avant des mois, les yeux tout brillants.

— Je reviens le 25. Tu m'appelles régulièrement, d'accord ?

— Promis !

On s'embrasse une dernière fois, puis elle pousse un long soupir.

— Allez ! Go ! Amusez-vous bien.

— Je te raccompagne à la voiture ? propose mon père.

— Ce n'est pas la peine, je suis chaussée en conséquence, dit-elle en montrant ses bottes de neige. À dans trois semaines !

La porte se referme, nous laissant seuls avec mon père.

— Bien, par quoi veux-tu commencer ? demande-t-il.

Je fais mine de réfléchir et jette un œil au passage ouvert qui donne dans la cuisine. Je sais exactement quoi répondre.

— Un chocolat chaud et un vieux film !

Son visage s'illumine.

— J'espérais que tu dirais ça. Banco !

2
décembre

Le lendemain matin, c'est mon téléphone qui me réveille. Ma mère, ça m'aurait étonnée…

Alors, cette première soirée avec ton père ?

On a regardé des films. Et la tienne ?

Parfaite ! Quoi de prévu aujourd'hui ?

Révisions. Aucune envie de me mettre en retard.

Tu as bien raison.
Bon courage !
Bisous

Je pose le téléphone sur la table de nuit et m'étire comme un chat.

Ma chambre n'a pas changé. Toujours le même petit lit deux places, le bureau en bois brut, l'armoire savoyarde, les rideaux et l'édredon kitsch à carreaux rouges et verts.

Cette pièce est restée la même, et j'y ai aussi bien dormi que dans mes souvenirs.

Je sors de mon cocon, enfile un sweat en polaire et vais ouvrir les volets. La baie vitrée donne sur un balcon qu'on partage avec mon père, sa chambre est juste à côté de la mienne. La vue me coupe le souffle, comme chaque fois. Le panorama qui s'étire surpasse tout. Le chalet est à flanc de montagne, un peu plus en hauteur que les autres. D'où je suis, je peux apprécier toute l'étendue du village, les prairies enneigées, les forêts de pins et la chaîne des Alpes qui s'illumine à l'ouest.

Je suis en pyjama shorty, je me gèle. Ma mère en ferait une crise si elle me voyait ! Allez ! J'enfile mes grosses chaussettes en laine, un chignon à l'arrache, et je descends prendre mon petit déj.

La cheminée carbure à plein régime, et mon père est en train de boire un café, debout devant la table de la cuisine, déjà en tenue de combat pour braver le froid de la montagne.

— Ah ! Salut, bijou, bien dormi ?

— Plutôt pas mal.

Je viens lui faire une bise et ouvre un placard pour attraper un mug.

— Ma machine à café est en réparation, mais j'ai récupéré la vieille à dosettes, si tu veux.

— Merci, p'pa, mais je bois du thé vert le matin. À jeun, c'est mieux pour le corps, tu devrais faire pareil.

— Quelle idée ! J'ai une grosse randonnée en raquettes prévue à 9 heures, mais j'aurai fini tôt. Milieu d'après-midi, je pense. Les clients sont un peu spéciaux. Je ne te propose pas de m'accompagner, si ?

Mon sourire est crispé.

— Non, non, pas besoin, merci !

— Dans le frigo, tu trouveras tout ce qu'il te faut pour midi, et ce soir je t'emmène au resto !

— Oh… D'accord.

L'épreuve du feu pour quelqu'un qui ne peut pas manger comme tout le monde.

— Tu vas faire quoi aujourd'hui ? Voir Éva ?

— Non, elle ne revient pas avant le 10. Je vais réviser.

Mon père fronce les sourcils.

— T'es censée être en vacances…

Inutile de lui dire que la fac de droit, c'est pas du tout cuit, surtout en première année. Il s'en doute déjà, mais mon père et les études, ça a toujours fait deux.

Je plisse le nez en regardant l'horloge contre le mur quand il se sert une autre tasse de café, il est 8 h 55.

— Tu es sûr que tu vas être à l'heure ?

Il consulte sa montre.

— Nom d'un chien, je file ! À tout à l'heure, bijou, et pense à remettre du bois !

Il avale d'une traite son café, attrape son sac à dos et quitte le chalet en trombe. Il n'y a pas que ma chambre qui n'a pas changé, mon père non plus : toujours en retard !

J'avale mes médicaments, ceux que je dois prendre à vie pour éviter un rejet de greffe, ceux aussi qui font que mon système immunitaire est dégueulasse et que je tombe malade plus facilement que tout le monde. Je fais chauffer de l'eau, attrape un sachet de thé vert, deux galettes de riz complet, une clémentine et vais m'asseoir devant la cheminée avec mon ordinateur.

Au programme, ne pas sortir de la journée et dissuader mon paternel d'aller au restaurant ce soir. Il va à coup sûr me proposer de manger une raclette, une croziflette ou une tartiflette, tous ces trucs en « ette » bien gras dont je ne veux pas entendre parler depuis mon opération. À la place, on décorera le sapin !

J'allume mon PC : c'est parti pour trois heures de révisions.

J'en suis à mon troisième mug de thé, la tête farcie d'informations sur le droit de la famille, des enfants, les divorces, les mariages, les pacs, quand de grands coups sont frappés à la porte. Je regarde ma montre, il est presque midi.

Merde, je suis encore en pyjama, pas coiffée et pas lavée !

Je rajuste le plaid sur mes épaules, et vais ouvrir.

Arg… Augustin Favre, le grand frère d'Éva. J'en laisserais presque tomber ma couverture tant je ne m'attendais pas à le voir ici, mais, vu la façon dont je suis fagotée, il ne manquerait plus que ça. Pour le concours de beauté, on repassera… J'ai trop honte.

— Salut, dit-il en souriant.

Sa voix est bien plus grave que dans mes souvenirs.

La dernière fois qu'on s'est vus, j'allais avoir quinze ans, il en avait presque dix-huit et il était couvert d'acné. Ce n'est plus du tout le cas… On n'a jamais beaucoup parlé, lui et moi. Il passait son temps sur les pistes – il voulait devenir moniteur de ski – et moi, le mien à refaire la mode avec Éva. Zéro point commun. Puis il est parti en sport-étude à Grenoble après son bac, et on ne s'est jamais recroisés depuis.

— Salut.

— Ton père est là ?

— Non, il est parti en randonnée et ne rentrera pas avant 15 heures.

— Ah… Il n'a rien laissé pour moi ?

J'écarquille les yeux et regarde par réflexe sur la table et sur le buffet.

— Je ne crois pas. Il s'agit de quoi ?

— Un itinéraire. Je peux entrer ? En général, il le met dans son bureau.

— Euh… je… oui, bien sûr.

Je me décale et referme le battant derrière lui. Il enlève son bonnet rouge et libère une tignasse brune et ondulée qui aurait bien besoin d'un coup de ciseaux.

En réalité, je trouve qu'il a changé sans vraiment changer. Toujours les mêmes cheveux bruns, les mêmes yeux noirs, la même peau mate, mais exit les lunettes de vue, et il a bien pris vingt centimètres. Il est immense et porte la tenue de l'ESF[1]. De toute évidence, Augustin a pris le chemin qu'il voulait.

— Installe-toi dans le salon, je vais aller regarder si je le trouve quelque part.

— Merci et euh… tu as un truc dans les cheveux.

— Hein ? Quoi ?

Il pointe du doigt le haut de son crâne.

Génial… un morceau de galette de riz coincé dans mon chignon.

— Merci, je reviens !

Sans déconner, j'en rate pas une…

1. École du ski français.

Trop gênée, je me dépêche d'aller dans ma chambre. Je m'habille avec ce qui me tombe sous la main, jean et sweat à capuche de la veille, je remets de l'ordre dans mes cheveux, et file dans le bureau de mon père. Il y a bien une enveloppe sur la table, avec le nom d'Augustin écrit dessus.

Quand je retourne dans le salon, je le découvre en train de rallumer le feu dans la cheminée. De grosses flammes s'élèvent déjà.

— Je l'ai ravivé, il fait pas chaud dehors. Enfin, maintenant que tu es habillée, ça devrait aller mieux, ajoute-t-il avec un sourire en coin.

Mais qu'on m'enterre, sérieux !

Il s'époussette les mains sur son pantalon et prend l'enveloppe que je lui tends.

— Elle était bien dans le bureau. C'est quoi cet itinéraire ?

— Mon pote Jimmy et moi, on aime bien sortir des sentiers battus.

— Hors-piste ?

Il acquiesce.

— Ce n'est pas balisé par la station et les guides n'y vont pas trop avec les touristes plus chevronnés, c'est tranquille. Ton père connaît bien les spots où on peut surfer sans risque.

— Je vois.

— T'es du genre trouillarde ?

— Non, du genre prudente, surtout quand il a neigé aussi abondamment.

— On sait ce qu'on fait, ajoute-t-il avec un clin d'œil. Je file, je vais être en retard. Merci pour l'enveloppe.

— Et merci pour le feu dans la cheminée !

Il commence à se diriger vers la porte d'entrée, pose la main sur la poignée et se ravise pour se tourner vers moi, qui n'ai pas bougé.

— Tu as l'air en forme.

J'ai envie de lui sourire, parce que je le sens hyper sincère.

— Merci, c'est gentil.

— Tu es là jusqu'à quand ?

— Le 25. J'imagine que toi, tu fais toute la saison ?

— Yep ! Je suis là jusqu'à mi-avril. Allez, cette fois, j'y vais. Éva arrive le 10, on aura peut-être l'occasion de se croiser, d'ici là ?

— Euh… oui, peut-être… Oooh, merde !

Un pas en arrière, je me cogne le mollet contre la table basse et perds l'équilibre. Je me rattrape de justesse, j'ai les joues toutes rouges.

— Ça va ?

— Oui, je te raccompagne !

Augustin sourit. Le genre de sourire qui en dit long sur la façon dont j'ai aligné les conneries depuis qu'il est arrivé.

Allez, ma vieille, un peu de dignité.

J'avance, le menton bien droit, et lui ouvre la porte.

— Au revoir, Augustin.

Il se retient de rire.

— Au revoir, Avril, me répond-il d'un ton aussi protocolaire.

Je referme sans demander mon reste et m'appuie contre le battant, les yeux fermés. Mais qu'est-ce que t'es conne, Avril Hamon !

Quand je rouvre les paupières, je remarque le bonnet d'Augustin sur la table. Merde ! Je le prends et me rue dehors. J'ai même pas de chaussures.

Avec ses grandes jambes, Augustin est déjà au milieu de la route.

— Hé ! t'as oublié ton bonnet !

Il se tourne, lève la main et revient au pas de course pour le récupérer.

— Bien vu ! Mais tu es bonne pour changer de chaussettes, maintenant.

Je baisse les yeux. Évidemment, j'ai les pieds dans la neige…

— À bientôt, dit-il d'une voix chaude en me regardant de toute sa hauteur.

Il se la joue séducteur ? Avec moi ? Très bien. Alors je réponds façon Éva, clair, net, précis et sans bavure.

— À plus !

Quand Augustin est parti et que je me retrouve seule à la maison, j'éclate de rire. Je n'avais pas vécu une situation comme ça depuis… jamais ! Éva dirait qu'il faut tout essayer dans la vie, soit, mais… pas avec son frère ! La honte !

Je prends mon téléphone et m'installe dans le fauteuil.

Ton frère vient de passer au chalet.

Ah ouais ? Qu'est-ce qu'il voulait ?

Un itinéraire que mon père lui a laissé.

Il fait chier avec son hors-piste ! Toi, ça roule ?

Révisions… Et toi, tu avances ?

Comme un escargot neurasthénique…
J'ai hâte d'être en vacances.

Je laisse passer une minute ou deux, hésite, puis ose.

Ton frère a vachement changé.

Euh, tu trouves ?

Ça fait presque quatre ans que je ne l'avais pas vu, alors oui !

Ah ouais, ça fait une paye ! En tout cas, il y a un truc qui n'a pas changé, il est toujours aussi casse-cou…

Casse-cou ou casse-couilles ? 😉

Les deux !
Ma mère pète un plomb avec lui.

Je me souviens très bien qu'il participait à toutes les courses sur pistes noires, aux concours de sauts à skis, de figures libres… À l'époque, Éva et moi, même si on adorait skier, ça nous soûlait, il ne pensait qu'à ça, mais avec le recul, je reconnais qu'il était vachement doué. Et mignon, enfin… maintenant !

Il a une copine ?

Une, deux, trois… Je plains les meufs qui se retrouvent avec lui. Il ne t'aura pas échappé que mon frangin est plutôt beau gosse.

Je réponds, de très très mauvaise foi.

Ouais, mais c'est pas Chris Hemsworth non plus !

Chris Hemsworth ! ♥♥♥

Je souris, vais me préparer une assiette de pâtes avant de m'affaler dans le fauteuil en allumant la télévision.

Un peu de répit.

Mon père rentre en fin d'après-midi alors qu'il fait déjà nuit. Je ne me suis pas vraiment inquiétée, c'est le lot des randonnées, on sait quand on part, mais jamais quand on revient. Un classique.

— Je suis désolé, bijou, dit-il en retirant sa parka et son bonnet couverts de flocons. Mon client s'est tordu la cheville, mais a refusé qu'on appelle les secours. Nous n'étions pourtant pas très loin de la station, et la neige s'est mise à tomber, ça nous a pris une éternité pour rentrer. Puis il a ensuite fallu que je l'emmène au cabinet médical, bref…

— Pas de problème !

— Ta journée ?

Je montre l'assiette vide encore sur la table, mon PC et mes feuilles de révisions.

— Moins mouvementée que la tienne, mais bien occupée.

Il se laisse aller sur le canapé, il a l'air épuisé.

— Ce gars m'a vidé… Jamais vu quelqu'un qui parlait autant. J'ai une de ces migraines…

Je devrais avoir honte, mais l'occasion est trop belle…

— Et si on restait à la maison, ce soir ? On fait le sapin et on se prépare un plateau télé ?

— Tu es sûre ? Je ne voudrais pas que tu passes toutes tes vacances enfermée ici.

Moi si…

— Ne t'inquiète pas pour moi, je ne suis là que depuis hier.

— D'accord, merci, ma puce, on ne fait que reporter. Allez, je prends une douche chaude et on habille Norbert ! Au fait, Augustin Favre est passé ?

— Oui, je lui ai remis l'enveloppe que j'ai trouvée sur ton bureau.

— Tu as bien fait !

Ça me démange, mais ça me démange… Envie de poser des questions.

— Ça fait longtemps qu'il travaille à l'ESF ?

— Officiellement depuis cette année. Avant il était stagiaire. Il fait partie des rares moniteurs qui ont eu leur BEES[2] en quatre ans. C'est exceptionnel, mais ce gamin est très doué.

— C'est pour ça que tu lui donnes des itinéraires hors-piste ?

Il y a un peu de reproches dans ma question, ça ne lui échappe pas.

— Bon sang, on dirait ta mère ! Bijou, je ne t'apprends pas qu'en matière de législation, en France, le hors-piste ne peut pas être interdit, ce serait aller contre la liberté de se déplacer. Toutefois, ton vieux père est guide de montagne depuis vingt-cinq ans, je n'enverrais pas ce gamin à la mort.

Je sens qu'il est vexé…

— Ce n'est pas ce que je voulais dire, papa… Éva et sa mère pensent qu'Augustin est trop casse-cou.

— Et c'est vrai, c'est pourquoi je préfère qu'il vienne me voir moi, plutôt que partir bille en tête dans un endroit qui n'est pas sécurisé.

Je hoche la tête, il a sûrement raison.

— Du reste, nous sommes invités à dîner chez les Favre dimanche soir.

Après-demain ? Chez *lui* ?

— Augustin n'en a pas parlé.

— Sûrement parce qu'il ne le savait pas encore ! Allez, à la douche, et après, on décore le sapin !

Je regarde mon père s'éloigner, mon pouls s'accélère.

---

2. Brevet d'État d'éducateur sportif.

Donc on dîne chez les parents d'Augustin, avec Augustin ? Ben tiens... Espérons que je ne me tourne pas en ridicule, cette fois-ci.

Dépitée, je secoue la tête et me dirige dans la cuisine.

Mon père ne boit de l'alcool que pour les grandes occasions, c'est un principe, mais il n'est jamais contre un bon verre de cidre, et il en a toujours une bouteille dans le placard. Je fouille dans le frigo et prépare des toasts de tarama, des tomates cerises absolument pas de saison, des pickles, des morceaux de tome de Savoie, des chips de légumes que j'ai rapportées de chez moi, et parce que mon père adore ça, quelques tranches de saucisson qu'il sera le seul à manger.

Je dresse la table basse et quand il revient, mon père s'extasie.

— Hé ! Mais ça, c'est une excellente idée ! C'est bon de t'avoir à la maison, ma fille...

Je me serre contre lui et souris.

— Moi aussi je suis contente, papa.

— On fait le sapin, d'abord ? L'Avent a commencé hier, Norbert devrait déjà être habillé !

Alors que, dehors, le jour s'est couché et que la neige a pris possession de la nuit, que le feu de cheminée vit sa meilleure vie et que la table n'attend que nous, mon père et moi perpétuons l'une des plus jolies traditions qui existent. Et même si les décorations sont encore celles qu'on utilisait quand j'avais dix ans, notre sapin de Noël est le plus beau du monde.

De l'Univers.

3
décembre

Il fait si froid que de la buée sort de ma bouche.

À -5 degrés, je serais bien restée au chaud devant la cheminée, mais aujourd'hui on a prévu d'aller m'acheter des vêtements et des chaussures de rando. Pour que mon père arrête de me harceler, j'ai accepté d'aller marcher une heure ou deux avec lui, demain matin. Je ne vais pas y couper.

J'ai rien dit à ma mère quand je l'ai eue au téléphone avant de partir, sinon elle en aurait fait une jaunisse. Je suis restée vague sur mon programme, ce qui ne l'a pas empêchée de me faire des recommandations, lesquelles se résument à : bien manger, bien dormir et… bien réfléchir avant de faire n'importe quoi de mon corps. Elle a toujours eu un sixième sens.

— Tu m'attends ? J'en ai pour dix minutes à tout casser !

Pendant que mon père entre dans les locaux de l'office du tourisme pour récupérer ses réservations de groupe, je vais m'installer sur le banc juste en face, remonte mon cache-col et grimace. Ce froid !

Autour de moi, tous les chalets ont des décorations de Noël, des branches de sapin sur les balcons, des guirlandes étincelantes qui pendent des toits. Pas un commerce qui ne joue pas le jeu. Même les épicéas, en bas des pistes, sont illuminés, on trouve des lanternes sur toutes les façades, et il y a aussi une patinoire qui est en train d'être montée sur la place, à côté du vieux carrousel de chevaux de bois. Dans deux semaines, il y aura même une patinoire extérieure. Noël est vraiment une période particulière, le village est transformé. J'adore cette ambiance et je ne suis pas la seule. On est en basse saison et la station est déjà envahie de touristes.

— Avril ?

Je me retourne et fronce les sourcils en regardant le grand brun aux cheveux longs qui me sourit.

— Jimmy ?

— Hé, je ne savais pas que tu étais là, ça fait un bail !

Trois ans. Ouais… On dirait bien qu'Augustin et lui ont pris le même bateau niveau transformations. Jimmy avait presque le crâne rasé la dernière fois qu'on s'est vus et je le dépassais d'une demi-tête. J'ai l'impression d'être la seule à être restée au format nain de jardin.

— Je suis arrivée vendredi. Et toi ?

— Je suis chez mes vieux pour toute la saison, le barman maintenant, c'est moi ! Je t'offre un café ? propose-t-il en montrant le bar derrière lui.

— C'est-à-dire que… j'attends mon père, il arrive dans dix minutes.

Je jette un œil à travers la vitrine de l'office du tourisme, il est en pleine conversation avec la responsable et n'aura sans doute pas terminé dans la seconde. Bon, en vrai, je suis encore en train de me chercher des excuses…

— On est large. Allez, viens !

Je ne m'attendais pas à croiser quelqu'un si tôt dans la saison… et puis, je déteste les imprévus… Allez, ma vieille, décide-toi ! Il ne va pas te manger.

Je respire un grand coup et accroche un sourire à mes lèvres.

— OK… je viens.

Le Yéti Bleu est un bar comme on en trouve partout dans les stations de sports d'hiver. Les murs sont bardés de planches de pin et décorés de vieux skis en bois, de luges vintage et, décembre oblige, de décorations de Noël. Il y a des lutins partout, des gros, des petits, des rouges, des verts et au milieu de tout ça, la reconstitution d'un Bigfoot bleu de presque deux mètres.

— Du sucre avec ton café ? me demande Jimmy.

— Non merci, mais je veux bien du lait si tu peux.

— À vot' service, m'dame !

Il actionne la machine et pose une tasse XXL sur le comptoir.

— Alors, quoi de neuf ?

— Un cœur… et toi ?

Je ne sais pas pourquoi j'ai dit ça de façon aussi directe, mais la tête qu'il fait vaut franchement le détour.

Du temps où je venais souvent à Morzine, Jimmy et moi on n'avait pas le même cercle d'amis. Alors il ne sait pas ce qui m'est arrivé. La première fois qu'on l'a rencontré avec Éva, on avait quatorze ans et c'était ici, au Yéti, il aidait son père. Elle a eu un *crush* pour lui, elle voulait le voir tout le temps, et, comme les télésièges du Pléney sont à cinq minutes du bar, elle s'arrangeait pour qu'on vienne y manger des crêpes tous les jours après nos sorties. Jimmy avait seize ans, il ne s'intéressait pas du tout à elle, mais Éva ne s'est jamais découragée.

Je le regarde droit dans les yeux et souris avant de m'expliquer.

— J'ai été opérée.

— Du cœur ?

Je hoche la tête.

Derrière le comptoir, il recule, choqué, et se passe une main dans les cheveux. Un tic apparemment.

— Ouah… je savais pas. C'est grave ce qui t'est arrivé ?

Non, mec, on change le cœur des gens juste pour faire joli !

— Assez, oui, mais je vais bien maintenant.

Il me dévisage comme s'il me voyait pour la première fois, un peu gêné.

— T'en as l'air. J'veux dire… t'as bonne mine. Augustin m'avait dit que t'avais eu des soucis de santé, mais…

Impossible de cacher mon étonnement.

— Augustin t'a parlé de moi ?

— Ouais, juste comme ça, il y a longtemps déjà.

Il fouille dans un tiroir et en ressort une carte de visite du Yéti Bleu qu'il griffonne au dos avant de me la tendre.

— Ce soir on a prévu une soirée au Tibetan Café avec des potes, rejoins-nous ! Je t'ai mis mon numéro de téléphone derrière.

— Oh je… je sais pas, je connais personne.

— Tu me connais moi !

Le carillon de l'entrée retentit, un groupe d'une quinzaine de personnes entre pour prendre une table.

— Bon, quand faut y aller ! On se voit ce soir, OK ? Vingt et une heures ?

Je termine d'une traite mon café et me lève pour partir.

— Ne m'attends pas, tu pourrais être déçu…

Jimmy me lance un regard de côté hyper taquin.

— Mon petit doigt me dit que ce sera pas le cas ! Et il me raconte jamais de conneries !

Je sors du Yéti Bleu avec un sourire triste.

Je vais pourtant le faire mentir.

Comment ça tu ne vas pas y aller ?
T'es malade ou quoi ?

Hé, c'est toi qui kiffes ce mec, pas moi !

Justement ! Je ne l'ai pas croisé depuis plus de deux ans et je veux savoir ce qu'il est devenu !

Plus de deux ans ?

Chaque fois que je suis revenue, il était pas là ou… Bref, on n'a jamais eu l'occasion de se recroiser.

Et donc, à cause de ça, je devrais jouer les espionnes ?

Carrément ! Je veux savoir s'il a une copine, que tu lui dises que je suis géniale et que tu le prennes en photo !

Hein ? Tu veux que je t'envoie une photo de lui ?

Non, plein !

Meuf, t'es complètement barrée !

Personne a jamais dit le contraire ! Tu vas faire ça pour moi ?

Attends... T'es vraiment sérieuse ?

Ben ouais !

Je rêve...

Je compte sur toi ! Et je te laisse et je retourne taffer, sinon je serai jamais là le 10 ! À plus !

J'ai pas envie de faire ce qu'elle me demande, ça me paraît même au-dessus de mes forces, mais Éva ne m'a jamais lâchée, même pour les trucs les plus insignifiants, les projets que je n'osais pas mener toute seule, les heures au téléphone à écouter mes angoisses, les week-ends passés chez moi parce que je ne voulais pas sortir. Elle a toujours été là...

Alors, OK, elle fait une fixette sur Jimmy depuis qu'on a quatorze ans et il a toujours eu l'air d'en avoir rien à cirer ; OK, ce qu'elle veut que je fasse est franchement immature et rien que l'idée de prendre un bain de foule me file des boutons, mais hors de question que je sois ingrate.

Je vais prendre sur moi, c'est le minimum que je puisse faire.

Le Tibetan Café est l'un des bars les plus populaires de la ville. J'y suis allée une fois avec mon père, il m'avait emmenée voir un concert de rock.

Je me souviens qu'il y avait une immense Shiva en bois contre un mur, et un bouddha blanc derrière le comptoir, le barman avait les bras tatoués, et c'était blindé de monde. En entrant, j'ai l'impression de faire un bond de trois ans en arrière, les sculptures sont toujours là, le patron aussi, et c'est toujours autant fréquenté.

Je prends une profonde inspiration, tout ce monde m'oppresse un peu. J'essaie de me contrôler, repense à toutes les fois où je suis venue dans ce genre d'endroit sans que ça me pose de problème et regarde autour de moi, cherche un point d'accroche. Jimmy est au fond de la salle avec deux amis, sous une alcôve qui ressemble à un petit salon. Quand il me voit, il me fait signe d'approcher.

— Hé, j'aurais dû parier !

Je lui fais un timide sourire.

— Salut…

— Content que tu sois venue ! Je te présente Margot et Jeff, Jeffrey. Les mecs, voici Avril.

Elle, petite, brune, coupe au carré et énorme anorak couleur argent. Lui, grand, blond, barbe hirsute et cheveux mi-longs, il a l'air d'être plus âgé que les autres. Vingt-trois, vingt-quatre ans, peut-être.

— J'ai vraiment l'air d'un mec ? s'énerve gentiment la fille. Salut, Avril, sois pas impressionnée par eux, en vrai ce sont des chochottes. Tout dans la gueule et rien dans le…

— Wow, wow ! s'interpose Jimmy. Poussez-vous pour qu'elle puisse s'asseoir.

Margot se décale sur le fauteuil d'à côté et je me retrouve entre elle et Jeff. Ça fait tellement longtemps que je n'ai pas été autant entourée, je suis un peu crispée.

— Tu bois quoi ? me demande Jimmy. C'est cadeau !

— Perrier citron, s'il te plaît.

Ses amis se regardent. Pas besoin de traduction, je passe souvent pour la lourdingue de service, la coincée, celle qui sait pas s'amuser, la chiante, quoi… Voilà *exactement* pourquoi je déteste me retrouver en groupe.

— Avril a été opérée du cœur, annonce Jimmy en comprenant le malaise.

Gros blanc. Je me sens obligée de dédramatiser.

— Ça va, je me sens bien. C'est juste que je dois faire attention.

— Ouais, c'est normal…, balbutie Jeff. Ça doit être lourd comme truc.

Je me contente de hocher la tête.

— Tu viens d'arriver à Morzine ? demande Margot.

— Il y a deux jours, je suis en vacances chez mon père.

— C'est la fille d'Étienne Hamon, le guide, précise Jimmy.

Jeff semble jubiler.

— Nan, c'est vrai ? J'adore ce type ! Il a toujours de bons plans pour les sorties en montagne, avec lui, on est sûrs de jamais se planter.

Mon père, cette star qui s'ignore…

— Tu skies ?

Sujet sensible… Je préfère éluder.

— Plus beaucoup. Et vous, vous êtes tous de Morzine ?

J'apprends que Margot et Jeff sont saisonniers et viennent sur la station depuis deux ans. Je les écoute me raconter leur passion pour la montagne, les gens, le village, bien contente de ne plus être le principal sujet de conversation. Puis soudain, Jimmy fait de grands gestes.

— Hé, mec, viens avec nous !

Je blêmis en voyant arriver Augustin.

— Désolé, les gars, je suis venu avec mes collègues ce soir, ils m'attendent juste à côté.

Margot lui lance sa paire de gants au visage.

— Hé ! C'est quoi cette manie de dire « les gars » quand il y a des meufs ?

Augustin éclate de rire et me remarque enfin.

— Oh, toi ici ?

En chair et en os… j'y crois pas moi-même.

— T'es pas venue en pyjama, c'est cool.

C'est parce qu'on est dans la pénombre que personne ne voit que j'ai les joues rouges.

— Vous vous connaissez ? demande Margot.

— Ouais, et ça fait un bail, Avril est la meilleure amie de ma sœur. Désolé, mec, dit-il à Jimmy, il faut que j'y aille. Lundi matin sur la poudreuse ?

— Ouais, comme d'hab !

— Je serai là aussi ! s'impose Margot d'une voix forte.

Augustin hoche la tête poliment et va retrouver ses collègues.

À notre table, la conversation s'anime, Jimmy, Jeff et Margot parlent des meilleurs spots de hors-piste, du matériel utilisé, des objectifs à atteindre, des touristes qui font chier parce qu'ils vont partout… J'apprends qu'avec Augustin ils se retrouvent tous les lundis matin pour skier et que c'est l'éclate totale. Jimmy parle avec un enthousiasme hallucinant, fait de grands gestes, mime des situations, et prend à peine le temps de respirer entre chaque phrase. À une époque, je me serais volontiers laissé embarquer, mais plus maintenant.

Le ski fait partie de mon passé.

Je les écoute, me contente d'acquiescer sans dire un mot et j'étouffe. Ils sont pourtant tous très sympas, et il y a une bonne ambiance, mais je n'arrive pas à m'intégrer. Merde… Je sais exactement de quoi j'ai l'air. Je me triture la peau autour des ongles, je regarde partout comme un animal en danger, je me force à sourire… C'est dur de se fondre dans la masse quand le bruit, les odeurs et les gens vous tétanisent… J'ai de plus en plus de mal à me contrôler.

Je n'aurais jamais dû venir.

— Et toi ? T'en penses quoi ? me demande Jimmy sans que je sache de quoi il parle.

— Oh, je… je sais pas. Il faut que j'aille aux toilettes.

Je me lève, la tête qui bourdonne, et me dirige au fond de la salle. Au moment où je m'apprête à ouvrir la porte, une main se pose sur mon épaule.

— Hé, ça va ?

Je lève des yeux sans doute un peu vitreux vers Augustin. Pas la force de mentir.

— Pas trop…

— Tu veux que je te raccompagne chez toi ?

J'ai le souffle court, alors je tente de me maîtriser un peu.

— Je veux bien…

— OK. Je t'attends dehors.

— D'accord… Merci.

Quand je retrouve Jimmy et les autres, ils n'ont pas l'air de se rendre compte que je suis pas au top.

— Je crois que je vais vous laisser, je suis crevée et demain je me lève tôt pour faire une randonnée avec mon père.

— T'as de la chance, dit Jeff. Ça va être cool.

— Ouais…

J'ai mon téléphone dans la main, je fais mine de pianoter sur l'écran et prends une photo de Jimmy du mieux que je peux. Je n'oublie pas pour quoi je suis venue.

— Tu veux qu'on te raccompagne ? demande Jimmy.

— Non, non, c'est pas la peine, je suis à dix minutes. On se revoit au Yéti Bleu ?

— Ouais, avec plaisir.

— Super content de t'avoir rencontrée, dit Jeff avec un sourire immense.

Je hoche la tête, enfile manteau, gants et bonnet et essaie de leur offrir le sourire le plus chaleureux possible.

— Merci pour la soirée, et pour le verre.

— Reviens quand tu veux ! lance Margot.

Je leur fais un signe de la main et me précipite dehors. Augustin m'attend sur le trottoir. Il neige, il y a du vent, mais je ferme les yeux et offre mon visage au ciel pour respirer comme si je voulais capturer tout l'air de la montagne.

— Ça va aller ?

— Oui, pardon, j'étais oppressée.

— J'ai vu… Je t'observais depuis un moment. Il s'est passé un truc ?

— Je… non. Écoute, tes amis sont top, vraiment, c'est juste moi le problème.

Il fronce les sourcils.

— Toi ? Mais pourquoi ?

— On peut parler en marchant ?

Il hoche la tête, puis on commence à avancer dans la neige, ça crisse sous nos pieds.

— Fais attention, ça glisse, me prévient Augustin alors que je perds l'équilibre, déstabilisée par une bourrasque.

— Désolée… C'était pas une bonne idée de rejoindre Jimmy.

— Pourquoi ?

— J'ai du mal à me retrouver au milieu de beaucoup de monde depuis mon opération.

— Tu es agoraphobe ?

— Non, je crois pas, c'est juste que… Je me suis pas mal isolée ces trois dernières années et…

Les mots se bloquent dans ma gorge, j'ai du mal à en parler.

— Ça va… t'es pas obligée de te confier, t'inquiète pas.

On marche une poignée de secondes dans le silence, puis Augustin s'arrête au passage piéton alors qu'il n'y a pas une seule voiture qui circule.

— Il te plaît Jimmy ?

Je manque m'étrangler.

— Quoi ? Mais c'est quoi cette question ?

— Juste pour savoir, je suis curieux. C'est mon pote.

Éva me trancherait la gorge si je révélais quoi que ce soit. Je souris à Augustin.

— On t'a jamais rien dit au sujet de la curiosité ?

— OK, OK, ta vie privée. Fais attention, ici ça glisse.

— Ooooooh !

Je dérape, perds l'équilibre et me rattrape de justesse à Augustin.

— Ça va ?

— Sa mère ! C'est *Koh-Lanta* ce parcours !

Il se met à rire. C'est pentu jusque chez mon père, je sens que ça va m'arriver souvent.

— Allez, tiens-toi à mon bras.

Je me fais pas prier.

Quand on arrive devant le chalet, il ouvre le portillon pour me laisser passer.

— Ça va aller ?

Mon père a laissé la lumière sous le porche. J'ai cinq mètres à parcourir.

— Je devrais survivre.

— Dans ce cas… on se revoit demain soir chez moi.

— C'est ça !

On va finir par devenir inséparables…

— Merci de m'avoir raccompagnée. Et merci d'avoir été aussi…

— Clairvoyant ?

— Oui…

Il me fait un clin d'œil et presse le pompon de mon bonnet.

— À demain, Avril Hamon, et oh… avant que j'oublie.

— Oui ?

— Jimmy n'est pas libre. *Tchuss!*

Et il repart à petites foulées comme si de rien n'était.

C'est Éva qui va être déçue.

4
décembre

J'avoue que je n'ai pas brillé par mon talent de shooteuse. Sur l'écran, on ne voit que le sweat de Jimmy, son menton et un bout de sa bouche déformée parce qu'il parle.

Mais c'est quoi cette photo toute pourrie ?

C'est pour attiser tes pensées, meuf !

On dirait un monstre !

T'as qu'à aller stalker son Insta !

Je l'ai pas trouvé... Il doit avoir un pseudo. La soirée était bien au moins ?

Ouais, ils sont sympas. Par contre... il a une copine, désolée.

Oh ? Tu l'as vue ?

Non, c'est ton frère qui me l'a dit.

Ah bon ? Il était là aussi ?

Avec ses collègues de l'ESF, mais il m'a raccompagnée chez moi et on a discuté un peu.

Tu as dit à mon frère que je t'avais demandé de te renseigner sur Jimmy ? T'as pas fait ça ?

Pour qui tu me prends ? Non, il m'a demandé s'il me plaisait et m'a dit qu'il était pas libre.

Mon frère t'a demandé si Jimmy te plaisait ? Mais...

J'imagine qu'il était curieux.

Curieux ? Mais mon frère en a rien à carrer de la vie des gens ! Wow... c'est trop bizarre.

— Bijou, t'es prête ?

Désolée, je dois te laisser, mon père m'attend pour la rando. Prie pour que je me casse une jambe, comme ça il ne me redemandera pas de venir.

Dans tes rêves ! À plus !

J'enfile mes gants, mon bonnet, mon cache-col, et repense à ce qu'Éva vient de dire. Je la trouve dure avec Augustin, il ne m'a pas du tout donné l'impression d'en avoir rien à foutre des gens. C'est quand même lui qui m'a raccompagnée chez moi quand je me sentais mal au Tibetan Café…

— Avril ! me relance mon père. J'aimerais qu'on y soit à 9 h 30 au plus tard !

— J'arrive !

J'avais oublié que c'était si beau… L'évasion est totale. Au fur et à mesure que nous marchons, je redécouvre la montagne, l'immensité blanche, les crêtes abruptes, les forêts de pins, le silence, et le froid sur mes joues. J'essaie de reprendre mes marques et de calmer mes angoisses. Elles ne me quittent jamais. Une insuffisance respiratoire, une arythmie, un malaise… C'est plus fort que moi, mais mon père sait. Il marche lentement, s'arrête pour regarder le paysage, me laisse reprendre mon souffle.

— Viens par là, me propose-t-il, on va couper à travers bois jusqu'à la falaise. Ça nous rallonge de quinze minutes, mais c'est là que la vue est la plus belle, et on pourra y faire une halte.

Il a tellement raison ! J'ai le souffle coupé en arrivant. La vallée d'Abondance s'étire à perte de vue, le lac de Montriond, la pointe ouest de la Chavache, la pointe de Nantaux, tout le bleu du ciel et, juste là, à une cinquantaine de mètres sur les rochers, une famille de bouquetins qui nous observe avec curiosité.

— Oh, papa, regarde ! Regarde !

Une vraie gosse, mais les bouquetins, ça a toujours fonctionné sur moi. Je m'assois sur un rocher enneigé et ne les lâche pas des yeux.

— Je suis content d'être là avec toi, bijou.

— Moi aussi, papa.

Il me sourit.

— Écoute, je… Avril, je t'observe, et ce que je vois me crève le cœur. Je voudrais tant que tu reprennes confiance en toi et que tu profites de la vie que tu mérites.

— Je fais ce que je peux… Venir ici, sortir de mes habitudes, essayer de vivre normalement, c'est déjà beaucoup.

— Tu mérites plus, tu peux faire plus.

— Selon ton standard, pas le mien.

Mon père claque la langue.

— Bon sang, Avril, c'était il y a un an et demi, presque deux ans, même. Ne te bride pas, sors de ta coquille.

Je soupire profondément. Je ne me disputerai pas avec mon père.

— Papa… Je veux décider pour moi-même, sans pression, et là, tu me la mets. Je suis ici, avec toi, profitons-en sans réfléchir à ce que je pourrais faire de plus, tu veux bien ?

Il y a une tempête dans ses yeux, je la vois bien, mais je ne la laisserai pas éclater parce que j'ai besoin de tout sauf ça.

— D'accord… Mais la liberté te va tellement bien. Regarde-toi, dit-il en me souriant, tu as les joues aussi roses de vie que quand tu étais petite.

Je lève les yeux au ciel.

— À cause du froid, papa, à cause du froid.

— Pas seulement… Allez, assez discuté. Tu te sens d'aller jusqu'au col de la Joux-Verte ? Une petite heure de plus. C'est relativement plat et on marchera à ton rythme.

Je lui réponds avec un clin d'œil complice.

— Seulement si tu arrêtes d'être aussi bavard !

Il éclate de rire, fait mine de se zipper la bouche et me serre contre lui.

— Juré ! Allez, go.

Je suis claquée quand on arrive chez les Favre en début de soirée. On est rentrés de la balade bien plus tard que prévu. On a passé du temps au snack de la Joux-Verte, mangé une soupe au potimarron pour moi et un sandwich pour mon père, et quand on est redescendus, je me suis écroulée sur mon lit. La soirée risque d'être longue…

— Hé, bienvenue chez nous ! nous accueille Élise, la mère d'Éva et Augustin. Oh, Avril, tu es toujours aussi jolie ! Comme je suis heureuse de te voir.

Elle me claque une énorme bise sur la joue et nous fait entrer dans le salon.

Un peu plus isolé et en hauteur que les autres, moderne, épuré, et percé de grandes verrières à chaque niveau, le chalet des Favre est aussi exceptionnel à l'intérieur qu'à l'extérieur. Quand on entre, on fait aussitôt face à une cheminée centrale, un gros insert suspendu autour duquel s'articule toute la maison, et aux premières loges, les canapés et les fauteuils. Sur l'un d'entre eux, nonchalamment installé, Augustin. Il se lève et vient nous saluer.

Je ne crois pas l'avoir déjà vu dans une telle tenue : chino beige et chemise blanche entrouverte, retroussée aux manches. Avec ses Stan Smith et les revers de son pantalon, on jurerait que dehors c'est le plein été. Rester imperturbable relève de l'exploit. Il est CANON.

Moi, j'ai fait l'effort de rien du tout. Jean, bottes de neige et sweat à capuche. Hum… super.

— On a prévu une croziflette, m'informe Nicolas, le père d'Augustin. Élise s'est souvenue à quel point tu aimais ça.

Je souris poliment, mais je n'ai qu'une envie, grimacer. Pourquoi, quand on va aux sports d'hiver, on se croit obligé de nous servir des trucs dégoulinants de fromage et bourrés de mauvais cholestérol ? Espérons qu'ils ont prévu de la salade pour aller avec…

Évidemment, ce n'est pas le cas, et à table, je picore comme un gosse devant un plat de choux de Bruxelles.

— Tu n'aimes pas ? s'inquiète Élise.

Elle plaisante ? Bien sûr que j'aime ça, j'ai toujours aimé ça… sauf que si j'en mange une fois, je recommencerai. Le mensonge me vient avec une facilité déconcertante.

— Oh, si, c'est très bon, mais on a beaucoup marché ce matin, je mourais de faim dans l'après-midi et j'ai fait la bêtise de prendre un énorme goûter.

— Tu goûtes encore ? Comme les enfants ? se moque Augustin.

— Goûter, dodo et rototo, c'est sa devise ! répond mon père.

Je le fusille du regard, je ne sais plus où me mettre.

Augustin explose de rire.

La honte… Vite, une diversion.

— Désolée, je dois aller aux toilettes. Je sais, je suis assez basique comme meuf !

Augustin baisse la tête en souriant, et moi, je disparais. Je pensais m'en être tirée comme ça, mais à mon retour, le sujet mis sur la table est peut-être pire.

— Et toi, Avril, ça te dit un forfait de ski illimité ? me demande Nicolas. Mon partenariat avec la station m'en offre trois par an, mais avec le magasin, Élise et moi n'avons plus trop le temps d'aller skier. Éva arrive le 10, vous serez sûrement bien contentes d'en profiter. Et puis si jamais tu reviens en février, tu pourras encore l'utiliser !

Mon pouls s'accélère.

— Euh…

Je croise le regard de mon père, cherche de l'aide dans ses yeux, mais il se désolidarise totalement et se concentre sur les micro-restes de son assiette.

— Je… je ne suis pas sûre de m'en servir tous les jours, ce serait dommage. Vous pourriez en faire profiter quelqu'un d'autre ?

— Mon pote Jimmy serait content de l'avoir, intervient Augustin. Avec tous les cafés et croques qu'il me sert à l'œil, ce serait cool. Enfin, si vraiment tu t'en sers pas !

Son père me regarde.

— Avril, tu es sûre ?

— Oui, oui !

— Très bien, dans ce cas, dit-il, un peu sceptique.

— Allez, tiramisu pour le dessert ! s'écrie alors Élise.

Pitié, non… Je dois être toute blanche.

— M'man, intervient encore Augustin, ça t'ennuie si Avril et moi on va faire un tour sur la terrasse, avant ? La lune est encore assez visible pour utiliser le télescope, je suis sûre qu'elle appréciera de l'observer de plus près.

Je fais des yeux tout ronds. Je ne sais pas d'où il sort ça, l'astronomie n'a jamais été mon truc, mais, pour le coup, ça m'arrange carrément.

— Non, bien sûr, répond Élise, on commence sans vous !

Je quitte donc la pièce en compagnie d'Augustin.

— Trois fois que tu me sauves la mise en vingt-quatre heures. Je suis si lisible que ça ?

— T'as pas idée ! Attends-moi là, je récupère un truc à la cuisine.

Quand il revient, il me tend une pomme.

— Pour moi ?

— C'est pas moi qui crève de faim. Allez, viens, c'est par là, dit-il en désignant l'escalier qui mène à la mezzanine.

Là, il prend deux gros plaids dans une malle et ouvre la baie vitrée.

— Tu sais que je me suis jamais intéressée aux étoiles, hein ?

— Mes parents ne le savent pas, comme ils ne savent pas non plus que la lunette du télescope est HS depuis longtemps. Profites-en.

Et en plus il est malin…

La terrasse s'éclaire dès qu'on y met un pied. Elle est couverte de neige, mais mes bottes tiennent la route. Nous nous approchons du balcon pour voir le village illuminé de sa multitude de décorations de Noël. Les toits en paraissent encore plus blancs. Je croque dans ma pomme.

— Pourquoi tu t'interdis tout ? demande soudain Augustin.

— Quoi ?

— Tu sais très bien ce que je veux dire. Jimmy m'a dit que tu faisais attention à ce que tu mangeais et buvais, et puis je t'ai vue faire : tu te prives.

— Et alors ?

— Je juge pas, hein, mais je trouve ça un peu… dur.

Je ne sais pas si j'ai envie de l'envoyer bouler ou de me mettre à pleurer.

— Si, tu juges. Et je n'ai pas été opérée de l'appendicite.

— C'est vrai.

J'avale ma salive.

— Écoute, je ne suis pas sûre d'avoir envie de discuter de ça.

Il ignore ce que je viens de dire.

— Tes parents t'y obligent ?

— À me restreindre ? Non !

C'était un cri du cœur.

— En tout cas, pas mon père.

— Ta mère oui ?

— Non, non… Écoute, je prends des médicaments tous les jours, à vie, pour éviter un rejet de greffe, et ces médocs rendent mon organisme plus faible. Je me prive pas, je fais attention à pas me rendre malade physiquement. Ma mère stresse tout le temps.

Je resserre la couverture autour de moi.

— Pourquoi tu tiens à en parler ?

— Pour comprendre.

— Comprendre quoi ?

Il hausse les épaules en souriant.

— Ce que tu vis.

Depuis quand lui et moi on a ce genre de conversation ? Malgré moi, je crispe les mâchoires.

— Ce que je vis, c'est que je pige pas pourquoi les gens se sentent obligés de vouloir me modeler à leur sauce. Je suis prudente, ça peut se comprendre. Tout le monde se comporte avec moi comme s'il ne m'était jamais rien arrivé, mais bordel, j'ai failli crever !

— Hé… t'énerve pas, contrairement à ce que tu penses, je te juge pas. OK, il y a ton histoire sérieuse de médocs, mais à part ça, moi, ce que je vois, c'est une meuf qui a peur de son propre corps et qui a pas l'air très heureuse.

— Comment peux-tu dire ça en seulement deux jours ? Je *suis* heureuse. J'ai une nouvelle vie et tu ne me connais pas.

Il sourit.

— Bien sûr que si, je t'ai vue obtenir ton premier flocon au ski. Tu avais six ans et c'était la première fois que tu rencontrais Éva.

Je ne dis plus rien.

— Mouchée ! Tu vois, tu peux pas dire que j'te connais pas. T'es pas une étrangère pour ma famille, et si mes vieux ont été maladroits en te proposant des trucs que t'as pas envie de faire ou de manger, c'est parce qu'ils aimeraient te voir aussi heureuse qu'avant ton opération.

J'avale ma salive.

— J'ai pas envie de déconner, c'est tout…

— Je m'en doute. Qu'en disent les médecins ?

— Ils sont plus cools que moi.

— Alors pourquoi tu les écoutes pas ?

Je pouffe de rire avec amertume.

— C'est marrant que tu me poses cette question, mes parents s'engueulent exactement à ce sujet. Ma mère pense que je dois être très prudente et mon père que je dois avancer.

— C'est pas incompatible.

— Pour eux, si.

— Et pour toi ?

Je fais une pause avant de lui répondre.

— J'ai peur de les décevoir.

— C'est impossible…

— Si. Je fais ce que dit mon père, je déçois ma mère. Je fais ce que dit ma mère, je déçois mon père, tu vois ?

Augustin fronce les sourcils.

— Et toi, là-dedans ?

— Je survis…

— Si tu veux mon avis, c'est bien ça ton problème, tu survis au lieu de vivre.

Cette fois, je ris franchement.

— Tout a l'air tellement simple pour toi. Mais ça ne l'est pas. Mon père pense comme toi… Quand j'étais gamine, il me poussait à ne pas m'enfermer dans la maladie. Il disait « Ta malformation cardiaque ne te définit pas », et j'y croyais. Puis mon cœur a flanché et tout a changé. Je voudrais qu'il le comprenne et lâche prise…

Augustin me regarde, une profonde sincérité dans les yeux.

— Mais toi aussi tu dois apprendre à lâcher prise et à faire confiance à ce cœur tout neuf. C'est ton meilleur allié.

— Justement ! Et *please*, ne fais pas comme si tu savais de quoi tu parlais. C'est parce qu'il est mon meilleur allié et que je n'en aurai pas d'autre que je fais attention. C'est pourtant simple.

— Hé… minute, papillon. OK, je ne sais pas ce que c'est qu'être greffé d'un cœur, d'un foie ou même d'un ongle d'orteil, mais je suis certain qu'une demi-assiette de croziflette ne va pas te tuer.

Je baisse la tête. Il a raison, je le sais.

— Pour digérer un truc, il faut se dépenser. Tu ne fais pas du tout de sport ?

— Sous surveillance, dans un centre de rééducation. Une ou deux fois par semaine. Et si je le fais ailleurs, je ne dois jamais être seule.

— Cool ! Ben je vais t'apprendre un truc : si tu es capable de courir sur un tapis, tu es capable de courir à l'extérieur. De skier aussi. Alors franchement, mange un peu plus de ce que tu aimes et dépense-toi juste ce qu'il faut pour compenser.

Je m'accoude à la rambarde en soupirant. Cette conversation, je l'ai pas vue venir. Bien sûr que j'ai le droit de faire du sport ailleurs que dans un centre, jusqu'à un certain point et en suivant des règles strictes, mais c'est pas si simple de dompter ses angoisses.

— Je vois que tu as peur, et la peur est saine tant qu'elle ne se transforme pas en pensées limitantes, dit-il comme s'il lisait dans mes pensées.

Je me mets à rire malgré moi.

— Tu te rends compte que tu parles comme un vieux ?

— Quoi ? Mais lol ! En tout cas, je suis plus vieux que toi et j'ai raison !

Je fais la moue.

— Hé, au fond de toi, est-ce que tu as envie d'accélérer un peu ? De sortir de ta routine, reprendre goût aux choses ?

— Oui… je crois.

C'est la première fois depuis des mois que je formule un truc pareil.

— Mardi matin, j'ai des primaires pour les initier au ski de fond. Puisque tu ne peux pas faire du sport seule, viens avec moi. Tu remontes sur des skis, mais sans stress.

— Je ne suis pas sûre d'en être capable…

— Arrête de penser ! Une balade d'une heure à l'allure d'un escargot neurasthénique. Viens. Et après, je t'offre une crêpe. Sans sucre, ce sera pas si mal.

Je ne dis rien.

— Avril… Mardi 10 heures devant les télécabines de Super Morzine.

C'est con, mais je suis à deux doigts de pleurer. OK, j'entends que c'est pas la mer à boire, mais il ne sait pas à quel point ça me stresse. Je me confonds dans le silence. Il a compris que je ne viendrai pas.

— Ma sœur a tort à ton sujet, conclut-il. Elle dit que tu es courageuse, mais elle se trompe, t'es une trouillarde.

Je suis piquée au vif.

— Comment tu oses dire ça ?

Augustin me regarde droit dans les yeux, une lueur de défi dans les siens

— Donne-moi tort.

Puis il fait demi-tour et me plante au milieu de la terrasse.

Je m'accroche à la rambarde enneigée et regarde le ciel.

Je le déteste d'avoir dit ça, mais je me déteste bien plus encore de devoir lui donner raison.

5
décembre

« C'est lundi, c'est raviolis ! »

Ma mère a toujours été une très grande fan de *La vie est un long fleuve tranquille*, alors pendant longtemps, c'est ce qu'elle scandait chaque début de semaine.

C'est devenu une telle habitude, que j'y pense tous les lundis, même si pour moi, aujourd'hui, c'est plutôt révisions dans mon lit.

Avant de partir pour sa rando, mon père m'a laissé un mot sur la table de la cuisine : « Je rentre vers 13 h 30 si tout va bien. Tu n'oublieras pas de me dire ce que tu aimerais pour Noël ? » Une mémoire à rallonge, c'est ce que j'ai envie de lui répondre.

Je n'ai pas décampé de la matinée, l'ordinateur sur les genoux, une Thermos de thé sur la table de nuit, et des feuilles A4 éparpillées sur la couette. Studieuse au possible… J'ai lu et relu des fiches entières sur le droit de la famille, récité des articles de loi, résumé des procédures.

J'ai la tête farcie et aucun doute : d'ici une heure, j'aurai presque tout oublié.

À midi, je me décide enfin à aller prendre une douche, arrêtée en plein élan par un bip sur mon téléphone.

WhatsApp.

Hé, salut, ça fait un bail ! Tu vas bien ?

Mon cœur s'emballe. C'est lui.

Je suis ici, bien à l'abri dans ma chambre, à deux cents kilomètres de Lyon d'où on m'envoie probablement ce message, mais l'angoisse me tombe dessus, aussi lourde qu'une chape de plomb.

J'ai du mal à respirer et me rassois sur mon lit.

Pourquoi réapparaît-il maintenant ? Qu'est-ce qu'il me veut ?

Je déglutis, ferme les paupières et revis tout ce qui s'est passé. Hors de question que je me laisse entraîner une nouvelle fois dans la déprime.

Qu'il aille se faire foutre.

J'ai la nausée quand j'envoie un message à Éva.

Il m'a écrit...

Qui ça ?

Benoît...

Quoi ? C'est un connard, tu lui réponds pas !

Non, mais...

Avril ! Je croyais que tu l'avais bloqué !

Il ne m'a jamais réécrit, alors, j'ai pas jugé bon de le faire.

Ouais, ben maintenant tu le fais ! Sale type ! Tu le bloques, hein ? Tu réponds pas.

Ça risque pas…

J'aime mieux ça. Écoute, je suis à la fac et j'ai rendez-vous avec mon tuteur dans cinq minutes. Oublie ce connard. Bisous.

Ce « connard », c'est mon premier petit ami.

On s'est connus à l'hôpital quand j'étais en attente d'une greffe et j'aurais vraiment préféré ne jamais le rencontrer. Je déteste repenser à lui et le trouve vraiment gonflé de me contacter. Lui et moi, on n'a plus rien en commun.

Je ne sais pas ce qu'il me veut et je ne le saurai jamais.

Je lis une nouvelle fois le message, le supprime et bloque Benoît avant de réécrire à Éva.

C'est fait.

👍

Super, ma journée est plombée. Il me faudra bien plus qu'une douche pour évacuer ces mauvais souvenirs, mais pas question de déprimer.

Je ne vois qu'une solution : faire des cookies. Ouais ! Et j'en mangerai au moins un. Youhou !

Je me dépêche de me préparer et descends dans la cuisine.

Je mets la musique à fond sur l'enceinte connectée de mon père et fouille dans les placards. Je souris en découvrant la vieille boîte d'emporte-pièces de Noël.

Quand mes parents étaient encore ensemble, on s'en servait chaque année et on accrochait les biscuits au sapin. Il y a même des rubans dans un sachet jauni, et un pic pour faire des trous. Je me retrousse les manches, enfile un tablier, sors le beurre, le sucre, la farine, la cannelle et c'est parti !

Résultat des courses ? En une heure, j'ai fait deux fournées de trente biscuits en forme de rennes, d'étoiles et de bonshommes de pain d'épices.

L'odeur qui se dégage dans la maison est extraordinaire et me renvoie des années en arrière. Ma mauvaise humeur s'est envolée et je me surprends même à chanter à tue-tête *I Wish You a Merry Christmas* quand le titre se déroule sur le flow de mon Deezer.

J'en suis à brailler comme une casserole « *and a happy new year* » quand on sonne à la porte. J'éteins la musique, m'essuie les mains et vais ouvrir.

— Jeff ? Salut.

Je suis surprise, je n'avais pas remarqué qu'il était aussi grand et carré, bien plus que mon père, j'ai l'impression d'être minuscule.

Et puis, avec sa barbe trop longue et ses cheveux blonds qui s'envolent autour de son bonnet, il a des airs de bûcheron scandinave un peu flippant.

— Tu sais qu'on t'entend jusqu'au bout de la rue ?

— Ah… désolée. Tu veux parler à mon père ?

— Euh… ben… ouais, c'est ça. Il est là ?

— Non, pas encore, mais il ne va pas tarder, entre.

Il tape ses chaussures sur le paillasson pour retirer la neige, enlève son bonnet et pénètre dans la maison, excité comme une puce.

— On a fait une giga descente, ce matin. T'aurais vu ça ! Un truc de fou. Ça glissait comme sur du coton ! J'te dis pas l'adrénaline ! À un moment, j'ai cru que j'allais m'envoler, j'ai fait un de ces tricks ! Je suis retombé sur mes skis, j'avais le cerveau à l'envers.

Et tout ça d'un seul souffle…

— Cool. Tu veux un café ?

— Oui, merci. Ça sent trop bon, t'as fait un gâteau ? Je crève la dalle.

— Des biscuits. Installe-toi, je te rejoins dans le salon.

Quand je reviens avec une assiette de sablés, du thé et un mug de café, Jeff est en train de regarder les décorations du sapin. Parmi elles, de minuscules paires de skis en bois qu'il touche du bout des doigts.

— Jimmy m'a dit que tu skiais pas mal avant, ça te manque pas ?

— Si, parfois, mais même si j'avais envie de reprendre, je ne suis pas sûre que je saurais encore faire !

Jeff me rejoint sur le canapé et prend sa tasse de café.

— C'est comme le vélo, ça s'oublie pas. Je me suis cassé une jambe quand j'avais dix-huit ans, double fracture tibia péroné et ligaments croisés. Je me suis pas raté ! J'ai pas skié pendant deux ans et c'est revenu dès que je suis remonté sur des skis. Quand t'as ça dans la peau, tu récupères tous tes réflexes en moins de deux.

Je l'écoute poliment, mais sa jambe cassée et l'état de mon cœur, c'est pas vraiment comparable.

Si je tachycarde, tous les réflexes du monde ne me serviront à rien. Je sais, ma vie est faite de « si », mais les « si » me tiennent en vie.

— Je me disais…, continue-t-il comme s'il avait deviné mes pensées. Je sais que tu skies plus parce que tu fais attention à ton cœur, tout ça, mais… si t'avais envie de t'y remettre en douceur, je pourrais t'accompagner. J'ai toujours du temps libre, dans la journée et… ça me ferait plaisir.

Ça part d'une bonne intention, mais entre sourire et soupir, j'hésite.

Pour la plupart des gens, venir aux sports d'hiver est inconcevable si tu ne skies pas. Jeff, Augustin et mon père ne sont pas différents.

Je n'ai pas envie de me battre avec la Terre entière et expliquer encore et encore que passer le cap est vraiment difficile et que je ne m'en sens pas capable.

Que peut-être, ça ne sera plus jamais le cas.

Éluder, c'est ce que je sais faire de mieux.

— C'est gentil, je note ta proposition ! Au fait, tu ne m'as pas dit quel était ton job sur la station.

— Ah… Avec Margot, on travaille dans un gîte qui accueille les colonies, les classes et les grands groupes. Elle est à l'accueil, et moi aux services techniques.

— Vous faites ça depuis deux ans, c'est ça ?

— Ouais, mais on se connaissait pas avant.

Il s'installe à côté de moi et prend un drôle d'air hyper sérieux.

— On n'est pas ensemble elle et moi.

— Euh… OK.

Il boit une gorgée de café et adopte un air solennel.

— Tu vois, c'est pas mon genre de fille.

À part sourire poliment, je ne sais pas quoi répondre à ça.

— Elle est trop chiante, continue-t-il.

— Chiante ?

— Non, enfin… elle est cool, mais c'est la meuf qui l'ouvre tout le temps, elle est jamais d'accord avec personne.

— Euh… OK.

— Elle aimait bien Jimmy à un moment donné, mais ça n'a rien donné. Trop différents, tu vois.

Non, je ne vois pas du tout… Et je ne sais même pas pourquoi il me raconte tout ça. Mais bon, puisque Jeff n'a pas l'air d'un super radin en confidences, je vais tâcher d'en savoir plus. Éva sera ravie d'avoir des informations supplémentaires.

— Jimmy, il a une copine je crois ?

— Ouais, il est avec une meuf, mais ils ne se voient pas beaucoup, elle étudie à Paris. Je pense pas que leur relation tiendra longtemps.

— Pourquoi ?

— Quand on fait les saisons, il vaut mieux s'accrocher à personne, tu vois. T'es jamais au même endroit, t'es pas super stable et surtout, si tu choisis cette vie, c'est pas pour te créer des contraintes ou des emmerdes.

— Alors là… Être en couple, c'est des emmerdes ?

— À tous les coups ! Regarde Augustin, il a eu une copine avec qui ça a duré plusieurs mois, il n'en a jamais autant chié.

— Ah oui ?

Sur ce coup, Jeff a toute mon attention. Parce que je ne vais pas me mentir : jusqu'à il y a cinq jours, Augustin ne m'intéressait pas du tout. Mais depuis, inutile de nier : il m'intrigue. Je creuse.

— Ils ne s'entendaient pas ?

— Plus trop. Ils ont tous les deux fait sport-étude à Grenoble et ça a été que des embrouilles. Ils bossaient ensemble sur la station pendant leur stage, ils arrêtaient pas de s'engueuler.

Jeff pioche un énième gâteau dans l'assiette.

— Ils sont super bons tes biscuits. Tain, les meufs comme toi, ça existe plus !

Je ne sais pas exactement ce qu'il attend comme réponse, je ne vois que les miettes qui sont en train de se faire un meeting dans sa barbe.

— Et depuis, Augustin est célibataire ?

Ma question est bien sûr orientée et sans doute pas très subtile, mais je ne peux pas m'en empêcher, je veux savoir.

— Ouais, c'est quand même la meilleure façon de s'amuser.

Puis Jeff me regarde bizarrement et continue à se rapprocher de moi.

Oh… il me fait quoi, là ?

— Et toi, Avril, tu aimes t'amuser ? demande-t-il d'une voix de velours.

J'y crois pas, il est en train de me brancher !

— Euh… je ne pense pas qu'on ait les mêmes centres d'intérêt, finis-je par répondre en reculant un peu.

Il me dévisage, soupire et prend une voix bizarre.

— « Écoute, Bernard, je crois que toi et moi, on a un peu le même problème, c'est-à-dire qu'on ne peut pas vraiment tout miser sur notre physique, surtout toi. Alors si je peux me permettre de te donner un conseil, c'est : oublie que tu n'as aucune chance, vas-y, fonce ! On sait jamais, sur un malentendu ça peut marcher. »

Je ne sais pas quelle tête je suis en train de faire, mais ça doit être mémorable.

— Pardon ?

— *Les bronzés font du ski.*

— Jeff, je connais le film. C'est juste que…

— Je te plais pas, c'est pas grave, j'aurai essayé !

Et il mange encore un biscuit. Ce mec est sympa, mais complètement barjot.

Quand mon père passe la porte, je pourrais lui baiser les pieds tant la situation commençait à devenir gênante.

— Entrez, les jeunes, dit-il, il fait meilleur dedans.

Juste derrière lui, Jimmy et Augustin. J'ai commencé ma journée en pensant à *La vie est un long fleuve tranquille*, mais en vrai, ce n'est jamais le cas. Quand Augustin remarque Jeff sur le canapé, il ne cache pas sa surprise.

— Ben t'es là, toi ? T'es parti plus tôt parce que t'avais un truc à faire.

Jeff semble totalement pris au dépourvu.

— Euh… J'ai eu un changement de programme, alors je me suis dit que je pouvais récupérer un itinéraire pour la semaine prochaine.

— C'est un peu prématuré, fait remarquer mon père. On ne sait pas dans quel état sera la neige d'ici là.

Jeff se gratte la tête, super gêné.

— Ouais, vous avez raison, m'sieur. C'est juste que le *free-ride* de ce matin était génial et que j'ai envie de remettre ça !

À voir la tête d'Augustin et Jimmy, ils sont pas convaincus. Et moi, je comprends que Jeff m'a monté un gros bobard.

Juste pour me voir ?

Ouah…

— Bon, je reviens, attendez-moi là, dit mon père.

Quand il a disparu, Jimmy et Augustin regardent Jeff, intrigués.

— Et vous, qu'est-ce que vous faites là ? demande Jeff en se donnant un air décontracté.

— On n'est pas venus béqueter des gâteaux en loucedé en tout cas, se moque Jimmy en avisant sa barbe.

Jeff s'essuie comme un gamin pris en faute.

— On est venus chercher un bidon d'huile pour la motoneige, elle nous a plantés quand je suis redescendu, dit Augustin.

Quand on fait du hors-piste, il n'y a pas trente-six solutions : remontées mécaniques, héliportage ou motoneige.

Dans le dernier cas, il y en a forcément un qui ne skie pas. Augustin, donc.

— Ah, pas d'bol… Bon, je vais vous laisser, je suis attendu au gîte. À moins que vous ayez besoin de moi ?

Les deux secouent la tête. Jeff se dépêche de remettre sa parka.

— Dans ce cas, je file. À plus, Avril, et merci pour le café !

Inutile de le raccompagner, il sort à grandes enjambées. À peine a-t-il refermé la porte que Jimmy explose de rire.

— J'y crois pas ! Il est venu pour toi !

Je ne pourrais pas être plus mal à l'aise…

— Voilà, je l'ai trouvé ! intervient mon père en revenant du garage. Ça fait un moment que je l'ai, mais il n'a jamais été ouvert. La bécane est loin ? Vous voulez que je vous y emmène ?

— Non, pas la peine, vingt minutes à pied, lui répond Augustin. On file, j'ai un cours dans une heure. Merci, Étienne.

Puis il se tourne vers moi avec un regard de connivence.

— Demain matin, 10 heures, en haut de Super Morzine ?

J'ouvre la bouche pour dire quelque chose, et me ravise en souriant. Il ne lâchera rien !

— Allez, conclut-il, on y go. Merci, Étienne !

Les garçons s'en vont, et pendant que je mets les mugs et l'assiette de gâteaux sur le plateau, mon père plisse le front.

— Tu vas où demain matin ?

— Nulle part. Augustin m'a proposé de l'accompagner à une initiation au ski de fond, pour les petits, mais je n'ai pas l'intention d'y aller.

— Et pourquoi pas ? Ça peut être sympa.

— La garderie ou le ski ?

Mon père sourit, de toute évidence bien plus motivé que moi.

— Quand vous avez eu seize ans, Éva et toi avez passé votre BAFA pour pouvoir vous occuper des petits en classe de neige, c'est l'occasion pour toi de mettre cet examen en application !

— Merci de me rappeler que je n'ai jamais vraiment pu en profiter parce que, peu de temps après, j'ai fait un arrêt cardiaque.

Je regrette aussitôt ce que j'ai dit.

— Pardon, papa, c'était injuste. Je suis désolée.

Mon père s'approche de moi et me prend les mains tout en me regardant droit dans les yeux.

— C'est moi qui suis désolé pour ce que tu as subi, Avril. Je voudrais que rien de tout ça ne te soit arrivé, mais nous ne pouvons pas refaire l'histoire. En revanche, peut-être que le moment est venu de rattraper un peu du temps qu'on t'a volé ? Si Augustin t'a proposé de l'accompagner, c'est qu'il sait que tu ne risques rien. *Je* sais que tu ne risques rien.

— Tu te trompes, personne n'a ce pouvoir, papa…

— Aie confiance en ton corps, donne-lui un peu de lest. Ne le pousse pas trop loin, mais permets-lui d'avancer, il en a besoin. Combien de temps doit durer cette balade ?

Je soupire.

— Une heure.

— Juste une heure… Il y a toujours tes skis de fond dans le garage, tes bâtons et tes chaussures.

Comme je ne dis rien et que, sans doute, il ne veut pas me mettre la pression, il change de sujet.

Mon père se tourne vers la table et regarde l'assiette de sablés posée dessus.

— Dis-moi que ce morfal en a laissé !

— Ah, ah ! Il en reste plein.

— Ahhh, je suis chanceux ! Au fait, tu as réfléchi à ton cadeau de Noël ? demande-t-il en croquant dans un biscuit.

— Pas encore, et toi ? Tu aimerais quoi ?

Mon père me regarde très sérieusement.

L'émotion se lit dans ses yeux, et je sais, je sais que ce qu'il va dire sera important.

— Je veux que tu te remettes à vivre.

6
décembre

Bien sûr, j'ai mal dormi. Pendant une bonne partie de la nuit, le vent a fait tinter les cloches d'alpage accrochées à la façade. Elles ne m'avaient jamais gênée jusque-là, mais elles ont accompagné le flot assourdissant de mes pensées.

Mon père veut que je reprenne le cours de ma vie, mais par quoi commencer ? Quelle impulsion se donner quand on s'est mis en pause aussi longtemps ? J'ai tourné le problème dans tous les sens, je me suis accrochée aux derniers filaments de mes certitudes, j'ai pesé le pour et le contre, et j'en suis venue à une seule conclusion : mon père a raison. Je dois reprendre le cours de ma vie.

Alors, de toutes les questions que je me suis posées et de toutes les réponses que j'ai trouvées pour amorcer ce nouveau départ, une seule m'est restée : ce matin, je rejoindrai Augustin à son cours d'initiation avec les petits et ce sera un bond énorme.

Pourtant, cent fois dans la nuit, la tenaille au ventre, je me suis trouvé de bonnes raisons pour ne pas y aller, cent fois j'ai pensé que je faisais une erreur et que j'étais en train de faiblir, que j'allais bousiller tous mes efforts de survie, qu'il allait forcément m'arriver quelque chose. Mais au réveil, quelque chose de plus puissant que la peur s'est emparé de moi.

L'envie.

J'ai envie d'être avec lui.

Pourquoi ? Je ne sais pas. Je ne suis même pas sûre d'avoir envie de me poser la question.

J'ai le cœur qui bat fort, alors que je ne suis même pas encore sortie de chez moi. Je respire un grand coup et file prendre ma douche. Je remonte mes cheveux en queue-de-cheval et fouille dans mon placard pour en sortir ma vieille tenue de ski de fond. Pantalon moulant noir, veste blanche fine et cintrée… J'ai perdu quelques kilos, mais ça me va toujours. J'ajoute un bandeau pour me protéger les oreilles, une doudoune sans manches, et je suis prête.

— Tu as décidé d'y aller, je suis fier de toi, dit mon père en me voyant arriver. Tu rentres vers quelle heure ?

— Pas plus tard que midi, je pense. Si j'ai survécu aux gamins…

— Il n'y a aucune raison pour que ce ne soit pas le cas, bijou. Moi, ne m'attends pas avant 15 heures au moins, grosse randonnée en raquettes du côté d'Avoriaz.

Il boit son café d'une traite et enfile son bonnet.

— Prends quand même un bon petit déjeuner avant de partir, et une gourde d'eau.

— Oui, papaaaaaa !

Il sourit et vient me faire une bise sur la joue.

— À tout à l'heure, amuse-toi bien.

Je me prépare des œufs brouillés, du pain grillé et un thé vert que je me dépêche d'avaler. Je vais être en retard.

Je viens juste de récupérer mes skis et de mettre mes chaussures quand je reçois un message de ma mère.

Je ne voulais pas être pesante et attendre que tu me donnes des nouvelles, mais autant croire au père Noël ! T'as oublié que t'avais une mère. Tout se passe bien chez ton père ?

Salut, m'man. Désolée, je ne vois pas trop le temps passer. Oui ça va, et toi ?

Tu ne vois pas le temps passer ? Que fais-tu de si particulier ?

Alerte rouge ! Elle va vouloir me tirer les vers du nez, mais hors de question de lui dire que je suis sortie un soir, que j'ai randonné avec mon père, mangé de la croziflette et que j'ai prévu une balade de ski de fond. Je ne suis pas dingue.

Je révise, me promène dans Morzine, regarde des séries. La routine, quoi.

Ça va avec ton père ?

Impec ! Et toi, toujours chez Cathy ?

Oui, j'ai prolongé mon séjour chez elle, je repars demain. Ces quelques jours de vacances m'ont fait du bien.

Avant mon arrêt cardiaque, ma mère était prof d'anglais au collège. Maintenant, elle travaille à son compte comme traductrice pour des grandes boîtes pharmaceutiques, elle bosse comme une dingue. Personne ne mérite des congés plus qu'elle.

Je regarde ma montre, il faut vraiment que je me dépêche. Je sors du chalet et prends la route des remontées mécaniques de Super Morzine.

Cool ! Je te manque pas trop alors !

Tu parles, à chaque seconde ! Tu prends soin de toi, promis ?

Promis, m'man ! Ceinture de chasteté, camisole et chambre d'isolement !

Andouille ! Allez, je te laisse, on part à Genève toute la journée ! Bisous.

😘

Il n'a pas neigé cette nuit et la route est bien dégagée. Sur les trottoirs, c'est encore gelé, mais mes chaussures de ski de fond tiennent plus la route que n'importe quelle paire de bottes de neige, d'autant que marcher avec, c'est vraiment pas la mort. Mes skis sur l'épaule, je traverse la station et descends jusqu'aux remontées mécaniques de Super Morzine. Il est pile 10 heures quand j'arrive. Je me dépêche d'acheter un billet aller et retour et m'engouffre dans une télécabine avec huit autres personnes. La traversée durera à peine cinq minutes et la pression monte. Je me demande si je vais être seulement capable de monter sur des skis sans tomber.

Sur le plateau, plusieurs attroupements de gamins se sont formés autour du chalet qui accueille un restaurant de montagne. Bonnets, lunettes et skis plantés dans la neige, ça braille si fort que je suis à deux doigts de faire demi-tour.

— Hé, mais toi ici ? Ça, c'est super cool !

Trop tard, lunettes de soleil et tenue de l'EFS, Augustin arrive droit sur moi. Pour être franche, de son sourire Ultrabrite ou de son pantalon moulant rouge, je ne sais quoi regarder. Je lui réponds, aussi à l'aise que si je me trouvais dans un camp de nudistes.

— Salut…

— Je suis vraiment content que tu sois venue. On se répartit les groupes avec mes collègues. J'en ai un de douze, et il y a un stagiaire qui nous accompagne. Prête ?

Non. Pas vraiment, mais je ne le montre pas. De toute façon, Augustin est suffisamment intelligent pour s'en douter. Mais j'apprécie qu'il n'en fasse pas des caisses.

Je le suis jusqu'au rassemblement. Douze gosses de huit ans à tout casser – skis aux pieds, gilet jaune fluo, prénom inscrit au feutre sur une étiquette collée à la poitrine – portent tous un bonnet de père Noël à pompon. Impossible de les rater, mais ils sont trop mignons !

— Où sont leurs accompagnateurs ?

— Ils nous attendront ici, répond Augustin en désignant la terrasse du resto. Si tu veux mon avis, ça doit être le seul moment où être prof est un kiff total ! Viens par là.

Il m'entraîne avec lui tout près de la rambarde du chalet pour récupérer un drôle de manteau rouge à fourrure. Il l'enfile, l'attache pendant que je fais des yeux ronds, puis il se penche sur un panier en osier tout en hauteur.

— File-moi un coup de main, s'il te plaît, ce truc est super chiant à mettre.

Il le soulève par les sangles accrochées aux extrémités, et je percute. C'est une hotte ! Une hotte avec plein de bidules et de machins dedans.

— Euh… tu te déguises en père Noël ?

— Faut c'qui faut, ma p'tite dame !

Je l'aide à enfiler la hotte.

— Fouille à l'intérieur, j'ai deux ou trois éléments à ajouter.

Je m'exécute et en ressors une ceinture noire qu'Augustin s'attache autour de la taille, une fausse barbe qu'il s'accroche derrière les oreilles, et un bonnet rouge à étoiles clignotantes qu'il s'écrase sur la tête. J'ai du mal à me retenir de rire.

— Fais pas la maligne, mère Noël, il y en a aussi pour toi !

— Hein ? Jamais de la vie !

Il fouille dans la poche de son énorme veste et me fait mettre un bonnet identique au sien. Je suis morte ! Et tellement prise au dépourvu que j'en oublie que je suis stressée.

— Estime-toi heureuse que je ne te prenne pas en photo ! Allons-y !

Arg… dans quoi je me suis embarquée ?

— Est-ce que tout le monde va bien ? demande Augustin alors que j'avance à côté de lui, Adrien, le stagiaire, en fin de file.

— Ouiiii ! s'écrient les petits.

On est partis depuis vingt-cinq minutes, et jusque-là, la ribambelle de lutins était plongée dans un silence presque religieux tant ils étaient concentrés sur leurs gestes. « On pousse, on plie, on étire ! »

— Et toi ? souffle-t-il discrètement à mon attention. Tu te sens comment ?

La piste damée est aussi plate qu'un lac gelé, il fait froid, le ciel est immensément bleu et la forêt qui nous entoure est si muette que seul le crissement de nos skis sur la neige nous rappelle qu'elle est occupée. Tout est OK. Je ne suis pas essoufflée et prends un réel plaisir à retrouver la neige.

Je regarde Augustin en souriant. Vraiment, sa fausse barbe, je ne m'y fais pas !

— Oui, merci, ça fait du bien.

— Je te l'avais dit !

— Tu fais ça souvent, ce show de père Noël ?

— Ah non, je varie les plaisirs ! Une année, je me suis déguisé en abominable homme des neiges. C'est toujours cool.

J'ai un peu de mal à l'imaginer poilu de la tête aux pieds !

— Tu aimes bien être avec les enfants ?

— Bah, ils sont nettement moins compliqués que les adultes. Sans filtres, mais moins chiants !

— Monsieur ! crie soudain un enfant. J'ai mal aux jambes.

— Et moi j'ai envie de faire pipi !

— Et moi j'ai soif !

Il a suffi d'une voix pour qu'un festival tout entier s'élève.

— Ça, en revanche, j'aime moins, grogne Augustin en s'arrêtant.

Il déchausse ses skis et se place à la moitié de la file.

— Qui veut s'arrêter un peu ?

Bien sûr, tout le monde lève la main.

Avec le stagiaire, on retire les skis de tout le monde, puis Augustin propose qu'ils s'assoient dans la neige, sur le bord du sentier.

— Qui a envie de faire pipi ? demande-t-il ensuite.

Évidemment, plus personne ne lève la main.

— Qui a faim ?

Raz-de-marée de bras en l'air. Ça aussi, c'était prévisible.

Augustin approche avec sa mystérieuse hotte et en ressort un sachet en papier qu'il secoue devant tout le monde.

— Oh, oh, oh ! Il se trouve qu'on m'a confié une mission importante, les enfants. Savez-vous laquelle ?

— Nooooon ! répondent-ils en chœur.

— Celle de vous nourrir avant que vous ne décidiez de chasser le lapin !

— Je suis végétarien !

— Et moi je mange pas de lapin !

— Moi j'en mange en chocolat !

Je ne peux m'empêcher de rire et aide Adrien à distribuer les goûters. Les compotes et les biscuits sont avalés en moins de deux !

Ils sont repus, on pense repartir sans tarder, mais, soudain, un petit garçon se lève et se met à traverser la piste en courant pour atteindre l'autre bord de la forêt, où il s'assoit.

— Hé, mais qu'est-ce que tu fais ? lui crie Augustin.

— J'aime pas être là-bas. C'est mieux ici.

— Je comprends que la neige y soit plus confortable, mais je préfère que tu reviennes avec nous. Je vous ai expliqué les consignes au départ, tu te souviens ? Il faut rester tous groupés, c'est la règle.

Le gosse croise les bras devant lui et fait la moue.

— Je rêve…, grince Augustin. Hé, toi, reviens !

Un deuxième gamin rejoint le premier, puis une troisième, et en moins d'une minute, c'est la débandade. Ils partent dans tous les sens, rient, crient, se roulent dans la poudreuse et font une bataille de boules de neige. Augustin, Adrien et moi les regardons faire, bouche bée. Ça les a pris d'un coup. Augustin en a même retiré sa barbe.

— Ce ne sont pas des gosses qu'on m'a confiés, mais des démons…

Il les laisse jouer encore un moment, puis finit par demander à tout le monde de se rassembler. Bien sûr, personne n'écoute, alors, avec Adrien, ils essaient de récupérer tout le monde, écopant de quelques boules de neige au passage. Je ris en les voyant faire, jusqu'à ce que mon attention soit attirée par une fillette en train de s'enfoncer dans la forêt.

— Hé, où tu vas, choupette ?

Elle fait comme si elle ne m'avait pas entendue et accélère le pas.

— Reviens, s'il te plaît, c'est dangereux par ici !

La falaise est à moins de trente mètres.

La gosse n'écoute pas plus que les autres et se met à cavaler à travers les arbres.

— Merde !

Je cours derrière elle aussi vite que mon cœur me le permet, mais l'effort est trop soudain. J'ai du mal à la rattraper et me prends plusieurs fois les pieds dans des racines. La gamine galope, inconsciente du danger, et arrive à l'orée du bois.

— Ne va pas par là ! Il y a une falaise !

Surprise, elle finit par s'arrêter à trois mètres du bord, sur un plat enneigé. Je m'arrête aussi, essoufflée, et me retiens à un arbre pour reprendre mes esprits.

— C'est vraiment pas malin ce que tu viens de faire, tu ne te rends pas compte que…

Je m'interromps et mon cœur s'emballe. La neige est instable, elle est déjà en train de glisser sous les pieds de la gosse. Ça peut aller très très vite. Une bouffée de panique s'empare de moi.

— Ne bouge plus ! S'il te plaît, ne bouge plus…

La petite tourne la tête pour me regarder de ses grands yeux bleus.

— Pourquoi, je vais tomber ?

— Non, pas si tu reviens vers moi. Mais lentement.

Inutile qu'elle sache qu'elle me fout vraiment les jetons.

— Recule doucement, d'accord ?

Elle s'exécute et crie quand elle s'enfonce d'un coup dans la neige.

Réflexe. Je bondis et la tire par la capuche pour la ramener vers moi. Son bonnet de Noël n'a pas cette chance, il glisse avec la neige, une vingtaine de mètres plus bas.

Toutes les deux sur les fesses, mes bras enroulés autour d'elle, nous tentons de reprendre notre souffle.

— Ça va ?

— Oui, j'ai eu très peur…

— Je sais, ma belle… Mais ça y est, tu ne risques plus rien.

— Hé, tout va bien ? nous demande Augustin en arrivant en courant.

— La trouille de ma vie, mais ça va.

— Vous direz rien à la maîtresse, hein ? demande la petite. Je vais me faire disputer sinon.

Augustin et moi nous regardons, puis il lit son prénom sur l'étiquette collée à son blouson.

— Mélina, on retourne avec les autres. Et ne cours pas cette fois.

Il nous aide à nous relever, et quand on reprend le chemin en sens inverse et que Mélina marche devant nous, Augustin passe une main autour de mes épaules pour me serrer contre lui. Ça me fait tout drôle. J'ai pas envie qu'il me lâche.

— Tu as vraiment assuré, et t'as pas fait de crise cardiaque.

Il me faut une ou deux secondes pour comprendre.

— T'es plus solide que tu ne le crois. Allez, dépêchons-nous, assez d'émotions pour aujourd'hui, on rentre.

Il se met à neiger lorsqu'on arrive devant le chalet de mon père, de tout petits flocons qui caressent les joues et blanchissent les cheveux.

— Merci de m'avoir raccompagnée jusqu'ici.

Augustin baisse la tête pour me regarder, ses yeux brillent d'une lueur que je n'ose interpréter.

— Et à toi d'être venue. Tu as fait un grand pas.

Sa voix est chaude et douce.

Un peu perturbée, je fais tomber mes clés dans la neige. Nous nous baissons en même temps pour les ramasser. Nos doigts se touchent sans qu'on fasse un geste pour les retirer. Les secondes se suspendent.

— Je dois y aller, annonce-t-il comme à regret tout en se redressant, j'ai un cours qui commence dans trente minutes.

— Oui, bien sûr.

Il me sourit.

— Je suis content.

— Moi aussi je suis contente.

Augustin me fait un clin d'œil et rajuste mon bonnet qui a un peu bougé. J'ai complètement oublié de le lui rendre.

— À bientôt, mère Noël.

Puis il part en courant, m'abandonnant sous la neige avec le sourire le plus niais du monde.

Quand je rentre chez moi, j'ai reçu un message d'Éva.

Ras le bol des révisions, j'espère que de ton côté tu prends plus ton pied !

C'est un grand mot, mais ton frère m'a embarquée pour accompagner des gamins au ski de fond.

T'es remontée sur des skis ?

Pas longtemps et c'étaient des petits. Pas sûre d'avoir envie de recommencer.

Ah ah ! Comment tu t'es retrouvée dans cette galère ?

C'est ton frère qui me l'a proposé quand on est allés manger chez tes parents.

Mon frère, le roi des plans foireux ! Il pourrait pas te foutre la paix au lieu de te prendre pour son larbin ! Il avait pas de stagiaire avec lui ?

Si, et ça va, j'ai survécu et ça fait plaisir.

C'était même carrément chouette d'être avec lui, mais je ne suis pas sûre qu'Éva serait ravie de l'entendre.

Contente de le lire, on refera ça toutes les deux et sans mioches !

Inutile d'être rabat-joie maintenant, mais je ne sais pas si j'en ai envie.

Je dois te laisser, meuf, je vais prendre une douche.

OK, pas de souci, et reste loin de mon frère si tu veux éviter les galères !

T'inquiète, je gère ! Bisous

Rester loin d'Augustin ?

Pas sûre d'en avoir envie.

Le dire à Éva ?

Pas sûre que ce soit une bonne idée.

Est-ce que je suis en train d'éviter les galères ? Je ne crois pas, mais je n'ai pas envie d'y penser.

Pas maintenant.

7
décembre

Le mercredi matin, c'est jour de marché.

La place de la Poste se couvre de tentures de toutes les couleurs, et pendant la période de Noël, c'est encore plus joli. Les étals sont décorés de guirlandes lumineuses et de branches de sapin. Il y a des oranges et des mandarines partout, des marrons grillés et des stands de vin chaud.

Ça sent tellement bon !

C'est *le* rendez-vous hebdomadaire des Morzinois : les petits vieux, les familles, les enfants, les chiens et, bon… les pigeons, qu'on n'aime pas trop par ici.

Mon père y va chaque mercredi.

— Je ne te propose pas d'acheter un morceau de raclette ? demande mon père en passant devant le fromager.

— Non, mais si tu veux bien prendre du potchon, je t'en serai éternellement reconnaissante ! Le traiteur en fait, regarde.

Le potchon… Il n'y a pas beaucoup de plats savoyards que je m'autorise à manger, mais celui-ci…

J'en salive d'avance !

Quand elle venait, ma mère en cuisinait et j'adorais ça. Des pommes de terre, du vin blanc, des petits morceaux de fromage de chèvre et des tomates concassées. On met tout ça dans un ramequin et on laisse tout doucement gratiner au four. Un régal !

— Salade pour accompagner, j'imagine ?

— Mais oui, ça va de soi !

On attend tranquillement notre tour devant le stand du traiteur chez qui on avait l'habitude d'aller quand j'étais plus jeune.

— C'est ta fille ? demande-t-il quand c'est notre tour, perché dans son stand-camionnette.

— C'est Avril, oui !

— Ah, je ne t'aurais pas reconnue ! Pourtant, il y a bien un air… Vous avez les mêmes yeux avec ton père.

Je fronce les sourcils, il les a noirs comme la nuit et les miens sont… bleus. Je hoche la tête poliment. Un daltonien.

— Mais, c'est la petite Avril ! nous interrompt sa femme. Comme tu as changé, que tu es devenue jolie… Tu es en vacances chez ton père ?

— Oui, jusqu'à Noël.

— Histoire de te faire gâter, hein, dit-elle en riant. Les enfants sont tous les mêmes ! Mais tu as bien raison ! Et je suis très contente de te voir aussi en forme.

— Merci, madame.

— Oh, mais je t'en prie ! Qu'est-ce que je vous sers, Étienne ?

Mon père passe sa commande, on en a encore pour un quart d'heure, puis quand on part, il me met un coup de coude.

— Tiens, regarde qui voilà.

Je lève les yeux et vois arriver Jeff, un panier sous le bras. Quand je disais que le marché de Morzine était un lieu de rendez-vous…

Il a une dégaine pas possible : un bleu de travail plus vraiment bleu, une paire de chaussures de sécurité décédées depuis longtemps, une parka rouge couverte de taches, et un bonnet jaune fluo duquel dépassent ses cheveux tout emmêlés. Sans parler de l'odeur qu'il dégage quand il s'arrête devant nous…

— Hé ! nous salue-t-il.

— Mais d'où tu sors ? demande mon père, aussi surpris que moi.

— D'une poubelle !

— Pardon ?

— Au sens propre ! Un client a laissé ses appareils auditifs sur son plateau de petit déjeuner. La serveuse a débarrassé par automatisme et le sac-poubelle est parti à la benne. Il y en avait pour 4 000 balles, le mec a fait une crise. On a dû se mettre à quatre pour les retrouver.

Impossible de me retenir de rire.

— T'es un héros, en fait !

— Ouais, Poubelman ! On devrait me donner une médaille. Même pas le temps de me changer avant d'aller au marché. Ça ferme dans trente minutes, j'ai dû me dépêcher.

— OK, bon courage, lui dit mon père en reculant un peu.

C'est qu'il pue pour de vrai, bordel !

— Au fait, Avril, ce soir on est au Tibetan Café, tu nous rejoins ? Je viens te chercher, si tu veux ?

Aucune, mais alors aucune envie de retenter l'expérience. Rien à voir avec Jeff et la bande, c'est juste que… je préfère éviter ce genre de soirées, je ne serai pas plus à l'aise que la dernière fois.

— Ce soir je révise, désolée.

— Ah… OK ! Une autre fois, alors !

Mon père le regarde s'éloigner, un petit sourire au coin des lèvres.

— Jimmy, Augustin, Jeff… tu es devenue très populaire auprès de la gent masculine.

— Ah, ah, ah ! Tu joues les paternels jaloux ?

— Jamais de la vie ! Jeff est un bon gars.

Je soupire.

— Oui, mais il ne m'intéresse pas.

— Je vois… L'un des deux autres peut-être ?

— Papa ! C'est quoi cette conversation ?

Ça l'amuse carrément !

— Jimmy aussi est un bon garçon, mais j'ai une faiblesse pour Augustin, dit-il tout à fait sérieusement.

— Ben sors avec lui !

Mon père lève les sourcils.

— Alors celle-là, tu me la copieras ! Ce qu'il ne faut pas entendre ! Allez, fille d'imbécile heureux, on finit les courses, j'ai mille choses à faire cet après-midi.

Lorsqu'on est de retour au chalet, on a la surprise de découvrir la voiture de ma mère garée juste devant.

Avec mon père, on se regarde.

— T'étais au courant ?

Je secoue la tête.

Quand elle nous voit arriver, ma mère sort de la voiture.

— Hé, bonjour, ma chérie ! Je sais, je n'ai pas prévenu, mais je n'ai pas pu m'empêcher de faire un petit détour avant de rentrer à Lyon pour venir te saluer !

Thonon-Morzine, sacré détour…

Ça, c'est tout ma mère, elle déteste perdre le contrôle des choses et tente toujours de les reprendre en main, c'est plus fort qu'elle.

Mon père n'a pas l'air très content.

Je sais ce qu'il pense.

Ce n'est pas vraiment la présence de ma mère qui le dérange, mais la raison pour laquelle elle est là : vérifier que tout va bien. Et en faisant ça, elle lui démontre ouvertement qu'elle n'a aucune confiance en lui.

Et en moi, par la même occasion…

Elle m'embrasse et se tourne vers mon père.

— Bonjour, Étienne, j'espère que je ne dérange pas ?

— Non, s'efforce-t-il de répondre poliment. Nous revenons juste du marché.

— Ah ! s'exclame-t-elle en avisant le panier. Vous avez acheté des légumes frais, c'est bien !

C'est sournois. Elle a toujours trouvé que mon père s'alimentait mal, et sans doute pensait-elle qu'il me nourrissait de burgers. Raté.

— Je ne compte pas rester longtemps, embraye-t-elle, mais je ne suis pas contre un grand verre d'eau, je suis partie sans ma gourde, quelle gourde !

Le petit rire qui s'ensuit est tout sauf naturel. Personne n'est dupe.

Mon père ouvre la porte du chalet et fait signe à ma mère d'entrer. Aussitôt, elle inspecte l'intérieur avec nettement moins de gêne que la dernière fois.

Je dirais même qu'elle traque la remarque à faire.

Sauf qu'il n'y a rien à redire, parce que mon père n'est pas souvent chez lui et que, depuis que je suis là, je mets sérieusement la main à la pâte. Elle peut être rassurée, je ne vis pas dans une maison aseptisée, mais tout est très propre et rangé.

— Alors ? demande-t-elle en s'asseyant à la table du salon pendant que mon père va lui chercher de quoi boire. À quoi occupes-tu tes journées ? Il fait vraiment très beau ces temps-ci, tu as beaucoup de chance !

Je connais ma mère par cœur, je ne devrais pas être surprise de ce qui est en train de se passer, mais je ne parviens pas à calmer la colère qui bouillonne en moi.

Son interrogatoire me sort par les yeux !

— Je te l'ai dit hier, je révise, je sors un peu, je regarde des séries.

— C'est bien ! Tu seras prête pour tes partiels de janvier.

Il est presque 12 h 30, mon père revient avec un plateau et dépose des verres, de l'eau, du soda sans sucre et quelques cacahuètes sur la table, auxquelles personne ne touchera.

— J'ai vu que les routes étaient de nouveau bien dégagées, dit-elle à mon père. Les chutes de neige se sont un peu calmées ?

Il s'installe en face d'elle, ne donnant pas l'impression d'être l'homme le plus à l'aise du monde.

— Ça tombe toujours la nuit, mais c'est gérable, la ville fait ce qu'il faut pour que personne ne soit immobilisé. C'est quand même une année exceptionnelle.

— J'ai cru comprendre ! Tout le monde pourra s'en mettre plein les poches, comme ça, réplique-t-elle en riant.

Sous-entendant, mon père aussi.

— Tu profites quand même un peu de la neige ? me demande ma mère. Tu ne restes pas toujours enfermée j'espère ?

Il est préférable de rester évasive, car sa question ne vise qu'à me tirer les vers du nez et, fatalement, la poussera à me rappeler tout ce qu'il faut faire et ne pas faire pour me maintenir en bonne santé. Moi, je sais tout ça, mais mon père tombe droit dans le panneau.

— Nous sommes allés faire une randonnée du côté de la Joux-Verte, il y a deux jours, c'était très sympa.

Ma mère prend le temps de reposer son verre et arbore un petit air pincé. Elle a eu la réponse qu'elle craignait, mais c'est aussi celle qu'elle attendait.

— Je vois. Comment t'es-tu sentie, Avril ? Pas trop fatiguée, essoufflée ?

— Non, c'était très bien. Nous avons marché aussi vite que si j'avais roulé en fauteuil roulant dans la neige.

— Hum… inutile d'être sarcastique, ma fille.

Je ne réponds rien.

— Si tu es amenée à faire d'autres efforts de ce type, reprend-elle, je me demande s'il ne serait pas utile de procéder à un petit contrôle de routine à l'hôpital, qu'en penses-tu ? Le Dr Tellier pourra te faire une ordonnance sans problème.

— Elle n'en a pas besoin, tout va très bien, intervient mon père d'une voix qui devrait alerter ma mère.

Ça va se terminer en dispute, mais c'est peut-être ce qu'elle cherche, après tout ?

Je lui en veux.

Je lui en veux vraiment.

Je lui en veux de ne pas s'être rendu compte combien j'avais besoin d'une distance de quelques semaines entre nous ; besoin de me retrouver et de me prouver que je pouvais être autre chose qu'un mollusque incapable de sortir de sa coquille.

Après tout ce temps à m'isoler, je crois que je suis en train d'y arriver, c'est une victoire, mais ma mère et ses angoisses peuvent-elles seulement le comprendre ?

J'en doute.

Je craque.

— Je suis aussi sortie un soir avec des amis, rassure-toi, je n'ai pas bu une goutte d'alcool. J'ai mangé de la croziflette chez les Favre et je n'en suis pas morte, et hier, j'ai fait du ski de fond avec Augustin.

— Avril…

— Maman, je vais avoir dix-neuf ans et je suis passée par bien assez d'épreuves pour avoir le droit de juger seule de ce qui est bon ou pas pour moi.

— Je comprends ton besoin de lâcher du lest, mais tu dois rester vigilante et à l'affût du moindre signe de faiblesse.

Incapable de laisser de côté ce qu'elle me dit, je m'enflamme.

— J'étais en train de courir sur un tapis, sous la surveillance d'électrodes qui affirmaient que tout allait bien et j'ai fait un arrêt cardiaque. Alors qui peut prétendre savoir ? Je dois m'enfermer dans la peur toute ma vie ? M'envelopper dans du coton ? Faire qu'on ne m'approche pas à moins d'un mètre et avaler des pilules-repas parfaitement dosées pour éviter le moindre excès qui pourrait m'être fatal ? Ce n'est pas de cette vie que je veux, maman. Et tu sais quoi ? J'ai adoré remonter sur des skis, j'aurais bouffé trois assiettes de croziflette si je n'avais pas eu peur qu'elles me fassent du mal, je ne l'ai pas fait et j'aurais dû ! Je retournerai en randonnée avec papa, plus haut, plus loin, et je sortirai le soir autant de fois que ça me chante, et tu n'as pas ton mot à dire !

— Avril, tente de me calmer mon père. Inutile de te mettre dans tous tes états.

Je me lève d'un bond.

— Avril ceci, Avril cela ! Fais pas ci, fais pas ça ! J'en ai marre de devoir être comme on veut que je sois. Marre, vous entendez ! J'ai une vie et elle m'appartient !

Je saute sur mon manteau et claque la porte en sortant du chalet. Je marche à toute vitesse en direction du centre-ville, loin, le plus loin possible de ma mère.

Je n'en peux plus.

Je veux une vie normale, une famille normale !

Je veux pouvoir déconner, avoir le droit de me tromper sans me dire que la mort m'attend au tournant.

Merde, est-ce trop demander ?

Des larmes plein les yeux, je file tout droit au Yéti Bleu. Je m'essuie les joues avant de rentrer et m'installe au bar.

Jimmy me dévisage.

— Ça va ?

— Non. Ma mère fait chier. Besoin de respirer.

Il ne me pose pas de questions et me fait couler un café serré. En temps normal, je ne le boirais pas, « trop fort pour ce que j'ai », mais je l'avale d'un trait, me moquant bien de me brûler la langue ou de finir avec une tachycardie.

— Tu te sens mieux ?

Je prends une profonde inspiration et lui raconte tout.

— Pas cool, dit-il.

— Non, pas cool.

— Rejoins-nous au Tibetan Café, ce soir, ça te changera les idées.

— Je suis pas fan de l'endroit.

Il hoche la tête.

— Tu vas faire quoi alors ?

— Ce qu'on attend de moi ! Rien.

— Dis pas ça… Demain, viens chez Margot, elle fait une soirée. Son appart n'est pas grand, mais on sera pas nombreux. Et il y aura Jeff, ajoute-t-il avec un clin d'œil moqueur.

— Hum… C'est à quelle heure ?

— Ah, j'aime mieux ça ! Vingt heures !

— Je vais réfléchir… Bon, faut que j'y retourne. Merci de m'avoir écoutée, je déteste me prendre la tête avec mes parents.

— T'as raison, ils peuvent être chiants nos vieux, mais on les aime.

Je prends mon temps pour rentrer, je réfléchis à la situation, au fait que j'aie enfin admis que je ne peux pas faire comme si j'étais en sucre.

Je voudrais que ma mère le comprenne et me suive. Je crois qu'elle n'en sera jamais capable et ça me bouffe.

Lorsque j'arrive au chalet, sa voiture n'est plus là et mon père m'attend dans le salon.

Il a allumé la cheminée et s'est installé dans le canapé.

— Maman est partie ?

— Oui… Elle a pensé que c'était préférable.

— Je suis désolée de m'être énervée.

— Viens t'asseoir avec moi.

J'obéis et prends place à côté de lui.

— Je comprends ce que tu ressens, Avril, je le comprends parce que je n'ai moi-même jamais supporté que ta mère te protège à ce point, mais c'est qui elle est et tu ne la changeras pas.

— Je sais…

— Ta mère n'est pas parfaite, pas plus que je ne le suis. Je sais combien elle peut être pénible et irraisonnée, et elle n'aurait pas dû réagir comme ça, mais… elle a toujours été là pour toi.

Il soupire.

— Papa, je sais tout ça.

— Non, écoute-moi. Personne ne s'est sacrifié autant qu'elle. Je ne te dis pas ça pour te faire culpabiliser, mais pour que tu comprennes combien il lui est difficile de lâcher prise. Je me souviens du jour où on nous a annoncé que tu avais une malformation cardiaque et qu'il fallait t'opérer. Tu avais à peine deux mois. Elle s'est sentie impuissante. Dieu sait qu'elle et moi nous avons des divergences sérieuses, Dieu sait qu'elle est passée dans l'excès et me tape sur les nerfs, et oui, ça risque de durer longtemps, mais elle t'aime. Ta mère t'aime, Avril, plus que tout. Je suis heureux que tu retrouves enfin le goût de vivre, mais sois patiente avec elle. Écoute son point de vue, respecte-le tout en faisant respecter le tien. Montre-lui combien tu es plus heureuse ainsi et elle l'acceptera, parce qu'elle veut le meilleur pour toi.

Mes joues sont couvertes de larmes, je sais qu'il a raison.

— Viens là, bijou.

Il m'ouvre les bras, je m'y réfugie et pleure, longtemps.

Lorsque je remonte dans ma chambre, un peu plus tard, mon téléphone est toujours dans mon sac. Je le sors et découvre tous les textos que ma mère m'a laissés.

Je suis désolée que ça se soit passé comme ça. Je n'aurais pas dû venir.

Je m'inquiète toujours pour toi, je ne peux pas m'en empêcher.

Tu as grandi, tu es devenue une merveilleuse jeune femme, mais tu seras toujours mon bébé.

Je vais te laisser finir tranquillement tes vacances avec ton père. Je t'aime.

J'ai le cœur serré quand je lui réponds, mais je sais aussi que rien n'est plus sincère que ce que je lui ai écrit.

Je t'aime, maman.

8
décembre

J'ai passé un long moment au téléphone avec ma mère. Je sais bien que je ne pourrai jamais la changer, mais j'ai eu l'impression qu'elle avait compris qu'il fallait absolument me lâcher du lest.

Est-ce qu'elle va y arriver ?

J'en doute…

J'ai toujours aussi peur de mourir, de faire l'erreur de trop ou de me retrouver encore plus piégée que je ne le suis aujourd'hui, mais j'ai besoin de liberté, de me tromper, de faire des bourdes, de m'en mordre les doigts et aussi d'être fière de moi.

J'en ai marre de jouer les filles parfaites, ma mère doit le comprendre.

Pour essayer d'arranger les choses, je lui ai répété le discours de mon père à son sujet.

Elle a toujours eu l'impression qu'il ne voyait en elle qu'une emmerdeuse psychorigide, alors elle a été surprise.

J'avoue que moi aussi.

Malgré toutes leurs prises de tête et ce divorce qui les a fatalement encore plus éloignés, j'ai senti chez mon père quelque chose dont je n'avais jamais pris conscience : la profonde admiration qu'il a pour ma mère.

Je me suis longtemps sentie coupable du divorce de mes parents.

Je me suis souvent dit que si je n'avais pas été malade, ils seraient toujours ensemble.

Alors quand ils montrent de l'estime l'un pour l'autre, j'y vois le signe que, peut-être, leurs sentiments ne sont pas tout à fait éteints…

Mon père m'a prévenue qu'il serait absent toute la journée. Je me suis occupée de la maison, de la lessive et même de déblayer la neige devant le portail.

Tout ce qu'une fille de mon âge ne ferait sûrement pas, mais à quoi bon être comme tout le monde ?

En fin d'après-midi, je me pose pour larver dans le salon et, poussée par le message de Benoît que j'ai reçu trois jours plus tôt, je fais quelque chose que je ne me suis pas autorisé depuis plus d'un an et demi : je le débloque sur TikTok et vais voir son *feed*.

J'ai envie de savoir ce qu'il est devenu.

Non, j'ai envie de voir que c'est toujours un gros naze.

Une série de vidéos partagées plus débiles les unes que les autres, des Reels qui le mettent en scène torse nu dans sa salle de bains, exhibant sa cicatrice à la poitrine, avec les hashtags #superheros #FitFrenchies #bogoss.

Il a les cheveux plus longs que dans mon souvenir, une barbe bien taillée et une musculature plus développée.

Je détaille sa plastique presque parfaite et me demande ce que j'ai bien pu lui trouver à part son physique.

Ce mec a eu de sérieux problèmes de santé, peut-être pas aussi graves que les miens, mais il a douillé.

Il n'a pourtant rien compris à la vie.

Je pourrais avoir pitié de voir combien son existence est aussi creuse, mais je me souviens surtout de combien je le déteste pour ce qu'il m'a fait.

Je fais un *screenshot* d'une de ses photos et l'envoie à Éva.

Mais regarde-moi ce gros con !

Tu es allée sur son TikTok ou je rêve ?

Ça va, c'est juste pour me rappeler à quel point je le déteste.

Euh… tu as besoin de ça pour en être convaincue ?

Non.

OK. Alors tu le bloques de nouveau.

T'inquiète. Ça va toi ?

La loose. Il y a une pièce que je retrouvais pas alors que je l'avais photographiée hier. Le directeur m'a pourrie… Hâte d'arriver.

Moi aussi, meuf, j'ai hâte de te voir. Ce soir je suis invitée chez une amie de Jimmy.

Jimmy ❤
Tu l'embrasses pour moi si tu le vois ?

Sans faute !

Je coupe la conversation et regarde une dernière fois le compte de Benoît.

Éva a raison.

Ce n'est pas parce qu'il a essayé de se remettre en contact avec moi que je dois oublier que je me suis battue pour n'en avoir rien à foutre de lui. Je le bloque définitivement et jette mon téléphone sur le canapé.

Mon père va bientôt rentrer, j'ai faim, je vais préparer le dîner.

Les lasagnes aux légumes me restent encore sur l'estomac lorsque je me pointe chez Margot. J'ai mangé trop vite pour ne pas être en retard.

Elle m'ouvre, un grand sourire aux lèvres.

— Hé, bienvenue ! Jimmy m'a dit que tu allais venir, c'est cool. Il est avec Jeff et Augustin. Installe-toi, je te rapporte un Coca Zéro, ça te va ?

Je réponds oui du bout des lèvres. Augustin est ici et je crois qu'il n'y a rien qui pouvait me faire plus plaisir. Je le cherche des yeux sans le repérer.

Le studio de Margot n'est pourtant pas bien grand, une pièce principale, un coin cuisine et une mezzanine, mais il y a au moins vingt personnes dans son petit salon, on a l'impression qu'ils sont une centaine.

Tout le monde est debout, un verre à la main.

C'est Jeff qui me remarque en premier et me fait un grand geste.

— Viens par là !

Je traverse la pièce et le retrouve près de la baie vitrée qui donne sur un balcon.

Ici non plus, pas d'Augustin…

— Trop cool que tu sois là. T'as vu, je joue les beaux gosses ! dit Jeff en tirant sur sa chemise blanche pas repassée. Ça te plaît, j'espère ?

Réponse évasive.

— Le blanc fonctionne toujours.

— Alors, il paraît que t'as fait une balade en ski de fond ?

— Oui, mardi matin, avec des primaires.

Jeff se penche vers moi, l'œil brillant.

— Moi aussi je veux bien t'aider à te remettre sur les rails. Tu viens skier avec moi quand tu veux. Je suis toujours libre à partir de 16 heures, c'est le moment où les remontées mécaniques commencent à être moins fréquentées.

Je plisse les yeux. Je suis certaine que la prochaine fois qu'on se verra, il me le proposera encore et encore, jusqu'à ce que je dise oui.

— On verra. Augustin et Jimmy ne sont pas avec toi ?

— Si si, ils sont là-haut, sur la mezzanine. Tiens, assieds-toi, propose-t-il en désignant un fauteuil.

À peine suis-je installée qu'il se pose sur l'accoudoir et dégaine son téléphone.

Puis sans prévenir, il se colle à moi et prend un selfie.

— Hé !

— Désolé, c'est pour mettre dans mon album de belles meufs !

Je vois rouge.

— Tu plaisantes j'espère ? Tu vas quand même pas la publier sur Insta et raconter n'importe quoi ?

— Tu me prends pour qui ? C'est juste un souvenir. Regarde, j'en ai plein avec tout le monde.

Il fait défiler les photos sur son téléphone, mais je suis tendue comme un string et j'ai un mal de chien à garder mon sang-froid.

Benoît avait fait ça, publier des photos de moi, puis raconté des trucs dégueulasses à mon sujet.

J'essaie de ne pas tout mélanger.

— Désolée… C'est juste que t'aurais pu demander.

— C'est quoi cette petite tête de pâté de foie ? Ça va ? nous interrompt Margot en revenant avec mon verre.

Puis elle regarde Jeff d'un air suspicieux.

— Qu'est-ce que t'as fait encore ?

Il hausse les épaules.

— Rien, j'ai juste fait un selfie sans prévenir, Avril a cru que j'allais le poster sur les réseaux.

Margot prend le petit air que je lui ai découvert la première fois que je l'ai rencontrée.

— T'es chiant avec ça, Jeff… Ça te parle, le consentement ? Le droit de disposer de son image, etc. ? Les meufs sont pas à ta disposition, on n'est pas des objets que tu peux afficher partout. Merde, quoi.

— Oh, ça va, t'es pas ma mère, c'était juste comme ça. Avril, tu veux que je la supprime, cette photo ?

— Non, c'est bon, mais tu la gardes pour toi.

Margot lui jette un regard noir et retourne vers la cuisine. C'est à partir de ce moment-là que je décroche.

Jeff fait un monologue, il dit qu'il a toujours eu de bonnes relations avec les filles et qu'aucune n'a jamais eu à se plaindre de lui. Je l'entends même dire que c'est un bon coup et me demande si j'ai bien compris.

Mon regard ne cesse de dévier vers la mezzanine, je ne vais pas tenir trois plombes comme ça.

Puis, au bout de ce qui me semble une éternité, Jimmy et Augustin descendent, nous voient et nous rejoignent.

Dès qu'il me voit, Augustin me fait un clin d'œil. Mon cœur se tape un sprint.

C'est ridicule, j'ai du mal à comprendre ce qui m'arrive.

Quant à Jimmy, ça n'a pas l'air d'aller.

— Alors ? lui demande Jeff.

— Elle m'a pourri.

— Désolé, mec… Je vais me griller une clope sur le balcon, tu viens, Avril ?

J'écarquille les yeux. En quel honneur ?

— Non merci, la fumée de cigarette et moi ça fait deux.

— OK ! Je reviens vite, ma poule, dit-il en me bouffant des yeux. Pars pas, hein ?

Ma poule ? Sans déconner…

Je suis mortifiée et pas seulement parce qu'Augustin assiste à ça. Il se passe quoi dans la tête de Jeff pour ne pas comprendre que draguer, c'est OK, mais que ça se fait avec un minimum de subtilité ?

C'est con, mais je pense à Éva. Dans cette situation, elle s'en sortirait mille fois mieux que moi et l'enverrait bouler devant tout le monde sans se préoccuper de ce qu'on pense d'elle.

Moi, je ne suis pas comme ça, il a de la chance.

— Il est chaud ! se moque Jimmy quand Jeff est sorti. C'est pas un dévergondé d'habitude, tu lui as vraiment tapé dans l'œil.

Ouais, ben, je m'en passerais bien.

— Allez, je reviens, je vais chercher une bière. Je t'en rapporte une ? demande Jimmy à Augustin.

— Plus tard, merci.

Il ne me quitte pas des yeux.

Son regard est profond, et c'est parce que je n'arrive pas à le soutenir que je cherche à faire diversion.

— Il parlait de qui, Jimmy, quand il a dit qu'on l'avait pourri ?

— Sa copine.

— Celle avec qui c'est compliqué ?

Il fronce les sourcils.

— C'est lui qui te l'a dit ?

— Non. Jeff.

— Il jacasse trop.

Mieux vaut éviter de lui répéter que Jeff m'a aussi raconté deux ou trois trucs sur lui, ça ne lui plairait pas.

— Ils viennent de rompre, ajoute-t-il.

Je hoche la tête, que dire de plus ?

Jeff revient dans la foulée, et il est décidément infatigable. À peine est-il rentré qu'il me passe le bras autour des épaules.

— Bon alors, toi et moi, quand est-ce qu'on va skier en tête à tête ?

Je me raidis.

Je ne vais pas pouvoir me taire, ça a assez duré. Mais parce que je préfère éviter de faire un esclandre chez Margot, je prends sur moi pour rester calme et me dégage le plus gentiment possible.

— Jeff, tu viens avec moi sur le balcon ?

Cet idiot n'a aucun sens de l'alerte et semble prendre ma proposition pour de l'intérêt. Il va donc falloir que je mette les choses au point avec lui sans prendre de gants.

Lorsque nous nous retrouvons tous les deux, je le regarde droit dans les yeux.

— Je te trouvais très sympa, mais là, c'est un peu trop.

— Hein ? Tu dis ça à cause du selfie ?

Je claque la langue.

— Du selfie, de tes gestes, de ta familiarité, et de ton insistance à me faire comprendre que tu aimerais bien passer du temps avec moi. Je vais essayer d'être brève, mais claire : je ne suis pas intéressée.

Il semble avoir pris une douche froide.

Jeff se gratte la barbe puis se passe une main dans les cheveux.

— OK. Je vois.

— Tant mieux.

Je coupe court à la discussion et rentre.

Augustin n'est plus là.

J'attrape mon manteau sur le fauteuil et l'enfile. Je n'ai plus envie de rester, je suis super mal à l'aise et après ça, l'ambiance va être bien plombée.

Pas envie de m'expliquer.

Je m'excuse auprès de Margot, la remercie et prétexte que mon père a besoin de moi et que je dois rentrer.

J'ai déjà parcouru cinq cents mètres dans la neige quand Augustin m'interpelle.

— Hé ! Tu es partie comme une voleuse. Margot m'a dit qu'il y avait un souci chez toi ?

Je ne m'arrête pas de marcher.

— Rien de grave. Retourne avec tes amis.

— Avril, attends !

Il court et se plante devant moi pour me stopper.

— Il y a eu un problème avec Jeff ?

— Je ne sais pas si c'était vraiment un problème, mais en tout cas, c'est réglé. Je peux passer ?

Je le contourne et continue à avancer.

Je n'ai pas trop envie d'avoir cette conversation avec lui, parce que, si je dois être totalement honnête avec moi-même, l'attitude de Jeff m'a fait me sentir comme un morceau de viande sur un étal.

Augustin n'a peut-être jamais eu cette attitude avec moi, mais je suis un peu échaudée.

— Il te plaît, Jeff ?

Je m'arrête tout net. Alors là !

— C'est l'impression que j'ai donnée ? Et quand bien même ? D'où on se comporte comme ça ? Son attitude ne choque que moi ?

— Non, mais…

— Allez, s'il te plaît ! Je crois pas que toi tu te sois conduit de façon aussi lourde avec moi. Il se pointe chez moi avec ses gros sabots, il insiste pour me donner un cours de ski rapproché, m'appelle ma poule, me touche comme si on se connaissait depuis des lustres. On n'est plus au XIXe siècle, merde ! Et encore, je suis sûre qu'à cette période les mecs avaient plus de classe que lui.

— Je savais pas, désolé. Enfin, on a bien compris qu'il t'aimait bien, mais j'avais pas conscience que c'était aussi pesant.

Je secoue la tête en soufflant et reprends la marche.

— Qu'importe. Maintenant, tu sais. Et puis entre nous, faut que t'arrêtes de me demander à tout bout de champ si un mec me plaît sous prétexte que je discute avec lui. Non parce qu'à ce rythme-là tu vas finir par croire que tu me plais aussi !

Je n'arrive pas à croire que j'ai dit un truc pareil. Avril, sale hypocrite !

— C'est pas le cas ? demande-t-il tout ce qu'il y a de plus sérieusement.

— Tu sais que tu es le frère de ma meilleure amie ?

— Et alors ?

Je laisse échapper un rire nerveux.

— Et alors, ça se fait pas.

— Qui a décidé ça ?

Mon cœur est méchamment en train de s'exciter.

— Mais enfin, je t'en pose des questions ?

— C'est toi qui as mis le sujet sur le tapis, argumente-t-il paisiblement.

On marche dans un parfait silence pendant quelques minutes qu'Augustin interrompt quand on est à vingt mètres du chalet.

— Tu t'es déjà posé la question inverse ?

— De quoi tu parles ?

— Si toi, tu me plais.

J'ai un raté dans mes pas, je suis bouche bée.

— Euh…

— Je suis sûr que oui, alors je vais te répondre : tu me plais.

Il y a un gros blanc.

— Mais…

Je sens littéralement mon sang rouler sous mes veines. J'essaie de me ressaisir.

— Euh, écoute, je veux pas faire ma timorée, mais c'est trop bizarre, là.

— Parce qu'Éva est ma sœur ?

— Mais oui ! Et tu sais quoi ? On ne devrait même pas avoir cette conversation.

Il sourit et son sourire est si désarmant, si craquant, si…

— Stop. Basta. C'est débile, je rentre.

— C'est toi qui décides. À très vite, mère Noël ! lance-t-il quand j'ouvre le portillon.

Même pas je me retourne.

Même pas je vais y repenser.

Même pas je vais craquer.

Ma tête, mon cœur, tout s'emmêle.

Je suis foutue…

9
décembre

Je ne sais pas par quel miracle j'ai réussi à m'endormir. Les mots d'Augustin m'ont obsédée. J'ai trouvé cent fois plus facile de lui faire croire qu'avoir des vues sur moi était idiot, que de museler le flot de mes pensées. Je lui plais, et quoi que j'aie pu lui dire pour lui faire croire le contraire, c'est réciproque.

Comment de trois ans en arrière, uniquement liés l'un à l'autre par l'indifférence, on se retrouve à se dire que peut-être, nous pourrions envisager de nous rapprocher ? C'est insensé ! Et rien que de penser à Éva, j'ai un nœud à l'estomac. Quelle fille sauterait de joie en apprenant que son frère fréquente sa meilleure amie ? Je le sens mal.

Je soupire en sortant du lit. Il est 9 heures, dehors le brouillard s'enroule comme un ruban autour des chalets et ne semble pas être près de se dissiper. C'est un jour à ne pas sortir de chez soi. Ça tombe bien, je suis en retard dans mes révisions. J'enfile un sweat géant en laine polaire par-dessus mon pyjama et descends. Mon père a sa parka sur le dos, prêt à décoller.

— Hé… Tu pars en rando ?

— Non, me répond-il en enfilant son bonnet, pas avant le début d'après-midi, et encore, à condition que le brouillard se dissipe. Je dois aller récupérer ma machine à café à Annecy, elle est réparée.

— Te voilà sauvé ! je me moque.

Pas un jour, depuis que je suis arrivée, je ne l'ai pas entendu dire que sa machine à capsules faisait un café dégueulasse et qu'il allait finir par la foutre par la fenêtre.

— Tu veux m'accompagner ?

Je montre ma tenue ainsi que les grosses chaussettes que j'ai aux pieds.

— Je ne suis pas sûre que les habitants d'Annecy soient prêts pour ça ! Tu rentres pour midi ?

— Bien sûr !

Il vient m'embrasser et sort dans le froid.

La cheminée carbure à plein régime, il fait chaud dans la maison et mon père est sorti tôt pour acheter du pain frais. Je me prépare une tasse de thé, avale mes médicaments en vitesse et vais m'installer dans le salon, l'esprit encore possédé par les mots d'Augustin. À peine dix minutes plus tard, mon père revient en claquant la porte.

— Le voyant du liquide de refroidissement du 4x4 s'allume, mais j'en ai remis hier. Je viens d'appeler un pote garagiste, il passe dans quelques minutes. Fait chier.

— Désolée… il est pas tout neuf, faut avouer.

Depuis que j'ai six ans, mon père roule dans un 4x4 d'occasion tout cabossé qu'il a déjà fait réparer une dizaine de fois. Comme il est vraiment bougon, je me lève pour lui faire un gros câlin.

— Allez, je file à la douche !

Je me prépare assez vite et échange quelques minutes avec ma mère par messages. Elle met de l'eau dans son vin, je le vois, et ne pose presque pas de questions, ça me fait tout drôle. Pas l'habitude.

Quand je redescends, mon père est dehors avec son ami. Je les regarde par la fenêtre, et, à voir sa tête dépitée, les nouvelles ne sont pas bonnes.

— Alors ? je lui demande quand il entre.

— Pompe à eau et il n'en aura pas avant mardi, voire mercredi matin. Il dit qu'il y en a une disponible chez le grossiste à Annecy. Je vais voir si je peux envoyer quelqu'un.

Je hausse les épaules, sans savoir quoi lui dire de plus. Il prend son téléphone, et quand je comprends qui il est en train d'appeler, je me liquéfie.

— Ouais, merci, gamin. Le brouillard a commencé à se lever, alors a priori, je pars pour une rando à 13 heures, mais Avril sera là. Vous n'aurez qu'à y aller ensemble, comme ça, elle récupérera ma machine à café. Si c'est possible pour toi.

Augustin… Il n'en a certainement pas conscience, mais si j'étais sous électrocardiogramme chaque fois qu'il est là ou qu'on évoque son nom, la machine ferait des pics d'accélération.

— Ça roule, conclut mon père, à tout à l'heure !

— C'est quand « tout à l'heure » ?

— Tout début d'après-midi, je serai sûrement déjà parti. Ça ne te gêne pas d'y aller avec lui ?

Non. Oui. Je sais pas. Arg…

— Ça m'arrangerait, au moins pour récupérer ma machine à café.

Je hoche la tête sans savoir quoi dire.

— Parfait ! Pizzas pour midi ? J'ai la flemme.

— Papa…

— Même exceptionnellement ?

Je lui souris.

— C'est moi qui vais préparer le repas, il reste de la salade, des œufs et du fromage.

— C'est pas ça qui va me nourrir. Ajoute un steak !

Puisque c'est si gentiment demandé !

Le brouillard de Morzine est loin derrière nous, à Annecy, le ciel bien plus gris que la dernière fois que je suis venue, mais, en réalité, la présence d'Augustin donnerait l'impression d'éclaircir n'importe quel gros nuage.

Il roule avec le 4x4 de son père, un modèle bien plus récent que celui du mien, je sens à peine passer les virages quand on descend de la montagne. Et pendant le trajet, je suis soulagée qu'il ne revienne pas sur notre discussion de la veille. Il marque des points, j'adore qu'Augustin ne soit pas aussi lourd que Jeff.

Il nous faut une heure et demie pour arriver à Annecy et à peine trente minutes pour récupérer la machine à café et la pompe à eau d'occasion.

— Il est encore tôt, on fait un tour en centre-ville ? propose Augustin.

Il faut savoir une chose : été comme hiver, Annecy est peut-être bien la ville la plus romantique de France. Ses canaux, son lac, ses maisons à pans de bois, ses petits ponts en fer forgé et ses rues pavées qui serpentent à travers la ville. Si on l'appelle la Venise des Alpes, ce n'est pas pour rien. De cet endroit, j'ai un souvenir très fort, très net. Lorsque mes parents y marchaient, ils se tenaient toujours la main, même s'ils s'étaient disputés la veille. Tout simplement parce qu'Annecy a ce pouvoir de vous donner envie d'être amoureux.

Rien qu'à l'idée, je déglutis.

— Oui, si tu veux.

— Tu as faim ? Parce que moi oui, j'ai pas pris le temps de manger à midi.

— Là, comme ça, pas trop, mais on peut aller te prendre un sandwich.

Il éclate de rire.

— Venir à Annecy hors vacances quand il n'y a pas foule pour manger un casse-dalle ? T'en as d'autres, des idées comme ça ?

— Ben…

— Allez, mère Noël, ouvre-toi l'estomac, je t'emmène dans un endroit de dingue !

— D'accord, mais arrête de m'appeler comme ça !

Il prend un air taquin.

— Jamais de la vie ! J'ai encore des images.

— Oui, bon… pas en public, au moins.

Il hausse un sourcil.

— Parce qu'on va beaucoup se voir en privé ?

Surprise, j'ouvre la bouche pour dire quelque chose et me tais. Il éclate de rire.

— Je t'ai mouchée !

— J'avoue…

Augustin a l'air de connaître la ville comme sa poche. Il se gare en plein centre, à l'entrée du Vieil Annecy.

— C'est à côté, dit-il, juste là.

Du doigt, il pointe une devanture rouge.

— Chez Mamie Lise ?

— Ouais, tu vas voir, c'est génial. En pleine saison, il y a toujours un monde de dingue, faut réserver hyper en avance.

À l'intérieur, je ne peux m'empêcher d'afficher un sourire émerveillé. On dirait un chalet de montagne, avec des poutres apparentes, une échelle et une mezzanine avec plein de trucs dessus, des caisses, des pots à lait, des ours en peluche, et tout un tas de lutins de Noël adorables. Il y a du bardage en pin un peu usé sur les murs, des nappes à carreaux rouges sur les tables, et le dossier de chaque chaise est percé d'un cœur.

— Ouah…

— Tu aimes ? demande Augustin, ravi.

— J'adore.

— Et t'as pas encore goûté à la fondue de Mamie Lise !

Je lui souris pour deux raisons : la première, c'est que je suis heureuse d'être ici avec lui ; la deuxième, c'est que je me sens tellement bien que je pourrais presque manger n'importe quoi !

Je suis plus raisonnable que ça d'habitude, mais je sais bien que demain Éva sera là, et qu'un moment comme celui-ci avec Augustin, il n'y en aura peut-être pas d'autres… Il faut que j'en profite.

La fondue de Mamie Lise est dingue ! Préparée avec du gingembre frais et des zestes de citron. Jamais mangé un truc pareil !

— C'est bon ? demande-t-il, les yeux pétillants.

— Très, mais je mangerai pas tout.

Il sourit. Je m'autorise la salade et quelques morceaux de pain trempés dans le fromage. Pas plus.

— Qu'importe, l'essentiel, c'est que t'en manges !

— Jure-moi de ne pas répéter ça à mon père, sinon, j'aurai droit à un resto tous les soirs !

Augustin me dévisage, semblant vouloir me poser une question.

— Quoi ?

— Qu'est-ce qui va changer pour toi quand tu retourneras à Lyon ?

C'est si inattendu qu'il me faut plusieurs secondes pour y réfléchir et y répondre.

— Tu parles comme si j'étais là depuis des lustres et que tout avait changé. Je ne suis pas sûre que ce soit le cas.

— Permets-moi de rectifier : tu es là depuis une semaine et tout a déjà changé. Regarde, ajoute-t-il en montrant mon assiette, c'est pas un pas, c'est un saut de géant !

Et pour mieux me convaincre, il pique une tranche de charcuterie à laquelle j'ai préféré ne pas toucher, un morceau de pain et les trempe dans le fromage avant de me les présenter.

— Vas-y, ça mord pas.

Je m'exécute, ouvre la bouche et mâche. En vrai, je n'ai jamais rien mangé d'aussi délicieux.

— Verdict ?

— Ch'est trop bon…

— Je le savais, la vie est belle, Avril, et elle te tend les bras.

— Comme toi ? je demande sans même y réfléchir.

Et je le regrette presque aussitôt. Je n'aurais pas dû.

Augustin a les yeux qui brillent, ils semblent même plus noirs que d'habitude. Au lieu de me répondre, il tend le bras et m'essuie un coin des lèvres avec sa serviette.

— Je peux te faire un bisou ?

— Quoi ?

Il sourit.

— J'ai envie de te faire un bisou et je me demande si je peux.

— Euh… ici ? Devant tout le monde ?

Il hoche la tête.

Je vais refaire un arrêt cardiaque, c'est sûr. Je rate un battement quand je lui réponds :

— D'accord…

Un couinement de musaraigne.

Alors Augustin se lève, se penche par-dessus la table et dépose un minuscule baiser sur ma joue. Je le sens à peine. J'ai toujours le souffle coupé quand il se rassoit, ne sachant si je suis frustrée ou émerveillée.

— C'était pas prémédité, dit-il. Ce qui est en train d'arriver, là, je l'ai pas vu venir, j'en avais juste envie.

— Moi non plus, j'ai rien vu venir…

— Tu me plais, Avril, tu me plais vraiment beaucoup, et je sais pas trop ce qui se passe dans ma tête, mais j'ai envie de passer du temps avec toi.

Pouh…

— Moi aussi.

Il se contente de me sourire, comme si nos déclarations se passaient de mots. Je ne sais plus trop où j'en suis.

— On se passe de dessert et on va marcher ? me propose-t-il.

J'aurais pu le dire moi-même tant j'en ai envie.

— OK, mais j'ai une requête.

— Laquelle ?

— Là, c'est moi qui t'invite.

— C'est hors de question !

— Jusque-là, je ne t'ai trouvé que des qualités, si tu joues les machos tu vas perdre des points, je te préviens !

Alors il lève les mains. La menace, il n'y a que ça de vrai.

— Je capitule, mais juste… sauf si ça me regarde pas. Tu travailles ?

— Pour pouvoir te payer le resto ? Non… mais mes grands-parents maternels m'ont légué un peu d'argent. Je suis pas Rothschild, mais ça permet de faire ce genre de choses.

— Ça, c'est cool ! Les miens sont radins, t'imagines pas !

— Alors, profite ! On y va ?

L'été, les rues du Vieil Annecy sont couvertes de fleurs, mais en hiver, le marché de Noël et ses décorations font resplendir les rues, les façades, les fenêtres. Il y a des petits chalets partout, des rennes illuminés. J'avais oublié que c'était si joli.

Augustin et moi longeons la rivière Thiou jusqu'au pont Bacchus. Nous nous adossons à la rambarde métallique embellie de branches de sapin et nous penchons pour regarder l'eau sans dire un mot. Nous restons de longues secondes ainsi, jusqu'à ce que la surface soit perturbée par de fines gouttes d'eau.

— Ah, il commence à pleuvoir, fait remarquer Augustin.

Et d'un coup, c'est le déluge. Je pousse un cri, Augustin retire une manche de sa parka, la passe au-dessus de ma tête et nous entraîne en courant en direction du passage de l'Évêché. On arrive sous le porche, trempés comme des soupes. Les cheveux d'Augustin lui collent au front, on dirait un empereur romain, je suis prise d'un fou rire incontrôlable.

— Tu verrais ta tête ! C'est trop drôle et tu n'as jamais aussi bien porté ton prénom ! Octavius Augustus !

Mais Augustin ne rit pas. Il me regarde fixement, imperturbable, les sourcils un peu froncés. Il étire le bras et s'appuie contre la pierre, à quelques centimètres, penché au-dessus de moi, les yeux insondables. J'arrête de rire. Nos deux visages sont tout proches. Augustin ne fait pas un geste, il se contente de m'observer, il me scanne, presque jusqu'à l'âme.

J'ai du mal à respirer ; lui aussi. Ses yeux passent des miens à mes lèvres, je suis certaine qu'il va m'embrasser. Mais il ne le fait pas. J'égrène les secondes, comme un compte à rebours impossible à arrêter. Une bombe sur le point d'exploser. On se moque des passants qui nous regardent, du froid qui nous glace les os, du temps qui s'écoule.

— Augustin…

Un murmure. Une supplication. Une alerte.

Soudain il ferme les paupières et se ressaisit.

— Il faut qu'on y aille.

— Maintenant ?

Il me sourit.

— Tu vas tomber malade à cause de moi.

— Oh ça… c'est pas grave.

Je préfère que tu m'embrasses. Pourquoi tu m'embrasses pas ? Embrasse-moi ! Je ne dis pas un mot, alors il recule.

Il lève les yeux, le regard presque douloureux.

— Quand tu en auras très envie, c'est toi qui m'embrasseras. On y va ?

Je hoche la tête. Je suis complètement chamboulée.

J'en ai envie. J'ose pas.

— Oui, on y va.

Il est presque 18 heures lorsque je rentre chez moi, il fait nuit. Mon père a retrouvé sa machine à café italienne, sa voiture sera réparée demain, il neigera sûrement cette nuit, il est heureux. Je me réfugie dans ma chambre et me couche sur mon lit. Les yeux fixés au plafond, je revis chaque instant de l'après-midi que j'ai passé avec Augustin. Tout est si parfait. La ville, la pluie, mon cœur qui bat. Ce baiser qui n'a pas eu lieu me hante, mon ventre se tord, mon esprit se liquéfie. J'étais prête et si je n'avais pas manqué de courage, je l'aurais bien sûr embrassé moi-même.

Ahhhhh ! J'attrape l'oreiller et me l'écrase sur la bouche.

J'aurais dû le faire !

Sur le chemin du retour, on n'a presque pas dit un mot, c'était bizarre, comme si on était tous les deux perdus dans nos pensées. Puis devant la porte de chez moi, il m'a souri en me disant « À bientôt ». C'est tout. Ça a sonné comme une promesse, mais… Éva arrive demain, est-ce que ça va changer la donne ? Peut-être, sûrement, je ne sais pas… je ne veux pas. Fait chier ! Pourquoi les choses sont si compliquées ?

Je retire l'oreiller de mon visage, prends une bouffée d'air et ris nerveusement.

On n'a même pas échangé nos numéros de téléphone. Qui fait ça, franchement ? Je connais ce mec depuis que j'ai six ans et je n'ai pas son 06. C'est aberrant.

Je ferme les yeux et tente de ne penser à rien. Autant essayer de marcher pieds nus sur des clous ! J'attrape mon téléphone et vais stalker l'Instagram d'Augustin. Des photos de montagnes, de figures de ski, de pas dans la neige, de son diplôme de moniteur. Il n'a rien posté depuis des semaines et il n'a pas TikTok. Je soupire, je tente un message privé.

Merci pour cet après-midi.
C'était chouette.

Surprise, je vois que mon message est tout de suite lu. Il est en train d'écrire, même !

Merci à toi, mère Noël.
Hâte de te revoir.

Boum ! Mon cœur s'envole.

Moi aussi… Mais je voulais te dire… Pas un mot à Éva, OK ?

🤐 😘

Et parce que les grands esprits se rencontrent toujours, en parallèle, je reçois un message d'Éva.

Demain ❤️

Trop pressée ! Tu arrives à quelle heure ?

Le plus vite possible. Tu seras là ?

Non, pas du tout, j'ai décidé de rentrer plus tôt que prévu !

T'es conne !

Où veux-tu que je sois, banane ?

Chais pas, peut-être que t'as rencontré un apollon et que tu ne me l'as pas dit ?

Éva ne m'entend pas déglutir. C'est comme si, soudain, j'avais des épingles au fond de la gorge. Ça va être très compliqué.

> T'es toujours là ?

> Allô ? T'as vraiment rencontré un mec ?

> Mais non, qu'est-ce que tu racontes ? Il n'y a personne.

> Je me disais aussi ! Ç'aurait été trop beau ! Allez, meuf, je te laisse, j'ai encore toutes mes valises à préparer. À plus !

« Ç'aurait été trop beau. » Mais ça l'est, Éva, ça l'est… Ça ne l'a jamais été autant.

Je me déteste de lui mentir, mais comment lui avouer ce qui se passe sans créer un tsunami ? Elle m'a dit qu'elle voyait Augustin comme un mec qui ne pense qu'à s'amuser et qu'elle plaignait les filles qui sont avec lui. Sauf que moi, j'ai perçu quelque chose d'un peu différent. Il est attentif et ça me donne envie de lui faire confiance. Si j'essaie de lui expliquer qu'il m'a fallu moins d'une semaine pour réapprendre à respirer et que c'est en grande partie grâce à son frère, elle va me prendre pour une folle.

Je suis en train de me fourrer dans une situation merdique. Je ne sais pas comment ça va finir, mais je suis au moins sûre d'une chose : pour que ça m'arrive, c'est que quelque chose doit en valoir la peine.

Quoi ? Je le saurai sûrement plus vite que je ne le crois.

10
décembre

— Je voudrais un bonhomme de neige. Oh, viens jouer avec moi !

Réveil en fanfare. Je ris en entendant Éva chanter à l'autre bout du fil.

— T'es barge !

— Je suis une fille en manque de compagnie. Je parle aux murs et à ces portraits qui m'entourent !

— Salut, Jeanne d'Arc !

— Je suis seule et je m'ennuie. Tu restes de glace et moi j'attends que les heures passent !

— Ça va, n'en jette plus, j'ai compris ! Tu es déjà arrivée ?

Éva rit aussi.

— Ouais, à l'instant, je suis partie à 6 heures du mat, t'imagines ? Je suis décalquée.

Je bâille et m'étire. J'ai toujours dit qu'Éva avait un pète au casque.

— Eh bé… il fallait que tu sois vraiment pressée d'être là.

— T'as pas idée, je n'en pouvais plus de mon mémoire et d'être enfermée dans ce musée ! À force, je me suis dit que j'allais finir par être aussi décrépie que la momie du premier étage. Cela dit, j'ai pas fini, je vais devoir bosser pendant mes vacances…

— On révisera ensemble. J'ai pas trop avancé moi non plus.

— Bonne idée ! Tu ne t'es pas trop ennuyée pendant mon absence ?

Je ferme un instant les paupières. Comme je déteste lui mentir.

— J'ai fait une balade avec mon père, et je suis sortie plusieurs fois. Ça va, c'était tranquille.

— Tu ne t'es pas encroûtée, c'est bien ! Moi je suis trop contente d'être là, surtout que c'est ouf toute cette neige ! Ça faisait longtemps que j'en avais pas vu autant. Avec la vieille Mini de ma mère, j'ai cru que j'allais devoir mettre les chaînes pour monter. Même les pneus neige patinaient, t'imagines ?

— C'est comme ça depuis une bonne semaine, pas une nuit sans poudreuse. Les dameuses s'éclatent. Les touristes aussi.

— T'es allée skier, depuis la balade avec mon frère ?

— Allô ? Allô ? Je passe sous un tunnel, je n'entends plus. Allô ?

— Bla-bla-bla ! Si je ne te vois pas sur des skis avant mon départ, tu vas m'entendre ! Bon, tu me retrouves chez moi ou je dois continuer à chanter ?

Éva connaît par cœur *tout* le répertoire de *La Reine des neiges*, alors hors de question de la prendre au mot. Toutefois, dans l'immédiat, j'ai un autre problème… et de taille.

— T'es toute seule ?

— Chez moi ? Oui. Enfin, y a mon père, mais il va aller au magasin à un moment donné. Pourquoi ?

Parce que si Augustin est là, j'aurai du mal à faire semblant, tu comprends, Éva ?

Peut-être même que je pourrais sauter sur ton frère, me rouler dans la neige avec lui et complètement oublier que tu es là !

Éva va adorer mon excuse, c'est sûr.

— C'était juste pour savoir..., je finis par répondre.

Je regarde le réveil sur la table de nuit, il est pile 9 heures.

— Tu me donnes une heure ?

— Trente minutes !

— Arrête ! Je suis encore dans mon lit. Laisse-moi m'habiller, boire un thé, me redonner forme humaine et j'arrive.

— OK ! En attendant, je prépare tout ce qu'il faut pour notre rituel.

J'écarquille les yeux.

— Tu veux vraiment qu'on fasse un bonhomme de neige ?

— Qu'est-ce que tu crois ? On ne transige pas avec la tradition !

Tout un tas de souvenirs me reviennent.

Jusqu'à il y a trois ans, chaque année quand j'arrivais, le premier truc que je programmais, c'était aller chez Éva pour faire un bonhomme de neige.

Au début, on se mettait carrément en compétition et le résultat n'était jamais probant. Puis on s'est mises à le faire à deux. Irrémédiablement, ça finissait en bataille de boules de neige, on se les envoyait jusqu'à ce que l'une de nous capitule, puis on avait droit à un chocolat chaud et des tartines au beurre et à la confiture.

Pour rien au monde nous n'aurions raté ce moment. On a un poil grandi depuis, alors c'est peut-être un peu bizarre de refaire la même, sauf que… quand Éva a une idée dans la tête, elle l'a pas ailleurs !

Avant de me préparer, je consulte mon Instagram.

Augustin ne m'a pas écrit, mais il a posté une nouvelle photo : un gros plan de la nappe de chez Mamie Lise. Personne à part moi ne peut comprendre.

Je souris.

Contrairement à la dernière fois où je suis venue, la maison des Favre est couverte de décorations de Noël. Il y a des branches de sapin disposées sur tous les rebords de fenêtre, des filaments électriques dorés qui descendent du toit en pluie, des étoiles accrochées à la rambarde de la terrasse, et dans le jardin un renne qui doit s'illuminer quand la nuit tombe. Les chalets autour ont presque l'air tout tristes à côté de celui des Favre.

— Mes parents se sont lâchés, marmonne Éva. Je crois que c'est pire d'année en année…

— C'est super joli !

— Mais pas très écolo !

— Rabat-joie, ce sont des LED !

— T'as qu'à venir vivre ici, si ça te plaît tant que ça ! Non mais est-ce que t'as vu l'état du salon, sérieux ? On se croirait dans la maison du père Noël ! Je fais une overdose de rouge, crois-moi ! Je déteste !

— Et moi, j'adore !

Éva et moi, on s'est trouvées, parce qu'on est radicalement à l'opposé l'une de l'autre, tant par le caractère que par le physique.

Elle est aussi blonde que je suis brune, aussi grande que je suis petite, a les yeux noirs, alors que les miens sont bleus, et puis elle est tellement sociable qu'elle sait se faire un ami en moins de deux.

Tout le contraire de moi.

Oh, et elle est plus pragmatique aussi : pour notre traditionnel bonhomme de neige, elle a enfilé sa combinaison de ski, alors que moi, j'ai fait la bêtise de mettre un jean.

— Bon, on y va ? dit-elle en enfilant ses gants.

— C'est parti !

Il nous faut une petite heure pour former un bonhomme de neige digne de ce nom, et on s'est données à fond. Lunettes de ski, écharpe, bonnet… Il est assez réussi, mais à quel prix ! J'ai les jambes trempées à force de me mettre à genoux et je suis morte de froid.

— À toi l'honneur ! clame Éva en me remettant une carotte.

— Oh, oh ! D'habitude tu piques une crise quand je veux le faire.

— Faut croire que j'ai mûri !

— Ou vieilli !

Il ne lui en faut pas plus pour me lancer une boule de neige dans le dos, alors que je viens juste d'enfoncer la carotte pour faire le nez.

— Hé ! J'avais le dos tourné, sale fourbe !

— Ah ? OK, pardon.

Et vlan ! Elle m'en balance une autre dans le cou.

— Je vais te tuer !

Je me baisse, prends à mon tour une poignée de neige et la vise en pleine face.

— Yeah ! Dans le mille !

Éva crache, s'essuie et éclate de rire.

— T'as toujours été meilleure tireuse que moi. Par contre, t'as pas trop le sens de l'anatomie, meuf !

— Hein ?

— Ton bonhomme de neige et sa carotte, le pauvre…

Éva s'approche, retire la carotte et la lui plante bien en dessous de l'abdomen.

— Voilà ! Là, il ressemble à quelque chose. Bonhummus-phallus-geanticus !

— Non mais je rêve !

— Ben quoi ? Il s'en fout d'avoir un gros pif, ce qu'il veut, c'est une grosse…

— Oui, oui, j'ai compris !

— Au moins, comme ça, il n'aura pas de mal à trouver une chérie !

Elle sort son téléphone portable et me le tend.

— Tiens, prends-moi en photo avec le beau gosse !

Elle se place à côté de lui et, au lieu de lui passer une main autour des épaules, elle lui attrape la carotte et tire grand la langue.

— Wasaaaaaaa !

— Mais qu'est-ce que t'es conne !

Je la shoote plusieurs fois, puis je la rejoins pour prendre un selfie de nous trois, nos têtes d'ahuries, choquées par l'incroyable excroissance de M. Neige.

On a l'air fines, tiens !

Surtout qu'on ne se doute pas que, consterné, le père d'Éva est en train de nous regarder.

— Vous voulez que je vous aide ? demande-t-il en ouvrant la fenêtre.

Je suis morte de honte !

Éva, elle, se démonte pas.

— Merci, p'pa ! T'aurais pas des kiwis ?

Nicolas Favre lève les yeux au ciel et ferme la fenêtre pendant qu'on pouffe de rire.

— Allez, viens ! dit Éva. Tu vas finir par tomber malade si tu gardes ce futal. Je vais t'en prêter un pendant qu'on met le tien au sèche-linge.

À l'intérieur, elle s'arrête d'abord à la cuisine pour faire bouillir de l'eau.

Elle prépare un plateau avec deux tasses, du thé, des biscuits, et direct dans sa chambre.

Éva se jette sur son lit, bras et jambes écartés, au bout de sa vie.

— Je suis morte ! Regarde dans mon placard, y a un legging noir.

Je me déshabille. J'ai les cuisses toutes rouges tellement j'ai eu froid.

— T'es trop bien gaulée.

— Hein ?

— Tu fais plus de sport depuis un moment, mais t'as rien perdu, t'as toujours les jambes aussi musclées, alors que moi, on dirait une vieille grenouille toute flasque. Et à force de gratter la terre et les tessons de céramique, j'ai les doigts dégueulasses, ajoute-t-elle en se détaillant les mains.

— Ce qu'il faut pas entendre !

Éva, c'est l'une des plus jolies filles que je connaisse. Quand je marche avec elle dans la rue, c'est pas souvent moi qu'on regarde en premier. C'est hallucinant qu'elle n'en ait pas conscience.

J'enfile le legging. Les jambes sont tellement longues qu'elles font des plis sur les chevilles et me donnent l'impression d'être une gamine qui a mis les fringues de sa mère. Le ridicule ne tue pas il paraît, et personne ne sera là pour voir à quoi je ressemble.

— J'ai la flemme de redescendre, on s'occupera de ton pantalon plus tard. T'as qu'à le mettre sur le radiateur en attendant. Viens, dit-elle en tapant le matelas du plat de la main.

Comme quand on était gosses, on se retrouve sur son lit l'une à côté de l'autre, les yeux fixés sur le plafond. Puis Éva se tourne sur le côté et prend appui sur un coude pour me regarder.

— Tu m'as pas dit si tu avais revu Jimmy.

— Si, avant-hier.

— Et t'as gardé ça pour toi ?

Je grimace, parce qu'Éva et moi on ne s'est pas vraiment parlé ces derniers jours. Nos quelques échanges étaient rapides, je ne lui ai rien raconté de spécial.

En fait, je lui ai surtout caché des trucs…

— Il est officiellement célibataire depuis deux jours.

Elle se redresse d'un coup pour s'asseoir en tailleur.

— Tu déconnes ? Non mais je rêve ! Depuis quand t'es devenue une tombe ? J'arrive pas à croire que tu me l'aies pas dit plus tôt ! C'est la Parisienne ?

— Oui, mais me demande pas de détails, je suis au courant de rien. Je sais juste qu'ils s'entendaient plus trop.

Éva se frotte les mains.

— Voilà qui arrange mes affaires !

— Tu vas rester deux semaines à tout casser, tu veux vraiment essayer de le brancher ?

Puis je réalise. Moi aussi je pars dans quinze jours, ce qui ne m'a pas empêchée d'avoir envie d'embrasser son frère…

— Évidemment ! rétorque Éva. C'est pas parce que tu es au régime sec depuis trois ans que je vais faire pareil ! Sans t'offenser, hein ! Les mecs de ma promo sont tous moches comme des poux. La grosse barbe, les cheveux longs dégueulasses, une dégaine de pouilleux un peu bab, tu vois le genre ?

— Genre Jeff, je vois bien oui.

— Jeff, le gars qui bosse au gîte ?

Je hoche la tête et en profite pour lui raconter le sale plan qu'il m'a fait.

— Bah, j'sais pas pourquoi t'es étonnée. C'est comme ça que ça se passe pendant les saisons, tu sais bien. Tout le monde essaie de choper. D'ailleurs, je me demande si mon frère s'est trouvé une autre régulière.

Si j'avais des antennes sur la tête, elles seraient en train de faire des étincelles. Éva n'imagine pas à quel point je suis crispée.

— Si c'est le cas, reprend-elle sans se rendre compte de rien, j'espère qu'elle n'est pas comme l'autre folle, là, à Grenoble. Je pouvais pas me l'encadrer.

— Pourquoi ?

— On aurait dit que mon frère, c'était son toutou. Une fois elle a mangé à la maison, j'ai cru que ma mère allait pisser le sang à force de se mordre les joues. L'autre, elle était à table et vas-y : « Chouchou, tu veux bien me resservir s'il te plaît ? De l'eau aussi, je meuuuuuurs de soif », « Chouchou, je déteste éplucher les crevettes, tu le fais pour moi ? », « Chouchou, tu peux goûter le dessert et me dire s'il est pas trop sucré ? »

Malgré moi, je pouffe de rire en voyant les gestes qu'Éva fait et la voix qu'elle prend pour l'imiter.

— Ma main dans sa tronche, oui !

— C'était pas l'amour fou.

— Non. Et puis maintenant il peut reprendre ses vieilles habitudes.

— C'est-à-dire ?

— Mon frère est un vrai coureur, les filles lui tombent dans la main, il n'a plus qu'à se servir.

Je déteste l'entendre dire ça et frissonne malgré moi.

— Tu trembles ? Je t'avais dit que tu tomberais malade.

Ce qui me rend malade, c'est que moi aussi je fais peut-être partie d'une longue liste de filles avec qui il prend du bon temps. J'ai l'impression d'avoir avalé une brique.

— Ça va ? insiste Éva. T'es toute blanche.

— J'ai du mal à me réchauffer.

Pour faire illusion, j'attrape ma tasse de thé sur la table de nuit et en bois une gorgée.

— Assez parlé de mon frère. Tu penses quoi de Jimmy ?

Je réponds sans avoir besoin de réfléchir.

— Qu'il semble être un mec bien.

— Tu crois ?

— Oui. Il est gentil et il a l'air d'avoir la tête sur les épaules.

— Pas comme mon frangin, c'est cool.

Je me tais. Je déteste l'entendre parler comme ça d'Augustin, parce que je ne veux plus vivre ce que j'ai vécu avec Benoît et que ça fait vibrer le doute en moi.

— J'aimerais avoir une vraie histoire d'amour.

— Moi aussi…, je souffle sans même m'en rendre compte.

— Oh, ma morue préférée…, lance-t-elle en m'ouvrant les bras pour me serrer contre elle. Ne sois pas triste ! On va les trouver les thons de nos rêves, je te promets !

Mes épaules sont subitement secouées par un rire nerveux. J'ai un peu de mal à assimiler Augustin à un thon.

— Toi et tes métaphores, j'te jure ! T'es unique, Éva, je me demande ce que je ferais sans toi.

— Tu te ferais sacrément chier, ma poule !

Puis elle revient à la charge, recule et me regarde droit dans les yeux.

— Tu veux savoir ce que je pense ? C'est pas parce que je ne me suis jamais vraiment accrochée à un garçon que je ne vivrai jamais de belle histoire d'amour. Et c'est pas parce qu'un connard t'a brisé le cœur que tu ne pourras pas trouver quelqu'un pour le réparer. Tu l'as fait au sens propre, tu y arriveras au sens figuré. Et puis, c'est bientôt Noël, tout est possible !

Augustin dans un paquet cadeau, quelle idée !

En réalité, Éva a raison. Les fissures de mon cœur sont encore profondes et c'est très dur de faire confiance.

Mais est-ce que fuir est la meilleure solution ?

Sous prétexte de ne vouloir prendre aucun risque, dois-je continuer de passer à côté de tout comme je l'ai fait ces trois dernières années ?

Je suis désormais certaine que ce n'est plus ce que je veux.

Je parlerai à Augustin dès que l'occasion se présentera, je mettrai cartes sur table, lui demanderai s'il joue avec moi, et déterminerai si je tiens à lui ou s'il n'est qu'une illusion.

Je regarde Éva et lui souris, l'esprit grand ouvert.

— Tu as raison, on est maîtresses de notre destin. Jimmy, tu vas le rendre dingue, c'est certain. Et moi…

Éva me regarde, les sourcils froncés.

— Et toi ?

Je lui souris et fais la grimace en regardant les cookies posés dans l'assiette.

— Moi je veux bien manger des tartines, on y va ?

11
décembre

— Allez, viens avec moi… Je sais que ça te demande un gros effort, mais je ne peux pas y aller toute seule.

Éva est en train de me faire des yeux de Chat Potté, très convaincante dans le rôle de la pauvre petite fille abandonnée. Grand numéro d'Actors Studio.

Vingt minutes qu'elle met sur le tapis ses longues soirées d'étudiante à réviser, son cœur qui ne demande qu'à s'ouvrir et sa soi-disant timidité, inventée de toutes pièces pour l'occasion.

Ce qu'il faut pas entendre…

Je me doutais bien, en la voyant arriver chez moi en début de soirée, qu'elle aurait quelque chose à me demander. Et si elle ne l'a pas juste fait par téléphone, c'est parce qu'elle mise tout sur son incroyable esprit de persuasion.

Et le plus souvent, ça marche.

— S'il te plaît… juste une heure, pas plus.

Je lâche un profond soupir.

— T'es chiante…

— Alors, t'es OK ?

Je hausse les épaules.

— Tu ne vas pas me lâcher sinon.

— Hiiiiii ! Tu es un amour, *the best friend of the world* !

— Pas plus d'une heure, on est bien d'accord ?

— Promis, c'est promis ! Je rentre chez moi pour me changer et on se rejoint là-bas ?

Soirée karaoké au Yéti Bleu, à 21 h 30, tout ce que je déteste.

Il y a vraiment des fois où je regrette qu'Éva soit si exclusive en amitié. Elle serait allée chercher une autre copine pour l'accompagner que ça m'aurait franchement arrangée. J'ai expérimenté deux soirées depuis que je suis là, et, les deux fois, ça s'est fini en retour précipité chez moi.

Je ne suis pas faite pour ça et j'espère sincèrement pour Éva qu'il ne se passera rien qui le lui rappellera.

À l'heure dite, quand je vois arriver Éva, j'ai l'impression qu'elle est en train de me faire une blague.

Elle marche dans la neige avec des escarpins et une robe crayon rouge lui arrivant aux genoux, sous un manteau type trench, grand ouvert. Même son décolleté crie au scandale tant il doit mourir de froid.

— T'aurais pu faire un effort ! me lance-t-elle en voyant mon jean, mes Moon Boots et ma doudoune, sous laquelle je porte un pull à col roulé tout ce qu'il y a de plus simple, discret et… adapté. Le thème de ce soir est « Noël Inside ».

D'où sa robe rouge…

— Hum… j'avais envie de faire un remake de *La Belle et le Clochard*. Sérieusement, t'es venue jusqu'ici habillée comme ça ? Dans la neige ?

Elle lâche un petit rire cristallin en totale adéquation avec sa tenue de nymphette, ses lèvres peintes en rouge et ses cheveux remontés en un chignon désordonné.

— J'ai fait un détour par le magasin de mes parents pour me changer. L'alarme a failli se déclencher, je me souvenais plus du code ! Bon, c'est pas tout ça, mais on se caille un peu ! On entre ?

Ah ça, quand on s'habille comme si un climat subtropical s'était soudain installé à Morzine…

À l'intérieur du Yéti Bleu, les clients portent presque tous un bonnet de Noël, et d'autres sont en train de massacrer *Someone Like You.*

J'essaie de ne pas montrer à quel point c'est juste insupportable et suis Éva jusqu'au bar.

C'est blindé de monde, plus une place de libre, et pas mal de regards se posent sur Éva.

— Je le vois pas ! me hurle-t-elle à l'oreille en retirant son trench.

— Oh, t'inquiète, je crois que tout le monde t'a déjà remarquée, alors il y a aucune raison pour que Jimmy ne le fasse pas !

Elle glousse, retire son trench qu'elle porte sur un bras et se penche au-dessus du comptoir.

— Jimmy est ici ?

— Ah, non, désolée, répond la fille, il travaille pas ce soir !

Éva me regarde, le visage déconfit.

— Fait chier… Tu veux quand même rester pour boire un truc ?

Je secoue la tête, plutôt décidée à protéger mes tympans.

Je ressors soulagée du bar, alors qu'Éva donne l'impression de porter toute la tristesse du monde.

— Hé… il y aura d'autres occasions.

— Oui, je sais… C'est juste que je me sens un peu bête. Mais c'est peut-être pas plus mal, je crois que j'en ai fait un peu trop, dit-elle en resserrant les pans de son trench.

— Tu veux mon avis ?

Elle hoche la tête.

— À moins que tu le fasses pour toi, t'as pas besoin de ça. Vraiment.

— Je sais que tu as raison, je ne sais pas ce qui m'a pris.

Je ne peux pas m'empêcher de rire.

— J'avoue que moi non plus, mais au moins, si un jour j'ai besoin de me trouver le déguisement de Kim Kardashian, je saurai qui appeler !

— Connasse ! Je retourne au magasin pour me changer, tu viens avec moi ?

— Comment te résister ?

La boutique des Favre se trouve à deux pas, dans un chalet indépendant, sur deux étages, pas très loin des télécabines du Pléney. C'est la plus grande de la ville, et leur commerce est le premier qu'on remarque quand on arrive dans la rue. Il est entièrement décoré de guirlandes lumineuses et d'étoiles qui clignotent à plein régime.

Mais ce qui attire le plus l'œil, c'est l'ours polaire et les trois marmottes mécaniques en train de skier dans la vitrine sur un tapis de neige artificielle, au milieu d'un décor montagneux.

Les Favre ont toujours mis en scène les fêtes de fin d'année, quand j'étais gamine, j'attendais avec impatience le moment où Noël s'installerait dans leur magasin.

— Je parie que tu kiffes, dit Éva.

— On peut rien te cacher…

— Pfff… Tu m'accompagnes à l'intérieur ?

Je hoche la tête et la suis jusqu'à la porte de service, à l'arrière du chalet. Elle glisse la clé dans la serrure et accuse un moment de recul.

— Beuh… j'arrive pas à ouvrir.

— Ah ? Attends, j'essaie.

J'ai beau faire tourner la clé, rien ne se passe.

Puis soudain, la porte s'ouvre d'un coup sec, nous faisant hurler.

— Avril ? Éva ?

— Mais t'es trop con ! hurle Éva à Augustin. Qu'est-ce que tu fous là ? Tu nous as flanqué une de ces trouilles !

Il fronce les sourcils d'un air presque sévère.

— Il semblerait que quelqu'un de pas très malin soit entré dans le magasin, et en soit ressorti *sans* fermer la porte à clé. L'alarme s'est déclenchée, c'est fou, non ?

Même en contre-jour, je vois Éva blanchir.

— Oh, merde !

— Comme tu dis. Je peux savoir ce que t'as foutu ?

— Euh… eh ben… J'avais besoin de me changer et…

Augustin me regarde, regarde Éva de la tête aux pieds et réalise.

— OK. J'envoie un message aux parents pour les rassurer, et je veux même pas savoir pourquoi t'es habillée comme ça.

— De toute façon, t'as pas à poser de questions, laisse-moi passer !

Éva est tellement vexée d'avoir fait une bourde que c'est limite si elle ne le bouscule pas en entrant.

— Ça va ? me demande Augustin.

Je lui souris, un peu crispée.

J'avais prévu de le revoir à un moment donné pour lui parler, mais… pas dans des circonstances aussi bizarres.

— J'ai un peu froid, ça t'embête si je rentre aussi ?

— Oh, non, bien sûr, excuse-moi.

Depuis la porte de service, on se retrouve directement dans la remise. Une pièce immense qui accueille le matériel de ski et de rando, les luges, les combinaisons… et au milieu de tout ça, ma meilleure amie, sa paire d'escarpins à la main, son trench sur le bras, est aussi immobile qu'une statue.

Il me faut moins d'une seconde pour comprendre.

Debout devant les portiques de doudounes, Jimmy la regarde, tout aussi médusé qu'elle ne l'est.

J'ai même un peu l'impression qu'il a l'air de découvrir qu'Éva n'a plus quatorze ans.

J'avance à côté d'Éva pour lui chuchoter à l'oreille.

— Bouge, t'as l'air un peu bizarre, là. Hé, salut, Jimmy ! On est passées au Yéti Bleu, il y a de l'ambiance.

— Mouais…, dit-il en regardant Éva qui disparaît derrière une porte. Bien content de pas travailler ce soir.

— Bon, l'affaire est réglée, on attend ma frangine et on y va, intervient Augustin.

Jimmy fronce les sourcils.

— Pourquoi la porte de service est restée ouverte, du coup ?

— Parce qu'en allant à la soirée karaoké, ma sœur a cru qu'elle se rendait à l'opéra. Elle devait se changer, et pressée de ne pas rater le premier acte, elle est partie sans fermer. Classique.

Je suis bien contente qu'Éva ne me voie pas sourire, elle m'en aurait voulu.

— J'ai fini, désolée…, dit-elle en revenant avec un sac à dos.

Jean slim, bottes fourrées et gros pull en laine, elle fait tout de suite un peu plus couleur locale.

— Vous faites quoi, là, maintenant ? demande Jimmy.

On se regarde avec Éva, mais déjà que je n'avais pas envie de sortir, c'est pas à moi qu'il faut poser la question !

— Vous venez avec nous à Avoriaz ? On va se faire un bowling.

— Oh, oui, génial ! s'enthousiasme aussitôt Éva. Des milliards d'années que je n'y ai pas joué !

Et moi donc…

Je jette un œil à Augustin, il ne semble pas du tout réfractaire à l'idée.

Il zippe la fermeture Éclair de sa parka et nous montre la porte.

— Le carrosse nous attend dehors, go.

Il n'y a plus de navette à cette heure, alors on prend le 4x4 du père d'Augustin.

Je me retrouve à l'avant, je suis super tendue.

La situation me renvoie à Annecy deux jours plus tôt, impossible de ne pas repenser à ce porche, à ce baiser que j'attendais et qui n'est pas venu.

Ressaisis-toi !

Je ferme un instant les paupières, me tiens droite, les mains coincées entre mes cuisses, et fais mon possible pour qu'Éva ne remarque rien.

Augustin m'observe quelques secondes. Je le regarde aussi, il a compris.

— On y va ? demande-t-il en me faisant un clin d'œil complice.

— Go !

Poussée par un vent de nord-ouest, la neige se met à tomber à gros flocons et s'écrase contre le pare-brise.

Augustin garde les mains sur le volant et redouble de vigilance. Sur la départementale, on ne voit même plus le marquage au sol. Avoriaz est à treize kilomètres de Morzine, avec les virages en épingle sur une bonne partie du trajet, il faut en général une vingtaine de minutes pour y arriver.

On n'a pas fait la moitié du chemin et on est partis depuis un bon quart d'heure.

À l'arrière, Éva et Jimmy ont l'air de ne se rendre compte de rien. Ils parlent sans discontinuer, rient, échangent des souvenirs et donnent l'impression d'essayer de rattraper les deux années durant lesquelles ils ne se sont pas vus. Éva est aux anges et n'arrête pas de sourire.

Tout se passe exactement comme elle le voulait.

— Ça va ? demandé-je à Augustin qui ne desserre pas les lèvres, très concentré sur la route.

— Je me demande si on ne devrait pas faire demi-tour.

Éva semble se réveiller d'un coup.

— Il neige beaucoup, non ?

La visibilité est quasiment nulle, on ne voit pas à un mètre.

— Arrête-toi, soufflé-je à Augustin, j'ai l'impression que c'est de pire en pire.

Il hoche la tête, continue sur une centaine de mètres et nous met en sécurité dans le chemin qui mène à un gîte de montagne.

— Je suis désolé, on ne pourra pas monter. On va attendre un peu que ça se calme pour redescendre.

— Quelle saison ! s'exclame Jimmy.

— Je suis née ici et je crois pas avoir déjà vu autant de neige, renchérit Éva. On manque pas d'essence, au moins ? Avec le froid qu'il fait, ce serait ballot.

Augustin allume le plafonnier.

— C'est pas le carburant qui m'inquiète, mais la vitesse à laquelle la route se recouvre de neige. Je vais appeler à la maison pour en savoir plus.

Il pianote sur son téléphone, l'air très sérieux.

— Papa, on est bloqués sur la départementale, à l'entrée du chalet Syleno, on s'est fait surprendre par la neige en allant à Avoriaz, tu peux me dire ce que la météo a prévu ?

Quelques secondes de blanc, Augustin écoute.

— Oui, elle est avec moi. Jimmy et Avril aussi.

Nouveau silence.

— D'accord, j'attends.

Il raccroche.

— Apparemment, ils ont commencé à envoyer des chasse-neige, mais c'est pas près de s'arrêter de tomber.

— On va rester coincés ici ? demande Éva, catastrophée.

Pendant qu'il essaie de rassurer sa sœur, je sors mon téléphone et envoie un message à mon père de mon côté. Sa réponse n'est pas super encourageante.

— Mon père me dit que ça va empirer. Il nous déconseille de redescendre maintenant. Apparemment, il y a des voitures arrêtées sur la route.

— Super…, grogne Éva. On passe la nuit dans la voiture, alors ?

Pour ses retrouvailles avec Jimmy, c'est un peu rude. Si on était seules, je lui dirais d'en profiter, qu'on va devoir se tenir chaud ; à la place, je lui fais un petit sourire désolé.

Il n'y a pas vraiment d'autre choix.

Le téléphone d'Augustin sonne dans les dix minutes. On l'écoute échanger avec son père dans un silence presque parfait. Quand il raccroche, il fronce encore plus fort les sourcils.

— Même constat de son côté. Il cherche une solution. Bon, il y a des couvertures de survie dans le coffre si jamais.

— Putain ! s'énerve Éva.

— Mon père connaît les proprios du gîte, intervient Jimmy. Je vais l'appeler, on pourra peut-être y entrer.

Leur conversation dure à peine deux minutes, et encore deux autres pour que la mère de Jimmy le recontacte.

— C'est tout bon et on a du bol. Leurs prochains locataires n'arriveront que demain, on peut s'y réfugier, un double des clés est planqué sous une pierre.

— Dieu existe ! s'écrie Éva. Allez, faut pas traîner, il ne manquerait plus qu'on soit embourbés.

Avec le 4x4, sur le plat du chemin, rejoindre le chalet est un jeu d'enfant, trouver les clés encore plus !

Et qu'est-ce qu'on est bien à l'intérieur !

Le chauffage a été allumé pour les futurs vacanciers.

— Ouah ! C'est super beau ici ! s'écrie Éva.

— C'était un ancien chalet d'alpage, dit Jimmy. Mes parents avaient voulu l'acheter pour le rénover. Ce qu'ont fait les proprios est ouf !

Du bardage en bois, des baies vitrées qui, le jour, doivent donner sur les coteaux les plus beaux de Morzine, quatre chambres, trois salles de bains, une pièce de vie immense, une cuisine équipée… ça donne carrément envie de rester plus d'une nuit.

On trouve du thé et du café dans un placard, on s'en sert tous un mug et on va s'installer dans le salon, dans un canapé d'angle rouge hyper confortable. Instinctivement, on a reformé les mêmes binômes que dans la voiture.

Éva à côté de Jimmy, et moi d'Augustin.

La situation est tellement bizarre : Augustin kiffe la meilleure amie de sa sœur, et sa sœur, son pote à lui. Je pourrais presque en rire si Éva pouvait trouver ça drôle elle aussi. Mais mes plus petits espoirs s'amenuisent en voyant qu'ils n'arrêtent pas de s'envoyer des piques.

— Franchement, t'aurais pu te renseigner avant de décider d'aller au bowling. On n'est quand même pas à Bora Bora, ici.

— Sans blague ? rétorque-t-il d'un ton sarcastique. C'est aussi ce que tu t'es dit au moment d'enfiler ta tenue de starlette ?

— C'est quoi ton problème ? Habituellement, les starlettes n'ont pourtant pas beaucoup l'air de te gêner. Tu les pêches comme on pêcherait de la limande.

Il se crispe.

Il me jette un coup d'œil rapide, s'apprête à dire quelque chose et choisit finalement de se taire.

L'ambiance est plombée.

Jimmy et moi on se regarde, et dans cet échange silencieux, on tombe d'accord.

Il est plus qu'urgent de détendre l'atmosphère.

— Bon, il y a peut-être des cartes quelque part, lance-t-il. Un *Uno* ! Il y a forcément un *Uno* dans un placard.

— Je t'aide !

Je me lève et me mets à fouiller avec lui dans les tiroirs. Le jeu, on le trouve. Il a l'air de manquer des cartes, mais ça fera l'affaire.

Éva se réjouit comme s'il ne s'était rien passé et Augustin est bien trop pudique pour montrer qu'il lui en veut d'avoir dit ça.

Il s'installe avec nous autour de la table basse et joue.

On enchaîne les parties pendant une bonne heure, et, un peu avant minuit, on s'arrête, tous bien fatigués.

Il nous faut à peine cinq minutes pour choisir nos chambres. J'envoie un message à mon père pour lui dire que tout va bien, je lui assure que j'ai toujours avec moi au moins une dose de mon traitement, et, avant de me coucher, j'ouvre la notification Instagram que je viens de recevoir.

C'est Augustin.

Je voudrais te parler.
Je suis dans le salon.

12
décembre

Il est minuit passé, et j'ai les jambes qui tremblent un peu lorsque je descends. Augustin est debout devant la baie vitrée, il regarde la neige tomber.

— La tempête s'est calmée ?

— Oui, il neige moins, ce sera terminé dans la nuit, dit-il en se retournant. Merci d'être venue.

J'esquisse un sourire.

— De quoi tu voulais me parler ?

Comme je suis immobile et toute crispée au milieu de la pièce, il m'invite à m'asseoir avec lui sur le canapé d'angle.

— Je ne suis pas celui que tu crois, commence-t-il.

Je retiens mon souffle. La conversation que je voulais avoir avec lui m'est servie sur un plateau.

— Qu'est-ce que je crois ?

Il soupire.

— Éva et moi, on a toujours eu du mal à communiquer. Vous êtes amies depuis très longtemps, j'imagine qu'elle n'a pas dû te dépeindre un portrait de moi très avantageux. Il n'y a qu'à voir ce qu'elle a dit tout à l'heure.

Ça l'a heurté, je l'ai bien compris. Lorsqu'ils étaient plus jeunes, Augustin et Éva se comportaient comme chien et chat. Il la trouvait chiante à être toujours dans ses pattes, et elle le qualifiait d'emmerdeur parce qu'il n'arrêtait pas de râler. Moi, je suis fille unique, je ne sais pas ce que c'est qu'avoir un frère ou une sœur, mais j'aurais pensé qu'avec les années on finissait par s'entendre. Je n'ai pas envie de tourner autour du pot, je vais poser cartes sur table.

— Est-ce que tu joues avec moi ?

Son regard s'assombrit.

— C'est ce que tu penses ?

On se regarde plusieurs secondes en silence, et comme je ne réponds pas, Augustin pousse un profond soupir.

— Écoute, je sais de quoi j'ai l'air quand ma sœur parle de moi, mais je détesterais que tu penses que tu fais partie d'une longue liste de filles et que je n'ai qu'à piocher dedans quand j'en ai envie. J'ai presque vingt-deux ans, j'ai pas l'intention de me marier tout de suite, OK, mais je ne suis pas comme ça. Je suis pas un salaud qui met une fille tous les deux jours dans son lit et qui les largue aussi sec. J'ai fait des erreurs, mais jamais utilisé personne. Je t'admire.

J'écarquille les yeux.

— Tu m'admires ?

— T'es une guerrière.

Je ne peux m'empêcher de pouffer.

— C'est pas comme si j'avais eu le choix. J'ai juste fait le seul truc qui s'offrait à moi : essayer de rester en vie.

— Je suis content que tu l'aies fait.

— C'est gentil… Je… qu'est-ce que tu attends de moi ?

Il prend son temps avant de répondre. Me dévisage, s'attarde sur ma bouche, mes yeux, mes cheveux…

— J'aimerais que tu nous laisses une chance. Je sais que c'est dingue, t'es la meilleure copine de ma sœur, on ne s'est pas vus depuis trois ans, tu reviens et d'un coup, je percute, sur un regard. OK, j'admets tout ça, mais il se passe un truc entre nous, tu ne peux pas le nier.

— Non…

— J'admets aussi qu'il y a plus simple comme situation. Je ne suis pas certain que ça plaise beaucoup à ma frangine, mais je crois que le risque en vaut la peine.

— Oui… Tu as vraiment percuté sur un regard ?

— Non. Sur un battement de cils.

Il tend la main vers mon visage et repousse la mèche de cheveux tombée sur ma joue.

— Tu es si jolie.

Les yeux grands ouverts, je ne vois rien d'autre que les siens, et ils me dévorent.

Il y a une boule de feu dans mon ventre.

Nos sourires se sont complètement estompés. Entre nous, la tension est palpable, j'ai envie de le toucher et c'est réciproque, mais un craquement au-dessus de nos têtes nous rappelle qu'on n'est pas seuls, qu'ici, le risque est trop grand.

— Il vaut mieux que je retourne dans ma chambre.

— Attends, dit-il en me retenant par la main quand je me lève, tu ne m'as pas répondu.

Ses doigts sont chauds. Je regarde ses cheveux en désordre, ses grands yeux noirs enflammés, et y devine quelque chose de vrai, sans filtre, sans tricherie.

Oui, je crois tout ce qu'il m'a dit. Entièrement.

— Je veux bien nous donner une chance, mais on n'en parle pas à Éva.

Ma main est dans la sienne, aucune envie de la retirer.

— Je ne travaille pas mardi matin. Viens avec moi aux Lindarets.

— Aux Lindarets ? Pour quoi faire ?

— Pour apprendre à mieux se connaître. Tous les deux.

Je lui souris et lui réponds sans savoir quelle excuse je vais bien pouvoir trouver pour Éva si elle veut qu'on se voie.

— D'accord !

Sans prévenir, il porte ma main à ses lèvres et y dépose un baiser sur le dos. Personne ne m'a jamais fait ça, j'en frissonne de la tête aux pieds.

Et je me détache.

— À demain.

Quand on se lève, le ciel est bleu et la route est dégagée. Comme d'autres choses ici, le temps lui aussi est surprenant. Le soleil et les chasse-neige ont fait leur travail. On se met en route presque tout de suite, il est à peine 8 heures.

L'ambiance est étrange, personne ne parle vraiment. Je mets ça sur le compte de la courte nuit que nous avons tous passée, mais, d'habitude, il n'y a jamais rien qui empêche Éva de parler. Là, elle est anormalement silencieuse, même dans la voiture. Elle est montée à l'arrière avec moi et me regarde à peine, elle fixe le paysage. J'ai peur qu'elle ait surpris notre conversation avec Augustin. Rien qu'à l'idée, j'ai l'impression d'avoir une enclume dans le ventre et n'ose pas lui envoyer discrètement un message pour lui demander ce qui ne va pas.

Augustin dépose Jimmy en centre-ville, ensuite il ramène sa sœur qui me fait juste un signe de la main, puis il me raccompagne chez moi.

— Éva avait l'air bizarre…, je lui dis aussitôt.

— J'ai vu.

Il m'a répondu un peu sèchement. Ce qui ne fait que m'angoisser davantage.

— Il y a un problème entre nous ?

Augustin s'efforce de sourire.

— Non, aucun. On se voit toujours demain ?

— Oui, bien sûr.

Il fouille dans sa poche et sort un bout de papier.

— Et tiens, parce qu'on n'a même pas échangé nos numéros. Je t'envoie un message pour te dire où et quand, ça te va ? Mais un conseil, prépare des vêtements étanches, il y a beaucoup de neige là-haut, il faudra prendre les raquettes. Ça ne te fait pas peur ?

— J'ai survécu au ski de fond, à la fondue savoyarde et à une tempête de neige, je devrais m'en sortir.

Je lui souris et mets la main sur la poignée pour sortir.

— Hé… attends, dit-il en posant une main sur mon épaule. T'es encore plus jolie au réveil.

— C'est parce que t'as pas les yeux en face des trous ! je rétorque en riant. À demain !

Quand j'entre à l'intérieur du chalet, mon père est déjà parti, il m'a laissé un mot sur la table qui me fait sourire :

La piste de glace vient juste d'être montée sur la place. Si tu veux y aller tranquille, c'est le moment. Demande à l'office du tourisme ! Et je rentre à 17 heures, bisous !

Mon père, cet étrange personnage qui ne me voit pas grandir…

Je monte dans ma chambre et prépare mes affaires avant d'aller prendre une douche, après je réviserai. Je suis angoissée par Éva, mais lorsque je reviens de la salle de bains, j'ai un message d'elle sur WhatsApp.

J'ai fait une bêtise…

Qu'est-ce qui se passe ?
Tu veux qu'on s'appelle ?

Non, je préfère pas… J'ai couché avec Jimmy.

Quoi ?

Je suis à deux doigts d'ajouter « déjà ? », mais je ne le fais pas. Inutile d'en rajouter. Si elle réagit comme ça, c'est qu'elle se sent mal.

Je ne sais pas quoi te dire, j'ai pas su me retenir.

Tu étais d'accord, au moins ?

Oui, bien sûr, il a été génial, c'est juste que… Qu'est-ce qu'il va penser de moi ?

Euh… la même chose que ce que tu penses de lui ? Qu'il était consentant ? Que vous en aviez envie ? Que veux-tu qu'il pense de toi ?

Que je suis une fille facile ?

Attends… Tu penses que lui a été génial, mais que toi tu es une fille facile ? Tu arrêtes tes conneries ? Si toi tu as été facile, lui aussi ! Oh ! Vous étiez OK tous les deux, où est le problème ?

Je me sens tellement mal…
Il m'a à peine parlé ce matin.

Tu veux un conseil ? Appelle-le et mets les choses au clair. S'il pense que tu es une fille facile, c'est vraiment qu'il n'en vaut pas la peine.

On verra. Merci d'être là…

C'est normal, et ça va aller, tu es la meilleure. Des bisous

Mais quand je raccroche, j'ai les nerfs. Je déteste qu'elle pense ça d'elle et que la société ait réussi à nous conditionner à des trucs aussi cons ! Pourquoi est-ce qu'un mec aurait toutes les excuses du monde et pas une fille ? Jimmy a vraiment intérêt à être cool avec elle, sinon je le tue.

Je m'habille et essaie de me remettre à mes révisions. Ça tient pas une heure, je n'arrête pas de penser à Éva.

Mais qu'est-ce que tu fous, là ? Elle a besoin de toi !

Je saute du lit et dévale l'escalier. En moins de cinq minutes, j'enfile bottes, parka, gants, bonnets, et je suis dehors.

À pied, il me faut vingt minutes pour arriver chez les Favre. Éva est seule chez elle. Elle a les yeux tout rouges à force d'avoir pleuré et s'est réfugiée dans une robe de chambre en pilou immonde.

— Hé… Faut pas te mettre dans cet état pour des trucs que tu imagines. Tu as appelé Jimmy ?

Elle renifle.

— Il est au taf, il va pas répondre. Oh, je me sens si nulle !

Et ce sont les grandes eaux. J'entre et la serre contre moi.

— Arrête de te flageller, tu n'as rien fait de mal.

— Tu crois ?

— Je suis certaine. Va t'habiller, on va faire un tour.

— Pour aller où ?

— En ville !

— Hors de question, on va croiser Jimmy !

Arg ! Elle tourne en boucle.

— Eh bien comme ça, tu pourras lui demander ce qu'il pense de toi.

Elle secoue la tête comme une enfant. Alors j'ai une idée un peu plus motivante.

— Éva, habille-toi, on va faire du patin à glace.

Elle a toujours adoré ça. Même si la piste extérieure de Morzine est sûrement devenue trop petite pour nous et qu'elle n'est officiellement pas encore ouverte, je sais qu'elle adorera. Quand on était petites, on allait à celle qui est couverte et dix fois plus grande, Éva patinait comme une déesse et moi, je passais la moitié de mon temps les fesses sur la glace. Chacun son truc… Elle bloque.

— Toi, tu veux patiner ?

— Si ça peut te rendre le sourire, oui. Mais juste sur celle de la place !

Elle fronce les sourcils comme pour essayer de comprendre.

— Qui que vous soyez, sortez du corps de ma copine.

J'éclate de rire.

— Allez, dis-toi que c'est l'air de la montagne. Mais attention, ce genre de proposition, il n'y en aura qu'une seule, et elle expire dans… hum… vingt secondes ! Un…

— Quoi, mais tu es vraiment sérieuse ?

— Deux…

— Je rêve !

— Trois…

— OK, OK ! Je m'habille ! Avril Hamon, enfermée depuis trois ans dans son propre corps, ayant toujours détesté monter sur des lames, veut faire du patin à glace ? Inimaginable.

— Uniquement pour te redonner le sourire, prends pas ça pour une habitude.

Ce qu'il ne faut pas faire pour ses amis…

J'ai failli ne pas survivre. Il y a des gens qui n'ont aucun sens de l'équilibre, j'en fais définitivement partie. Si, à cette saison, Morzine n'est pas encore dans un pic touristique dementiel, ceux qui sont déjà là ont adoré me regarder tomber. Quinze fois au moins, le summum de l'humiliation. Je ne serais même pas surprise de terminer sur une vidéo TikTok.

— Ouah ! C'était génial ! s'écrie Éva en s'asseyant sur un banc pour remettre ses bottes. Ça m'a fait un bien fou. Merci d'avoir insisté !

La patinoire est si petite qu'elle a bien dû en faire cinquante fois le tour. J'en aurais presque eu la nausée juste de la voir faire, mais elle a retrouvé le sourire et c'est le plus important.

— Tu sais de quoi j'ai envie ? dit-elle.

— Laisse-moi deviner… Un chocolat chaud avec des marshmallows dedans.

— Oui !

Je souris.

— C'était prévisible.

On traverse la ville sur les trottoirs enneigés, et on évite soigneusement de passer devant le Yéti Bleu. On arrive dans un établissement complètement fou et que je n'avais encore jamais vu. Le Simon's Coffee. Dans un chalet tout décoré de guirlandes lumineuses, de branches de sapin et d'un filet d'étoiles argentées, le salon de thé semble sortir de nulle part. Sur la terrasse, il y a plusieurs cabines de remontées mécaniques, toutes enneigées, et, à l'intérieur de chacune, une table en bois pour deux et des banquettes recouvertes de fausses fourrures et de coussins.

— Dis-moi qu'on va s'arrêter ici, s'excite Éva.

Comment seulement envisager de lui dire non ? Cet endroit est juste incroyable.

On s'installe et on passe commande. Un énorme chocolat chaud pour elle, un thé aux écorces d'orange pour moi.

— Ça fait du bien d'être avec toi, me dit Éva. Je ne sais pas quel a été le déclic, mais j'adore ce que tu véhicules en ce moment. La dernière fois qu'on s'est vues, tu ne voulais même pas aller boire un café en bas de chez toi.

Le déclic ? C'est cet endroit et tout ce qui va avec. J'aimerais partager avec Éva ce que je suis en train de vivre, j'aimerais lui parler d'Augustin et de ce qu'il provoque en moi, mais je sais que je risquerais de tout gâcher… Éva se cale contre sa chaise et me sourit. Je tente quelque chose.

— C'est ton frère le premier qui m'a sortie de certaines angoisses.

— Ah bon ?

— Oui, quand on a fait la balade en ski avec les petits.

Elle paraît étonnée.

— Ah ouais ?

— Ça a été sympa de sa part.

Elle se met à rire bizarrement.

— Heureusement que tu n'es pas son genre, sinon j'aurais pété un plomb.

— Euh…

— T'inquiète, c'est pas toi, c'est juste qu'il préfère les chaudasses.

Je manque de m'étrangler dans ma tasse et camoufle comme je peux le malaise.

— Vous vous entendez toujours aussi mal avec Augustin, pourquoi ?

Elle soupire.

— C'est pas ça… Je crois que je lui en veux.

— Pourquoi ?

— Tu n'es pas venue ici depuis trois ans. Je t'ai pas tout raconté.

Je fronce les sourcils.

— Comment ça ?

— Tu te souviens de Mélodie, la fille qui était dans ma classe au lycée ? Celle qui avait un an de retard.

Je hoche la tête.

— Il y a trois ans, Augustin a eu une histoire avec elle et ça s'est très mal terminé. Elle était raide dingue de mon frère et racontait partout que c'était le mec de sa vie, elle faisait une vraie fixette sur lui.

— Oh oui, je me souviens, tu m'en avais déjà parlé.

— Oui. Un soir, ils se sont retrouvés dans une teuf et ils ont couché ensemble.

Je me crispe.

— Et ?

— Et mon frère avait trop bu. Le lendemain, il est venu dire à Mélodie qu'il préférait ne pas avoir de relation avec elle, que c'était une erreur. Il commençait tout juste son sport-étude et il ne cherchait pas de relation sérieuse.

Le regard d'Éva se voile.

— Elle a fait une tentative de suicide quelques semaines plus tard.

Impossible de cacher mon effroi. Augustin m'a avoué avoir commis des erreurs, mais jamais je n'aurais pu me douter de ça.

— Merde…

— Comme tu dis. Mon frère avait dix-neuf ans, les parents de Mélodie ont voulu porter plainte pour détournement de mineure, mais elle en avait dix-sept, ça n'aurait sans doute pas été recevable, et Mélodie a insisté pour qu'ils ne fassent rien. Ç'a été pourri au lycée pendant plusieurs mois. Jusqu'à ce que les parents de Mélodie déménagent dans le sud de la France.

J'en tombe des nues.

— Tu ne m'en as jamais parlé…

— Tu venais d'être hospitalisée après ton arrêt cardiaque, c'était pas vraiment le moment.

Non… et à cette période, je ne m'intéressais pas à grand-chose d'autre qu'à ce que je vivais moi-même.

— Et t'en veux toujours à Augustin ?

Éva s'adosse contre son siège en soupirant.

— Ça m'a pourri une partie du lycée, j'étais la sœur du charo, tu vois.

— Il a sûrement changé, depuis…, murmuré-je.

Elle émet un rire cynique.

— Compte dessus et bois de l'eau ! Il y a eu la meuf que j'aimais pas, il s'est calmé un temps, et depuis il saute à nouveau sur tout ce qui bouge. C'est dans sa nature.

Je me boucherais les oreilles si je pouvais. Éva se trompe sur son frère. Augustin aurait eu plusieurs fois l'occasion de me sauter dessus – je ne l'en aurais même pas empêché en plus –, pourtant, il ne l'a pas fait. Et hier soir, il était sincère.

Tout en moi me hurle de le croire.

— Hum, reprend-elle en voyant ma tête. Tu n'as pas l'air d'être bien d'accord avec moi… mais crois-moi, je le connais mieux que personne.

Mon sourire est crispé.

Comment la contredire sans lui révéler qu'Augustin et moi on s'est rapprochés ? Éva ne sera pas capable de l'entendre. Si je m'en doutais depuis le début, maintenant, j'en suis convaincue.

La situation est merdique, vraiment merdique.

13
décembre

Le lendemain matin, Augustin a finalement prévu de venir me chercher en voiture.

Mon père est en train de ranger de la paperasse quand il me voit passer devant son bureau. Il est à peine 9 heures.

— Tu es bien matinale, dit-il en voyant que je suis déjà habillée. Hé mais… tu pars en montagne ?

La tenue que je portais pour ma balade en ski de fond ne lui a pas échappé.

— Euh oui… Augustin s'est proposé de… On va aux Lindarets, en raquettes.

— Ah ? Éva sera là aussi ?

— Oui… sûrement.

Je suis trop hésitante, alors il hausse un sourcil.

— Tu n'en es pas certaine ?

— C'est-à-dire que… papa, pourquoi ça t'intéresse autant ?

Il lève les mains en signe de reddition.

— OK, OK, faites votre vie.

Je m'apprête à descendre dans la cuisine, mais mon père me retient.

— Avril, ça fait plusieurs jours que je ne t'ai pas vue réviser, ça va aller ?

À mon tour de plisser le front.

— Quand je suis arrivée, tu étais déçu que je n'aie pas prévu la moindre activité, et maintenant que je mets le nez dehors, tu voudrais que je reste à l'intérieur pour étudier ?

— Ce n'est pas ce que j'ai dit. Je suis très heureux que tu te décides enfin à voir du monde et à sortir. Je veux juste m'assurer que tu parviens à tout mener de front.

Mon père ne s'est jamais trop soucié de ma scolarité, il voyait que ça roulait et ne s'en mêlait pas, alors je suis plus qu'étonnée par sa remarque.

Mais bon, je ne voudrais pas qu'il pense que ce n'est pas son rôle, alors j'entre dans son bureau et vais lui claquer une bise sur la joue.

— Ne t'inquiète pas, tout va bien.

En théorie, parce qu'en pratique, si je m'endors souvent avec mes copies, je ne me tue pas au travail.

Dois-je m'en alerter ? Non. Avant d'arriver à Morzine, j'ai bossé comme une dingue.

Tout va bien.

— Tu as eu des nouvelles de ta mère ? demande-t-il.

— On s'écrit tous les soirs, elle est bien occupée avec ses traductions.

— Pas de nouveaux heurts entre vous ?

Je lui fais un clin d'œil complice.

— Elle ne me pose pas de questions, alors je ne lui raconte pas tout ce que je fais !

Étrangement, au lieu de jouer le jeu comme il l'a toujours fait, je lui trouve un air soucieux avec cette ride qui lui barre le front.

— Qu'est-ce qu'il y a ?

— Non… non rien, amuse-toi bien. Je ne travaille pas aujourd'hui, mais je dois me rendre à l'office du tourisme pour faire un point, ne m'attends pas pour déjeuner.

J'ai du mal à masquer mon irritation lorsque je sors de son bureau.

De quoi a-t-il peur, exactement ?

Que je décide de prendre de véritables vacances après tout ce temps à m'enfermer chez moi ? Ça fait des mois qu'il attendait que je vienne ici pour m'aérer, et maintenant que j'y suis, mon père me reproche à demi-mot de laisser de côté mes études et de ne pas dire à ma mère ce que je fais ?

Mes parents vont finir par me rendre dingue, vraiment.

Je vais dans le garage et ressors mes vieilles raquettes et mes bâtons, tout est encore impeccable. J'avale un thé bien chaud, une banane, et avant qu'il n'arrive, j'envoie un texto à Augustin. Pas envie qu'il frappe à la porte et qu'il croise mon père.

Les questions, ça va cinq minutes.

Quand je sors du chalet, il m'attend dans le 4x4. Je jette raquettes et bâtons à l'arrière, et m'installe à l'avant en veillant à ne pas montrer que je suis un peu contrariée.

— Salut, mère Noël ! Bien dormi ?

— Impec ! Euh… juste parce que j'ai pas envie de me ronger les sangs, Éva doit sortir ce matin ?

— Eh non ! Elle a prévu de réviser. On y va ?

J'acquiesce, puis Augustin me regarde de la tête aux pieds. J'ai mis mon bonnet rouge à double pompons.

— Quoi ?

— Rien, j'adore !

Et il démarre.

Je me réjouis d'aller aux Lindarets.

Ici tout le monde connaît, c'est un village très particulier. L'été, il comprend plus de chèvres que d'habitants ! Elles circulent librement dans les rues et se font caresser par tout le monde. C'est l'attraction la plus fun possible en période estivale. Puis à l'automne, elles redescendent dans la vallée jusqu'au printemps, laissant le village se couvrir de neige, plus possible d'y aller en voiture.

Pour qu'on puisse l'atteindre, Augustin roule jusqu'à Montriond et longe le lac, niché au pied d'immenses falaises. C'est magique de le voir entièrement gelé.

Plus jeune, j'allais souvent y faire du ski de fond en famille, et il n'était pas rare d'y croiser des plongeurs sous la glace.

Des mecs complètement barrés capables de rester plus de trente minutes sous une eau à 4 °C à peine. Mais en été, c'est le pied ! Avec Éva, on y venait pour faire du canoë, du paddle et de la bronzette !

Augustin se gare plus au nord du lac, dans le parking du hameau d'Ardent où se situent les télécabines.

— On a un super temps aujourd'hui ! s'exclame-t-il en sortant du 4x4. Profitons-en, la météo annonce une dégradation juste avant Noël.

Il sort un sac à dos du coffre, l'enfile et me regarde en souriant.

— Prête ?

— Je ne suis pas montée sur des raquettes depuis une éternité, alors sois indulgent, hein ?

Son petit sourire en coin me fait complètement craquer.

— Ou pas ! Allez, on y va.

Les raquettes sous le bras, les bâtons dans l'autre, bonnet, gants et lunettes de soleil remontées sur la tête, on traverse le hameau de chalets en bois tous décorés de guirlandes électriques, et on se dirige vers les remontées mécaniques.

Le perchiste nous fait entrer dans une cabine, juste tous les deux, pour à peine cinq minutes de trajet.

Augustin s'appuie contre la vitre, ne prononce pas un mot, ne me lâche pas des yeux.

Et les siens brillent. Très fort.

L'espace semble rétrécir, le temps s'arrêter, et moi, j'ai les jambes en coton, incapable de regarder ailleurs.

Il m'attire comme un aimant.

J'essaie de reprendre mes esprits, sors un baume à lèvres de ma poche que j'applique distraitement, Augustin semble suivre mon geste avec une fascination qui me déstabilise un peu plus. C'est seulement quand la télécabine s'arrête qu'il paraît se ressaisir.

Il sort en premier et me tend la main.

— On y est. Je vais t'aider.

Sur le plateau des Lindarets, la neige est encore plus épaisse. On se retrouve à l'endroit d'un important nœud de remonte-pentes qui partent dans toutes les directions : une plaque tournante de la glisse.

On est à une semaine des vacances de Noël, et il y a de plus en plus de monde ; des skieurs partout, de fond, alpins, des marcheurs, des raquettistes.

Ça ne m'a pas fait cet effet quand je suis allée au col de la Joux-Verte avec mon père ou lorsque j'ai rejoint Augustin à Super Morzine, mais je ressens comme des picotements dans la plante des pieds et j'en ai presque les larmes aux yeux. J'adorais skier.

— Ça ne va pas ? me demande Augustin.

Je rechausse mes lunettes de soleil, pas envie qu'il voie que je suis troublée.

— Si, si, super !

Il fronce les sourcils, je crois que je ne suis pas assez bonne comédienne pour le coup.

Augustin s'approche et abaisse mes lunettes pour regarder mes yeux.

— Tu pleures ?

Je renifle et m'essuie les joues en vitesse. Qu'est-ce que je me sens bête !

— C'est rien, je suis juste un peu émotive.

— Pourquoi ? Tu as peur ?

— Non, je… Il y a trois ans, je venais encore ici avec Éva ou même toute seule et rien ne m'effrayait. Je passais des journées entières sur mes skis, j'avais l'impression que rien ne pouvait m'arriver, que les opérations que j'avais subies petite suffiraient à me protéger, à me rendre aussi normale que tout le monde et…

Je me remets à pleurer de plus belle.

— Je suis désolée, je suis vraiment nulle.

Augustin plante ses bâtons dans la neige, se rapproche pour passer un bras derrière mes épaules et me ramène à lui. Il est si grand. Écrasée contre sa poitrine, je me laisse aller. Quelle conne ! Je n'avais pas du tout prévu ça.

— Je gâche tout…

— Ne dis pas ça. Au contraire, je suis content que tu craques, parce que, chaque fois que tu le fais, tu te prépares à repousser un peu plus tes limites.

Je renifle encore.

— T'as une drôle de façon de voir les choses.

— Je ne suis pas à ta place, et tu as le droit de me dire que je n'y connais rien, mais j'ai l'impression qu'il n'y a pas que la nostalgie qui te fait craquer. Il y a l'envie aussi.

Je me détache un peu et lève les yeux pour le regarder.

Il a raison. Il a complètement raison. J'ai envie de redevenir normale, de skier et… de l'embrasser. Sans réfléchir, je me lève sur la pointe des pieds, lui glisse une main derrière la nuque et lui dépose un long baiser sur les lèvres.

Augustin reste interdit.

— Je l'ai pas vu venir celui-là !

— Moi non plus !

Et sans raison, au milieu de tout ce monde qui se préoccupe finalement peu de nous, nous éclatons de rire comme deux idiots.

Qu'est-ce que ça fait du bien !

Je crois que c'est ce que j'aime le plus avec lui : la complicité qu'il sait créer et la force tranquille qu'il dégage. Elles me donnent envie de lui faire confiance en dépit de tout ce que je peux entendre à son sujet.

Je n'ai pas beaucoup d'expérience en termes de relations amoureuses. La seule que j'ai eue a été un désastre.

Benoît aussi, j'ai été la première à l'embrasser, et je n'avais jamais osé toucher la bouche d'un garçon. Nous étions installés sur une banquette, dans la salle de repos du service cardio, dans les trente secondes qui ont suivi, j'avais sa langue dans ma bouche. Benoît prenait sans demander.

Augustin, lui, reçoit sans s'imposer, il ne me saute pas dessus, et ça fait toute la différence. C'est quelqu'un de bien, je le ressens avec une certitude irrévocable et je veux qu'il le sache.

— Ça fait du bien d'être avec toi.

— Ressenti partagé ! Avril Hamon, dit-il en repoussant une mèche de cheveux qui dépasse de mon bonnet, j'aimerais beaucoup que tu recommences. À skier et à m'embrasser !

Je prends un air taquin.

— Tout de suite, l'un me paraît plus envisageable que l'autre.

Il me sourit et remet ses lunettes de soleil.

— Tout est possible, tu verras, un pas après l'autre. Tu me suis ?

— Oui !

Oh, et j'aime aussi qu'il ne fasse pas tout un plat d'une situation dont il a conscience qu'elle me fait lutter. Je ne sais pas si un jour je serai de nouveau capable de skier comme avant, mais à son contact, je ne me sens plus aussi limitée.

Il enfile ses raquettes, m'aide à serrer les sangles des miennes et nous voilà partis.

Le village des chèvres, sans chèvres en hiver, se trouve un peu plus bas, à peine à une centaine de mètres d'où nous nous trouvons.

C'est un petit hameau accroché à la montagne, avec une multitude de chalets savoyards authentiques. À cette saison, leurs toits sont couverts d'une couche de neige si épaisse qu'elle doit bien atteindre les cinquante centimètres. Ici, pas de voiture, on y vient à motoneige, à pied ou à skis. Cette bulle d'authenticité un peu hors du temps, je l'ai toujours aimée.

Pour marcher jusqu'au hameau, on reste sur le côté de la piste, les skieurs descendent vite.

Mes raquettes ne sont pas de dernière génération, mais elles sont suffisamment confortables pour que j'aie l'impression de ne pas les porter. Je me surprends à ne pas trouver la marche difficile. Même dans les pentes, on avance bien, et on atteint le village en moins de dix minutes.

À cette heure, les touristes ne font que le traverser, mais quelques personnes sont attablées aux terrasses, assises sur des fausses fourrures de mouton, en train de siroter une boisson chaude en plein soleil.

— Je ne t'ai pas emmenée ici que pour ça, mais presque, dit Augustin en souriant. Tu n'as pas pris un gros petit déj, j'espère !

Je secoue la tête. Je meurs de faim, la banane que j'ai mangée n'a pas suffi à me rassasier.

On s'assoit à la terrasse de La ferme des Lindarets, un chalet tout en bois et pierres alpines couvert de neige.

Le porche d'entrée est décoré de grosses guirlandes lumineuses multicolores qui clignotent, il y a une couronne de Noël accrochée à la façade, des anges et des étoiles suspendus aux fenêtres. Je regrette qu'on ne puisse pas voir ça de nuit.

— Leurs gaufres sont à tomber, leur chocolat chaud aussi. Partante ?

Je hoche la tête sans avoir aucune envie d'être rabat-joie, et quand Augustin passe commande en demandant le sucre à part, je fonds.

— Tu es toujours plein d'attentions, je murmure.

— C'est pas très difficile, tu es limpide et j'ai envie que tu sois à l'aise.

— Je le suis.

Augustin me sourit et, l'espace d'un instant, j'ai l'impression de le sentir préoccupé.

— Ça va ?

Il retire son bonnet et se passe une main dans les cheveux pour les remettre en place.

— Je n'essaie pas de gagner des points avec toi, je suis comme je suis.

— Je… je ne crois pas que tu me manipules.

— En dépit de ce que t'a raconté ma sœur ?

Je me sens blanchir.

— Euh… de quoi tu parles ?

— J'ai dû revenir chez moi hier matin, je vous ai entendues parler. Elle affirme que je suis un coureur.

Je ne sais pas quoi dire.

— J'ai merdé, dit-il, une fois, et j'en ai conscience. Je ne vais pas te faire le plan du « j'avais trop bu », même si c'était le cas. J'ai couché avec une fille qui a voulu se suicider quelques semaines plus tard parce que je n'avais pas l'intention de rester avec elle.

— Je suis au courant..., murmuré-je.

Il ne me demande pas comment, il s'en doute.

— Je regrette ce que j'ai fait, mais ça ne peut pas me poursuivre toute ma vie.

— Je comprends, et je suis désolée qu'Éva n'arrive pas à passer l'éponge.

— Mélodie, j'ai essayé d'aller la voir à l'hôpital, de lui parler, mais ses parents m'en ont empêché. Ils ont confisqué son téléphone, bloqué ses réseaux. Je n'ai jamais pu lui présenter d'excuses ou au moins lui dire que je regrettais. Avril, je suis pas ce genre de mec.

Le serveur arrive avec nos commandes, nous obligeant à nous taire. Quand il repart, je tends la main pour la poser sur celle d'Augustin.

— Ne te justifie pas, je te crois. Je sais, parce que je te vois. Je ne serais pas ici avec toi, sinon.

Ses yeux brillent d'une certaine émotion qui le rend encore plus touchant.

Parce que c'est le cas, il me touche, là où personne n'est jamais allé. Même pas Benoît.

— Ça va être compliqué, dit-il. Éva n'acceptera peut-être pas notre relation.

— Je sais...

— Tu veux quand même essayer ?

— Oui.

J'en suis absolument certaine.

— Il y a autre chose...

— Oui ?

— Ma chambre était juste au-dessus de celle de Jimmy dans le gîte, je les ai entendus. Je suppose que tu es au courant ?

Je déglutis. Difficile de rester de marbre comme de mentir.

— Oui… Tu le prends mal ?

— Non. Sa vie, ses choix, pas les miens.

— J'aimerais qu'elle pense comme toi.

Il me sourit.

— Nous verrons bien. Pour le moment, c'est juste toi et moi.

Sa gaufre est recouverte de chantilly, il trempe son doigt à l'intérieur, et, avant que je n'aie le temps de réagir, il m'en met sur le bout du nez.

— Hé !

Je réplique aussitôt et lui fais la même chose. L'éclat de rire qui s'ensuit fait se retourner tout le monde, mais qu'importe, c'est comme si nous étions seuls.

Augustin sort son téléphone et me propose un selfie pour immortaliser nos têtes de vainqueurs.

Ce moment restera parmi ceux que je chérirai le plus quand je retournerai à Lyon.

Mais je ne veux pas y penser maintenant, à l'après, à la distance, à ce que ça provoquera chez Éva, le moment venu, la découverte de ma relation avec son frère.

Peut-être comprendra-t-elle finalement qu'elle et Jimmy, qu'Augustin et moi, ce n'est pas si différent.

Et si elle ne comprend pas, je me battrai, parce que tout ce que je sais avec certitude aujourd'hui, c'est que choisir c'est renoncer.

Je ne choisirai pas entre Éva et Augustin.

14
décembre

Je me suis levée avec une envie de déplacer des montagnes. Ça faisait longtemps que je n'avais pas eu une telle énergie. J'ai tout retourné dans la maison, je l'ai lavée et rangée du sol au plafond, j'ai classé toutes mes feuilles de révision, fait du tri dans les vieilles fringues qui sont restées dans mon placard pendant trois ans, et préparé des cookies au chocolat.

Quand mon père rentre à midi avec les courses du marché, la table est mise, le repas est prêt et la musique est à fond, je chante à tue-tête dans le salon.

Je m'approche même de lui en dansant, je ne l'ai jamais vu l'air aussi étonné.

— Tu fêtes quelque chose ?

— La vie !

Il hausse un sourcil.

— La vie t'a fait une bonne surprise ces dernières vingt-quatre heures ?

Impossible de lui dire que je suis en train de fondre pour le garçon le plus génial de la Terre.

Impossible aussi de lui dire que la bonne surprise de la vie, c'est Augustin.

Mon père aurait essayé de me faire redescendre de mon nuage et je n'en ai aucune envie, parce que je suis heureuse comme je l'ai rarement été.

— Hum… Je vais de mieux en mieux, lui dis-je à la place. Tu as faim ? J'ai fait des pâtes au pesto.

Enfin… j'ai surtout ouvert un bocal de pesto dont la date limite de consommation menaçait de s'effondrer.

— C'est bon de te voir aussi heureuse. Qu'est-ce qui provoque un tel changement ? demande-t-il en vidant son panier.

— L'air de la montagne ! Tout cet oxygène, ce froid, c'est… vivifiant.

Mon père me croit à moitié, c'est évident.

— Il y a un garçon, là-dessous ? demande-t-il en se mettant à table.

C'est au prix d'un effort considérable que je reste impassible.

— Tout de suite les grands mots !

— Ça va, ça va ! Ça fait partie des choses qui arrivent à ton âge.

Je rebondis pour détourner la conversation.

— Et toi ? Tu n'as jamais eu envie de refaire ta vie ?

Il pose son verre d'eau, un peu déconcerté par ma question.

— Non.

Sa réponse est si lapidaire que j'y devine presque de l'amertume. Lorsqu'il m'est arrivé de poser la question à ma mère, elle m'avait répondu qu'elle n'avait pas la tête à ça, qu'elle préférait se consacrer à mon avenir et qu'elle n'imaginait pas faire entrer un autre homme dans sa vie.

Je me souviens que cet « autre » m'avait fait l'effet d'un aveu qui ne disait pas son nom, comme si ma mère avait donné son cœur à un seul homme et qu'elle ne serait jamais capable d'en aimer un autre.

— Tu as toujours des sentiments pour maman ?

Je vois très nettement ses pupilles se resserrer.

— Qu'est-ce que c'est que cette question ?

— Vous vous aimiez toujours quand vous vous êtes séparés ?

— Enfin, Avril, qu'est-ce qui te prend ? Ta mère et moi sommes séparés depuis trois ans et divorcés depuis dix-huit mois, c'est derrière nous, inutile d'y revenir.

Je hausse les épaules.

— J'ai toujours trouvé que vous formiez un très beau couple.

— On se disputait tout le temps.

— Parce que vous n'étiez pas d'accord ou n'aviez pas les mêmes craintes à mon sujet. Mais avant ma naissance, je suis sûre que vous étiez très unis.

Mon père soupire.

— Avril, j'espère que tu ne te sens pas coupable de quoi que ce soit. Ce n'est pas toi, mais la vie qui nous a séparés. Nos divergences.

— OK. Mais je suis une grande fille maintenant, et, parfois, je me dis que si toi ou maman ne parvenez pas à refaire votre vie, c'est peut-être parce que tout n'est pas totalement fini entre vous.

Mon père me regarde comme si j'étais une extraterrestre. Cette conversation, je ne l'avais pas prévue, mais maintenant qu'elle est posée sur la table, elle a le mérite de me faire admettre que le divorce de mes parents m'a toujours paru comme une conclusion illogique, la réponse facile à une succession de difficultés auxquelles ils ne savaient pas faire face.

Quand ma mère est distante avec mon père, j'ai l'impression que c'est pour se protéger d'elle-même, de ce qu'elle ressent peut-être encore, et, quand lui essaie d'être gentil et de lui rappeler qu'il y avait de la complicité entre eux, mon père semble toujours blessé qu'elle se ferme.

— Ma fille, je ne sais pas ce que tu as dans la tête, mais je te conseille vraiment de passer à autre chose. C'est bel et bien fini entre ta mère et moi.

— C'est la raison pour laquelle il y a toujours une photo d'elle sur ta table de nuit ?

Je l'ai vue en passant l'aspirateur dans sa chambre, ce matin. Un vieux cliché sur lequel ils étaient encore jeunes, ils me tenaient par la main, je devais avoir cinq ans.

Il lui faut une poignée de secondes pour accuser le coup.

— Tu es aussi sur la photo.

Comme une famille…

Je lui souris, je ne viendrai pas davantage heurter sa pudeur.

— Si tu le dis ! Je te sers des pâtes ?

En début d'après-midi, je pars chez Éva avec mon sac de cours pour réviser pendant qu'elle bosse sur son mémoire. On a toutes les deux pris pas mal de retard, alors on s'est fixé l'après-midi pour essayer de le rattraper.

Mon père a de quoi être rassuré.

Quand j'arrive chez elle vers 14 heures, la maison est vide. Ses parents sont au magasin toute la journée, et Augustin donne des cours jusqu'à 17 heures.

J'ai prévu d'éviter les situations compromettantes, je rentrerai chez moi avant qu'il ne revienne.

— On se met dans ma chambre ? propose Éva.

Je hoche la tête, sa fenêtre donne sur la vallée et c'est très éclairé, même si aujourd'hui le ciel est si bas qu'on dirait qu'il a décidé de s'accrocher à la montagne.

Lorsque j'entre, je découvre un petit sapin de l'Avent sur sa commode, et, à côté, un calendrier duquel, chaque jour, jusqu'au 24 décembre elle sort une petite décoration de Noël à accrocher aux branches.

Éva a toujours aimé ce genre de machins.

— J'ai plein de trucs à te raconter ! commence-t-elle en s'asseyant en tailleur sur son lit. Je t'ai écoutée, j'ai parlé à Jimmy hier soir.

— Et alors ?

Elle soupire.

— Je suis restée silencieuse pendant deux jours, et lui aussi. J'étais persuadée qu'il regrettait, et il pensait la même chose à mon sujet. Il n'a pas du tout essayé de me fuir quand on est partis du gîte, il était juste très gêné.

— Pourquoi ?

— Mon frère nous a entendus.

Évidemment, c'est tout sauf une surprise. Je suis vraiment mal à l'aise de devoir faire semblant, ce double jeu ne me plaît pas du tout, mais je n'ai pas trop le choix.

— Ça craint…

— Ouais, il dormait juste en dessous et… voilà, quoi. Il a vite compris qu'on n'était pas en train de faire du trampoline.

Je ne peux m'empêcher de sourire. Éva et ses images.

— Comment tu te sens par rapport à ça ?

— Chais pas… Ça m'a fait bizarre, mais mon frère ne m'en a même pas parlé. En réalité, il ne l'a pas mal pris du tout. C'est tellement son genre !

Je fronce les sourcils, agacée.

— T'as vraiment aucune pitié avec lui, t'aurais préféré qu'il s'énerve ?

— Ah non ! Sa politique a toujours été « chacun sa merde », les autres, il s'en fout. Ben, pour une fois, ça m'arrange carrément.

— Et Jimmy ?

— Il avait peur que mon frère s'énerve ou que ça casse leur amitié, mais c'est pas le cas alors tout va bien.

Le poids qui se forme dans le creux de mon ventre est en train de me déstabiliser.

J'ai le cœur qui bat aussi fort qu'un jour d'examen. Plus que jamais, Éva serait en mesure de comprendre ce que je vis, et je me demande si ce n'est pas le bon moment pour lui en parler.

Je m'efforce de lâcher un petit rire de circonstance et tente une approche discrète.

— Tu m'imagines dans la même situation ?

Son visage se défigure littéralement d'effroi.

— Genre, toi et mon frère ? Ah, mais quelle horreur, je ne veux même pas y penser !

Sur le coup, il y a quand même de quoi se vexer un peu.

— Qu'est-ce qui serait différent ?

— Mais tout ! Il te connaît depuis que tu es gamine, ce serait comme s'il sortait avec… chais pas moi, sa demi-sœur ! Ce serait chelou.

Je suis sûre que je suis toute blanche. Une idée pareille ne m'avait même jamais effleuré l'esprit.

— Et dans un monde parallèle où tu serais avec mon frère, je suis sûre que notre amitié s'arrêterait parce qu'on ne passerait plus de temps ensemble.

Elle se passe une main dans les cheveux en soupirant.

— Et puis… je détesterais que ça arrive, parce que forcément, il serait tout sauf sérieux avec toi. Ça durerait quoi ? Le temps des vacances ? Et après ? Toi à Lyon et lui ici ? Tu ne voudrais pas d'un mec comme ça, crois-moi ! Mon frère est sympa, OK, mais être en couple avec lui ne doit pas être une sinécure.

D'un coup, Éva s'allonge de tout son long, bras et jambes écartés, presque indifférente à ce qu'elle vient de dire.

— Je crois que je suis amoureuse…

Et moi, je n'arrive plus à dire un mot, j'ai une pelote d'épingles dans la gorge. Éva est ma meilleure amie, l'une des personnes que j'aime le plus au monde, mais je la trouve injuste. De continuer à voir son frère de cette façon, sans aucune nuance, le déshumanisant presque, et aussi de faire avec Jimmy ce qu'elle n'accepterait pas d'Augustin.

En fait, j'ai du mal à croire que c'est elle qui parle comme ça, elle n'a jamais été aussi vindicative. Ce qu'a fait Augustin il y a trois ans, il ne peut pas le payer éternellement… Quant à penser que je pourrais m'éloigner d'elle, c'est même tout le contraire, je me sentirais encore plus proche d'Éva.

Plus que je ne le suis à cet instant.

— Ça va ? demande-t-elle en se tournant vers moi. Tu n'as pas l'air dans ton assiette.

Impossible de lui dire la vérité, on risquerait de méchamment se prendre la tête et ce n'est pas ce que je veux. Je prends sur moi et m'efforce de sourire.

— Oui, on s'y met ?

On reste studieuses tout l'après-midi, échangeant à peine quelques mots, Éva concentrée sur son mémoire de licence et moi sur mes articles de loi, et même si je n'ai pas arrêté de penser à la situation, j'ai avancé plus que ce que j'ai réussi à faire ces quinze derniers jours.

Vers 18 heures, j'émets l'idée qu'il faut peut-être que je rentre chez moi. Je n'ai pas vu le temps passer.

Il fait nuit et le brouillard est toujours aussi épais. Éva bâille à s'en décrocher la mâchoire.

— Pourquoi tu ne dormirais pas à la maison ? Et demain, on pourrait aller faire les achats de Noël ?

Et me retrouver sous le même toit qu'Augustin à faire semblant qu'il ne se passe rien entre lui et moi ? J'ai l'impression d'être en sueur.

— Je ne peux pas, je dois vraiment travailler, sinon je ne vais pas m'en sortir… mais après-demain pour les courses, si tu veux ?

J'ai honte…

Éva soupire.

— OK, bonne idée, j'ai encore fait aucun cadeau. De toute façon, il me reste au moins une dizaine de pages à rédiger, j'aimerais bien avoir fini avant Noël, histoire de vraiment profiter de mes vacances. Vous faites quoi avec ton père ?

Je souris.

— Un repas en amoureux !

— Youhou ! Fun !

— Tu sais, ça fait tellement longtemps que je suis contente d'être avec lui.

Je me lève, réunis mes affaires et enfile ma parka.

— Je dois y aller.

Le téléphone d'Éva sonne au même moment.

— Merde, c'est Jimmy ! Ça t'ennuie si je ne te raccompagne pas ?

Je secoue la tête, lui envoie un baiser de la main et descends au rez-de-chaussée… pile au moment où Augustin ouvre la porte.

Surpris tous les deux, on reste un moment immobiles, puis il referme et s'approche de moi.

— Éva est là-haut, je murmure tout de suite.

— OK. Tu partais ?

— Oui, on a révisé tout l'après-midi et il se fait tard.

— Tu veux que je te raccompagne ?

Je jette un œil dehors. Indépendamment du fait que j'ai envie d'être avec lui, ce serait plus rassurant vu le temps qu'il fait.

— J'aimerais bien, mais Éva ne va pas trouver ça bizarre ?

— Elle ne m'a probablement pas entendu rentrer, je lui dirai que je repars en ville et que je te dépose. Laisse-moi une minute, je crève la dalle, je récupère un truc à béqueter et j'arrive.

Je hoche la tête, un peu piteuse. Tous ces mensonges et ces manigances ne me ressemblent tellement pas.

Je ne sais pas combien de temps ça va durer, mais je doute d'avoir le talent de tenir ce genre de secret très longtemps.

J'entre dans la cuisine.

— Augustin ? Je vais rentrer toute seule finalement.

— Quoi ? Pourquoi ?

— Je suis mal à l'aise avec le fait de mentir à Éva.

Il fronce les sourcils.

— Tu veux qu'on lui parle ?

— Non ! Non…

Pas maintenant, pas après tout ce qu'elle m'a encore dit.

— C'est juste que…

— Tu as l'impression de la trahir ?

Je baisse la tête, Augustin s'approche.

— Hé… regarde-moi. Je ne veux pas te créer d'ennuis ou m'immiscer dans ta relation avec ma sœur. Si, pour une raison qui t'appartient, tu préfères qu'on n'aille pas plus loin, dis-le-moi.

J'en pleurerais.

— C'est pas ce que je veux.

— Moi non plus.

Tout naturellement, il se penche et je lui tends les lèvres. Notre baiser aurait dû être furtif, on est dans sa cuisine, chez lui, avec Éva juste au-dessus de nos têtes, mais on n'y arrive pas. Dès l'instant où Augustin me touche, je m'enflamme. Je passe les bras autour de son cou, me laisse aller et le dévore.

Sans même nous en rendre compte, on recule jusqu'à ce que mon dos se retrouve contre le mur.

C'est notre premier vrai baiser, et il est plus magique que tout ce que j'aurais pu imaginer.

Puis d'un coup, il s'éjecte et va s'appuyer contre l'îlot central.

— Ah, t'es là ? dit Éva en entrant dans la cuisine, avant de me découvrir.

Dur d'avoir l'air naturelle, les lèvres et le cœur encore tout gonflés.

— T'es pas encore partie ?

Elle passe de l'un à l'autre, le regard interrogatif.

— Elle allait sortir quand je suis arrivé. Le brouillard ne s'est pas dissipé, j'ai proposé à Avril de la raccompagner, mais elle veut pas me déranger.

Éva regarde par la fenêtre et prend un air sévère.

— T'as peur de mon frère ? se moque-t-elle en faisant allusion à tout ce qu'elle m'a dit à son sujet.

Mon sourire est plus crispé que jamais.

— Non, pas du tout.

— Il fait un temps de chien et en pleine nuit avec les voitures, je serais plus rassurée que tu ne rentres pas à pied. Toujours OK, Aug ?

— Pas de problème.

— Tu veux que je vienne avec vous ? me demande-t-elle.

— Non, non !

J'ai répondu avec tellement d'empressement qu'elle me regarde bizarrement.

Je me reprends en moins de deux.

— Tu as dit que tu devais absolument avancer sur ton mémoire, je ne veux pas te couper dans ton élan. Mais tu peux même dormir à la maison si tu veux.

Je jette un œil à Augustin, qui ne peut s'empêcher de rire sous cape.

— Oh, tu es chou. Pas ce soir, j'ai l'intention de me coucher tard, mais promis, je viens un soir de la semaine !

Je lui souris.

— D'accord. Bon, ben, je veux bien qu'on y aille.

J'embrasse Éva et monte dans le 4x4 avec Augustin.

— Tu as fait du théâtre ? demande-t-il, un peu moqueur.

— Oh, arrête, je déteste faire ça…

Il démarre et prend la route. Pas plus de cinq minutes en voiture.

— Tu fais quoi demain matin, mère Noël ?

— Rien, pourquoi ?

— Je voudrais faire une expérience avec toi.

— Hein ? De quel genre ?

Il arbore un sourire plus grand qu'un stade de foot.

— Du genre que tu vas adorer ! Un conseil, mets ta combinaison de ski si tu l'as toujours.

— C'est le cas ! Mais…

— Chut… je ne dirai rien.

Il tourne dans la route des Nants, très fier de lui.

— Rendez-vous demain à 8 h 30 devant l'ESF.

— C'est tôt !

— Au moins tu peux être sûre qu'Éva ne nous surprendra pas, argumente-t-il avec un clin d'œil.

Il se penche au-dessus de moi pour ouvrir la portière et me vole un baiser au passage.

— À demain, mère Noël.

Je reste devant le porche jusqu'à ce que sa voiture disparaisse, le sourire aux lèvres.

Moi aussi, je crois que je suis amoureuse.

15
décembre

Je suis pile à l'heure lorsque j'arrive dans le centre de Morzine. Augustin, dans sa tenue de l'ESF, est déjà en train de m'attendre.

Je reste à distance, il y a du monde, je n'ose pas l'embrasser et lui non plus.

Ma vieille combinaison de ski blanche ne m'a pas fait défaut, elle me va toujours en dépit d'un trou au milieu de la cuisse que ma mère avait recouvert d'une tête de Minnie portant un bonnet de Noël.

C'est peut-être la première chose que voit Augustin et ça le fait sourire.

— La mère Noël est fan de Disney ?

Je lui tire la langue.

— Alors, quoi de prévu ? Une bataille de boules de neige ?

— Bien mieux que ça, répond-il en souriant.

Il fouille dans sa poche et en ressort une montre connectée.

— Tiens.

Je regarde la montre sans bouger.

Pour mes quatorze ans, ma mère m'en avait offert une pour mieux surveiller mon rythme cardiaque quand j'allais skier ou randonner en pleine montagne. Mon père s'était fâché, il détestait cette prise de contrôle totale qui ne ferait que me ralentir et me plonger dans la peur. Ils s'étaient violemment disputés à ce sujet, et la montre avait fini à la poubelle.

Depuis, j'ai souvent été tentée de m'en racheter une, arrêtée par la conscience que j'en deviendrais accro, moi qui me limite déjà pour tant de choses.

— Qu'est-ce que je dois en faire ? demandé-je à Augustin.

— Quand tu es venue dîner chez mes parents avec ton père, tu as dit ne faire du sport que lorsque tu étais sous surveillance, pas vrai ?

Je fronce les sourcils.

— Euh, oui.

— Je vais te proposer quelque chose : tu viens skier avec moi, tu mets la montre et je relie tes données à mon téléphone. Tu ne la regardes pas, pour ne pas te stresser, mais moi je surveille en direct ton rythme cardiaque.

— Tu es sérieux ?

C'est un peu comme s'il me demandait de sauter d'un avion sans parachute, mais en me promettant de pouvoir me rattraper. Je ne sais pas s'il se rend bien compte.

— On ne peut plus, répond-il avec le même entrain. Juste une petite demi-heure, plus si tu le souhaites, là, sur la piste verte pour commencer.

Puis il pointe du doigt l'étendue blanche au pied du Pléney.

— Je… ne suis pas sûre que ce soit une bonne idée.

— Je peux me tromper, mais je pense que si. J'en ai eu la certitude quand nous sommes allés aux Lindarets. Tu as envie de skier, ça te manque. C'est juste la peur qui te retient.

— Et c'est déjà beaucoup…

Il ouvre ma main et me colle la montre dans la paume.

— Je ne te demande pas d'avoir uniquement confiance en moi, mais aussi en toi. Tu sais quoi faire.

— Augustin, avoir confiance en moi est ce qu'il y a de plus difficile.

— Je sais, mais je t'ai vue courir pour récupérer cette gamine qui filait tout droit sur la falaise. Tu l'as fait sans te poser de questions, parce que c'est instinctif.

— Oui, mais…

— Écoute-moi avant d'objecter. Ce jour-là, il aurait pu t'arriver n'importe quoi, personne n'avait la main sur ton rythme cardiaque, là, ce sera le cas. Avril, dit-il en me prenant les mains. Je me suis beaucoup renseigné avant de te le proposer. Tu peux le faire si tu respectes les règles. Ce ne sera pas plus violent que le ski de fond ou la marche qu'on a faite ensemble, tu t'échaufferas et éviteras de dépasser les 170 battements par minute.

J'en ai le vertige.

— C'est un peu plus compliqué que ça…

— Alors, explique-moi.

Je soupire.

— Un transplanté peut faire du sport, mais son cœur ne fonctionne pas comme les autres. Il lui faut du temps pour s'adapter, l'effort soudain est impossible. C'est pour ça que j'ai eu tant de mal à courir après cette gosse. Quand j'ai été opérée et que j'ai commencé les séances de rééducation, on m'a expliqué que, chez une personne normale, le nerf sympathique régule le rythme cardiaque et permet de s'élancer d'un coup. Moi, ce nerf, je ne l'ai plus, et je dois compter sur l'adrénaline, qui va me donner la pulsion nécessaire, car je ne peux accomplir d'effort immédiat, tu comprends ? Je sais, je ne suis pas supposée essayer de contrôler ce genre de choses, mais j'ai peur que mon corps ne sache pas gérer tout seul, s'emballe et ne s'arrête plus.

— Cette peur, tu sens que tu pourrais l'apprivoiser ?

Je prends une profonde inspiration.

— Je ne sais pas.

— Est-ce que tu as quand même envie d'essayer ?

Je baisse les yeux sur mes bottes, sans répondre.

— Si tu as peur que je me plante, contrôle la montre. On sera deux à surveiller.

— On ira doucement ?

— Oui. Un pas après l'autre et tu décides quand on s'arrête.

— D'accord…

Son visage s'illumine, alors que je dois être blême.

Il m'aide à attacher la montre, regarde si elle est bien connectée à son téléphone et me sourit.

— Quatre-vingts, c'est le calme plat ! Allez, viens, on va chercher des skis !

En réalité, je ne sais pas dire si c'est la peur ou l'excitation qui fait autant battre mon cœur. Sûrement les deux. L'adrénaline est déjà en train de courir dans mes veines. Je suis Augustin jusque dans le chalet de l'ESF, c'est la première fois que j'y entre.

Tout a été décoré pour Noël, mais leurs guirlandes flétries et le sapin synthétique doivent avoir mille ans.

À cette heure, les cours n'ont pas encore commencé, et les moniteurs sont tous en train de prendre un café autour d'une table.

Notre présence passe totalement inaperçue.

Augustin se dirige dans un local où sont rangés skis et chaussures.

— On a toujours du matériel en rab, au cas où. Tu chausses du combien ?

— Trente-huit.

— Ta taille ?

— Un mètre soixante.

— T'es un vrai Minipouss ! s'amuse-t-il. Viens, essaie ça.

Je m'assois sur un banc et enfile les bottes. Elles sont bien plus confortables que celles que j'ai à la maison. Trois ans, c'est tout un monde d'évolution pour la technologie.

Augustin revient avec des skis, les compare à ma taille, me remet un casque et me sourit.

— Tu es assez habillée ou tu as aussi besoin d'un tee-shirt Thermolactyl ?

Il est trop adorable de demander, ça me donne envie de lui sauter dessus.

— Ça va aller. Je tombe malade très facilement depuis mon opération, alors j'ai ce qu'il faut.

— Dans ce cas, allons-y ! La piste verte sera un excellent échauffement. On va y aller tout doucement.

Skis sur l'épaule et bâtons à la main, j'avance comme un robot dans la neige au milieu des tout-petits.

Augustin nous fait monter une pente pas bien méchante, pour atteindre les tire-fesses qu'utilisent habituellement les débutants. Si on m'avait emmenée là il y a trois ans, j'aurais hurlé, mais aujourd'hui, je n'ai plus autant d'assurance et ressens même une certaine appréhension.

— Pas besoin de te réexpliquer comment ça fonctionne, je suppose ?

Je secoue la tête, chausse mes skis et agrippe la barre sans me risquer à réfléchir, de peur de changer d'avis.

Je me laisse tirer sans difficulté jusqu'en haut de la pente, je n'ai pas perdu la main.

— Dommage, j'aurais aimé te voir tomber, se moque Augustin.

— On dirait que je ne suis pas rouillée à ce point !

Il a l'air ravi.

— Tant mieux, parce que je n'ai pas l'intention de rester ici trois plombes ! Allez, tu me suis ?

La première descente ! On dirait que je ne me suis jamais arrêtée de skier. C'est facile et terriblement frustrant tant c'est court et plat.

On est descendus en quatre minutes à peine et c'est comme si mon corps venait de se réveiller d'un long sommeil. Il est affamé, il en demande encore.

Un jour, mon père m'a dit que skier s'apparentait à une visite au salon du chocolat. Tu en manges un et tu ne peux plus t'arrêter.

C'est exactement ce qui se passe.

Je n'ai rien oublié des sensations que le ski procure, et je veux recommencer tout de suite.

— Cent battements par minute, dit Augustin en contrôlant son téléphone. On recommence ?

Je fais oui de la tête.

Au bout de la troisième fois et un rythme cardiaque toujours aussi plat, j'accepte de prendre les télécabines qui nous mèneront au plateau du Pléney. Les pistes bleues sont faciles, mais plus longues aussi.

— Ça va aller ? me demande Augustin en regardant son téléphone. Tu as un peu peur ?

— Oui, un peu.

Dans la télécabine, il me tend la main et me serre doucement les doigts.

— Tu t'en es sortie comme une cheffe. Même pas besoin de te dire quoi faire. Je suis sûr que ça va aller. On va prendre la piste du Grizzli et redescendre doucement vers celle des Nants. On s'arrête quand tu veux, OK ?

Je hoche la tête. Si je dois avoir confiance en une seule personne, je sais que c'est en lui.

Lorsqu'on quitte les télécabines, le plateau du Pléney commence à être un peu fréquenté. On est à 1 500 mètres et ici, l'air est vif et froid. La forêt est en contrebas, l'enneigement est parfait, le ciel est magnifique, mais ça ne suffit pas à atténuer l'appréhension qui est la mienne.

— Cent dix, me prévient Augustin. Tout va bien.

Je resserre mon cache-col, chausse mes skis, rabats mes lunettes et respire un grand coup.

— On y va maintenant, sinon je vais changer d'avis.

— OK, tu me suis ! Doucement d'abord, tu t'échauffes tranquillement, et dès que tu le sens, tu accélères un peu et descends en diagonale.

Dans mes veines, j'ai l'ADN du ski, je sais ce que je dois faire. Je détends les bras au maximum, je fléchis les genoux, m'assouplis les chevilles, je garde le dos droit, je m'incline légèrement en avant, et go !

Augustin s'élance devant moi dans un mouvement fluide, je le suis sans réfléchir et descends la pente de gauche à droite pour maîtriser ma vitesse.

Je suis super crispée, je m'en rends compte, je me touche sans arrêt la poitrine, à l'endroit où j'ai été opérée, j'ai les bras trop tendus et les genoux pas assez pliés. Au bout de cinq minutes à peine, je perds l'équilibre et chute.

— Ça va ? me crie Augustin.

— Oui, je me relève.

Il regarde son téléphone et attend que je le rejoigne.

— Tu stresses, mais ton rythme cardiaque est super.

Je hoche la tête et souffle.

— On repart ?

— Allez ! Toi devant, cette fois.

À mon tour de m'élancer.

— Tout va bien, fais-toi confiance ! crie Augustin.

J'étais une excellente skieuse et ces trois années de pause ne devraient pas avoir changé quoi que ce soit. La technique, je l'ai, je n'arrive juste pas à sortir de mes angoisses.

À un moment donné, j'ai l'impression que mon cœur est en train d'accélérer plus que la normale et je tombe une nouvelle fois.

Je retire mon casque, mes lunettes et les jette par terre, au bord des larmes.

— Je n'y arrive pas...

— Bien sûr que si. C'est dans la tête, tu te conditionnes et ça te ralentit.

Je me revois gamine à croiser les bras sur ma poitrine avant de bouder, je suis à deux doigts de faire pareil.

— Je ne fais pas exprès.

— Je sais, et ce que tu as fait est déjà bien.

— On est loin des prochaines remontées mécaniques ?

— Le plateau de Nyon est à moins d'un kilomètre, on pourra redescendre par là.

— OK... Merci.

Augustin me sourit et m'aide à me relever.

— On a fait la moitié de la distance, maintenant que tu sais qu'on va redescendre en télésiège, essaie d'en profiter, d'accord ?

Je hoche la tête, j'essaie de me faire confiance, et amorce la descente, cette fois avec un peu plus de souplesse et moins d'appréhension. La neige ne me veut aucun mal, les skieurs sont à distance, aucun obstacle devant moi.

J'essaie de maîtriser mes pensées autant que mes mouvements et mon souffle, j'essaie de laisser mon corps prendre le contrôle.

J'essaie de vivre.

On passe à travers un bosquet de pins et quand on en ressort, on est déjà au niveau des remontées mécaniques.

Je n'ai pas chuté une seule fois.

Je n'ai pas chuté et j'ai aimé.

Ce n'est pas seulement une victoire, c'est une revanche, sur la vie, sur moi, pour tout ce à quoi j'ai renoncé et qui est en train de renaître.

— Cent quarante ! C'est parfait !

— Juste ça ?

— Mais oui ! Tu t'es à peine décrassée, la prochaine fois, on se lâchera un peu plus. En attendant, tiens, reprends un peu d'énergie.

Il sort une barre de céréales de l'intérieur de sa veste et me l'offre. Et c'est chacune de ces petites attentions qui le rend si particulier à mes yeux.

Je lui souris, réalise que je meurs de faim et la dévore en deux secondes.

— Il est à peine 9 h 30. Avant de rentrer, ça te dit un saut au Pas de l'Aigle ? me propose-t-il. On prend le téléphérique de Nyon puis le télésiège jusqu'à la pointe et on redescend tranquillou à Morzine de la même façon.

Difficile de cacher mon excitation.

Je n'ai jamais pu y aller, le belvédère a été installé l'année de mon opération. Tout le monde m'a dit que c'était le plus beau point de vue du domaine des Portes du Soleil, qu'on marche sur une passerelle de verre et de métal suspendue à 2 000 mètres d'altitude et surplombant 350 mètres de vide et que c'est aussi magique qu'effrayant.

Augustin ne traîne pas, fait garder nos skis et nos casques par le perchiste de Nyon, et m'entraîne avec lui. Hélas, quand on y arrive, la rampe d'accès est fermée pour la journée, impossible de cacher ma déception. Les quelques skieurs qui sont montés comme nous se contentent de prendre des photos de loin.

— Oh non…

— On s'en fout, on y va quand même !

— Mais… il y a un mec dans sa guérite, il va nous voir.

Augustin n'écoute pas et avance jusqu'à la passerelle. Il soulève la chaîne qui la bloque et passe en dessous avant de la maintenir en l'air.

— À ton tour !

— On ne peut pas !

— On n'a pas le droit, mais on peut, tu vois bien, je viens de le faire !

— T'es barge !

J'ignore mes principes, regarde quand même autour de moi et passe en dessous à mon tour.

— Allez, on y va ou on va se faire choper, dit-il en m'aidant à me relever.

Nous nous dépêchons de parcourir les quinze mètres de passerelle, et arrivée au bout, je m'immobilise.

Accrochée à la montagne, l'avancée métallique nous offre une vue vertigineuse. Sous nos pieds, et bien que partiellement couvertes de neige, les plaques de verre semblent à peine nous protéger du vide, la sensation est indescriptible, c'est comme si on ne tenait à rien du tout. Et devant nous s'étire un paysage à couper le souffle.

On voit tout, Morzine, le lac Léman, le mont Blanc, il suffit de faire un tour sur soi-même pour surplomber l'immensité des Alpes.

— On se sent tellement petits, je n'aurais pas cru que c'était si beau…

J'en ai presque les larmes aux yeux en réalisant que je n'ai jamais été aussi en vie.

J'aurais pu ne jamais voir ça.

Étriquée dans un corps blessé, arrimée à mes cicatrices comme accrochée à une bouée, je me suis privée de tout.

Je ne veux plus jamais recommencer.

Je regarde Augustin, les yeux un peu humides.

— Merci… c'est magnifique.

— C'est toi qui l'es.

Je tourne la tête, il me dévore des yeux.

Entourés par cette nature exceptionnelle, ce ciel si bleu, je ne vois pourtant plus que lui. Je frissonne un peu. Augustin se penche au fur et à mesure que je m'étire vers lui dans une attraction évidente. Nos fronts se collent l'un à l'autre, nos paupières se ferment, nos souffles s'harmonisent et plus rien ne compte à part nous.

— Hé, qu'est-ce que vous faites ? hurle soudain une voix. L'accès est interdit, revenez immédiatement ici !

Nous sortons de notre léthargie et nous tournons vers le monsieur au ventre bedonnant qui fait de grands gestes de l'autre côté de la passerelle.

— Grillés ! dit Augustin en rigolant. Dépêchons-nous, il va faire une crise sinon.

— Et vous, vous êtes moniteur de l'ESF ! Bravo pour l'exemple que vous donnez ! braille le perchiste, vraiment en colère. Vous vous rendez compte ? Et si la passerelle était fermée pour travaux parce que c'est dangereux ? Vous imaginez ?

— Pardon, m'sieur, s'excuse Augustin d'une voix un peu moqueuse tout en me prenant par les épaules pour me serrer contre lui. On ne recommencera plus. Promis, m'sieur.

— Ah ça, vous pouvez en être sûr, je me souviendrai de votre visage ! conclut-il en pointant l'index et le majeur dans la direction d'Augustin.

Je suis à deux doigts d'éclater de rire tant il a l'air sérieux.

À deux doigts seulement, car mon regard est soudain attiré par deux skieurs une dizaine de mètres plus loin.

Un garçon et une fille.

La fille a l'air d'être folle de rage. Je cesse de respirer.

C'est Jimmy et Éva.

16
décembre

Le soleil passe à travers les rideaux de ma chambre, et à peine j'ouvre les yeux que la scène d'hier matin me revient comme un flash, je me souviens de tout, chaque geste, chaque mot.

C'est horrible.

Le sol se dérobe sous mes pieds. Augustin n'a pas encore vu sa sœur et Jimmy, il me serre toujours contre lui. Trop tard pour essayer de me dégager, je reste statufiée. Je sais parfaitement de quoi on a l'air, le doute n'est pas permis.

— Un problème ? me demande-t-il.

— Éva et Jimmy sont juste là…

Il lève la tête en direction des télécabines et les voit enfin. Ils sont sur leurs skis, lunettes de soleil relevées.

— Merde…

— Augustin, je… elle va très mal le prendre.

— Je sais. Tu veux bien me laisser gérer ça ?

Je hoche la tête, une chape de plomb dans l'estomac. Je suis incapable de savoir comment réagir ni quoi dire à Éva.

On passe le portillon ouvert sans un regard pour le perchiste qui s'impatiente, et avançons en direction d'Éva et Jimmy.

— Salut, dit Jimmy qui lui, a l'air de n'en vouloir à personne.

Éva ne regarde que moi, les yeux noirs de colère et la mâchoire serrée.

— Tu t'es bien foutue de ma gueule, attaque-t-elle sans préambule.

— Éva…, commence Augustin.

— Toi, tais-toi. J'aurais dû m'en douter, il y avait des signaux partout, quelle conne ! Ça fait combien de temps que ça dure, hein ? Combien de temps que vous vous payez ma tronche ?

— Personne ne s'est moqué de toi.

Presque enragée, elle se tourne vers son frère.

— Ah ouais ? Et t'appelles ça comment ? Un flou artistique ? Une dimension parallèle ? Un multivers ? Ce que je viens de voir, vous deux à roucouler au bout de la passerelle, ça ne se passe pas en vrai ? À qui tu vas faire croire ça ? Il te les faut toutes, en fait ? Tu me dégoûtes !

À mon tour d'essayer de parler.

— Éva…

— Toi, j'ai pas envie d'écouter tes excuses, si tu as été trop conne pour tomber dans les mailles de son filet, tant pis pour toi. Je t'avais pourtant prévenue.

— Tu es injuste.

— Quoi ? Tu m'as trahie, menti ! Je t'ai demandé si tu voulais qu'on se voie aujourd'hui, et tu m'as répondu : « Je peux pas, je dois vraiment travailler, sinon je ne vais pas m'en sortir… » Depuis quand es-tu devenue aussi fourbe, Avril ? C'est quand tu as changé de cœur que ça s'est produit ? cingle-t-elle méchamment.

Je blêmis.

— Tu vas trop loin, la prévient Augustin.

— Ah ouais ? Moi j'ai jamais envoyé quelqu'un à l'hôpital en l'abandonnant comme une merde, alors ne viens surtout pas me faire la morale ! Faites ce que vous voulez, c'est votre problème. Vous avez qu'à vous envoyer en l'air si ça vous chante, mais loin, très loin de moi !

Cette fois, c'est Augustin qui donne l'impression de s'être pris une gifle.

Éva rechausse ses lunettes et part comme une furie en direction de la piste.

Augustin et moi restons immobiles devant Jimmy, qui nous regarde à tour de rôle sans savoir quoi dire. Je ne devine aucun jugement sur son visage, je crois qu'il est aussi perturbé que nous.

— Désolé, c'est moi qui lui ai proposé de venir ici ce matin, comme je travaillais pas et qu'elle avait envie de skier. Si j'avais su, je l'aurais pas fait.

— Ne t'excuse pas, lui dit Augustin.

Jimmy me regarde en pinçant les lèvres.

— Vous êtes vraiment ensemble ?

Je hoche la tête.

— Moi je n'y vois pas d'inconvénient, c'est pas plus bizarre que ta sœur et moi, dit-il à Augustin.

— Ouais… mais elle n'a pas l'air d'être de ton avis.

— Je vais essayer de lui parler.

— C'est gentil, mais va pas te mettre dans des embrouilles pour ça. Je la verrai ce soir quand elle se sera calmée.

— D'accord…, lui répond Jimmy. Je vais vous laisser. La pente est raide, c'est pas bon qu'elle soit descendue dans cet état.

Augustin acquiesce, Jimmy me regarde avec un sourire gêné et s'en va. Moi, j'ai tellement envie de pleurer que je suis incapable de prononcer un mot. J'ai un peu le sentiment que la foudre s'est abattue sur moi, je suis vidée. C'est la première fois qu'Éva me parle avec autant de méchanceté. Ça secoue. Jamais eu le cœur aussi gros.

— Hé…

Augustin me tourne vers lui.

— Ça va aller.

— Je ne crois pas…

— Mais si, tu verras. Ma sœur s'emporte toujours très vite, et puis ça retombe.

Cette fois, j'ai peur que ce soit différent. Augustin ne l'a pas entendue parler de lui comme elle l'a fait avec moi, mais je ne dirai rien, je n'ai pas le cœur à noircir davantage le tableau. La vérité, c'est qu'Éva a vraiment la dent dure. Elle s'est brouillée avec des tas de gens à cause de ça. Elle est entière et ne tolère jamais aucune erreur. Pour elle, l'amitié, c'est sacré, et je viens de la trahir, parce que j'ai manqué de courage.

— J'espère que tu dis vrai…

Depuis, je n'ai aucune nouvelle. Elle a lu, mais ignoré tous mes messages, tous mes appels. J'en suis malade. Je ne demande qu'à lui parler et m'expliquer, mais pour lui dire quoi, au fond ? Que oui, je lui ai menti, délibérément ?

Je suis en tort sur ce point, mais est-ce qu'elle réalise que m'empêcher de lui parler ne fera que creuser davantage le fossé entre nous ? Je suis coupable de m'être tue parce que j'avais peur de devoir mettre un terme à une relation importante pour moi, mais je refuse de me sentir coupable d'être enfin heureuse. Elle devrait me comprendre plus que n'importe qui.

Jimmy, elle l'a attendu, elle sait ce que c'est. Si seulement elle acceptait de me parler… Je viens de me lever et je rumine déjà. La journée va être longue.

En début d'après-midi, alors que mon père est parti en randonnée jusqu'à au moins 15 heures, je me décide à aller au Yéti Bleu, espérant avoir un peu plus de nouvelles de la part de Jimmy. Parce que ça n'a rien donné non plus du côté d'Augustin. Hier soir, elle s'est enfermée dans sa chambre et a refusé de lui adresser la parole.

Il fait aussi beau que la veille, mais les températures semblent être descendues d'un coup. Le froid est sec. Je m'habille chaudement et traverse Morzine. Demain sera une grosse journée, celle des arrivées et des départs dans la station, il n'y a presque personne dans les rues, comme si tout le monde voulait profiter à fond de la neige. Le Yéti Bleu ne fait pas exception. J'entre, il n'y a pas un chat et Jimmy essuie des verres derrière le comptoir.

— Salut !

— Hé, Avril ! Ça va mieux ?

Je secoue la tête et m'assois sur un tabouret de bar.

— Aucune nouvelle d'Éva, elle m'ignore complètement.

— Elle est vénère.

— Ouais… Tu as essayé de lui parler ?

Il soupire et pose son torchon sur le rebord de l'évier.

— Elle ne veut rien savoir.

— Ça lui ressemble.

— Je suis désolé. Ça finira bien par passer. Je te sers quelque chose ?

Accoudée au comptoir, je me fais l'effet d'une alcoolique en manque de vodka. Si j'en buvais, j'aurais déjà liquidé trois verres. Je secoue la tête.

— Non merci. Je ferais mieux d'aller réviser plutôt que de cogiter. Tu veux bien lui laisser un message pour moi ?

Au lieu de me répondre, Jimmy fait une drôle de tête tandis que je vois son regard s'attarder sur la vitrine.

— Je crois que tu vas pouvoir le lui dire toi-même…

Éva entre au même moment et s'immobilise devant la porte ouverte quand elle me voit.

— Je reviendrai plus tard, dit-elle finalement en faisant demi-tour.

— Éva, attends !

Je m'élance après elle et la rattrape sur le trottoir.

— S'il te plaît, attends, je voudrais juste qu'on parle.

— Pour se dire quoi ?

Sa voix est si sèche, je ne l'avais jamais entendue me parler comme ça.

— Je… je suis désolée.

— Pas autant que moi.

— On peut aller quelque part pour en parler ?

— Pas envie.

— Éva… je ne suis pas fière de t'avoir menti, mais j'aimerais t'expliquer pourquoi.

Elle émet un rire cynique.

— Oh, t'inquiète pas, je crois que j'ai compris toute seule. Mon frère t'a fait ses yeux de séducteur, tu t'es sentie spéciale et tu as succombé. Pas de bol, parce que tu vas souffrir. Benoît, c'était de la pisse de chat à côté, crois-moi.

— Mais pourquoi es-tu si dure avec lui ?

— Pourquoi ? Mais parce que c'est un prédateur, parce qu'il a bientôt vingt-deux ans et qu'il ne pense qu'à ça !

— T'es injuste. Jimmy aussi a vingt-deux ans et tu n'es pas aussi dure avec lui.

— Personne n'a tenté de se suicider à cause de lui, à ce que je sache.

Je soupire. Elle a vraiment dû souffrir de cette situation pour revenir sans cesse dessus.

— Ton frère n'est pas comme ça avec moi.

Son visage se ferme.

— Pas encore, tu veux dire ? Attends d'avoir couché avec lui et on en rediscute ! Parce que ça n'a pas encore été fait, n'est-ce pas ?

— Tu es injuste et tu ne lui laisses aucune chance. Toi et moi, on se connaît depuis qu'on a six ans, tu as eu ton premier flirt avant moi, ton premier baiser, ton premier rapport sexuel et chaque fois, c'est toi qui as mis un terme à la relation. Tu te souviens de ce mec qui s'appelait Hugo, pendant les grandes vacances ? Tu avais dix-huit ans, il en avait dix-sept et tu lui as brisé le cœur parce que tu voulais juste une histoire d'été et que quand il est rentré chez lui, tu ne voulais plus lui donner aucune nouvelle.

— Hé, je t'arrête tout de suite. Entre lui et moi, il y avait un deal, on était d'accord. Augustin n'a dealé avec personne, il a pris et il s'est barré.

— Ça ne s'est pas passé comme ça et tu le sais…

— T'étais là ?

— Non, mais tu m'as raconté, et lui aussi. Éva, j'ai du mal à croire que c'est ça le problème et j'aimerais bien que tu me dises de quoi il s'agit.

Elle a les narines gonflées, la mâchoire serrée et les lèvres qui tremblent un peu. N'importe qui passerait dans la rue croirait qu'elle est sur le point de me sauter à la gorge. Je ne l'ai jamais vue comme ça.

— T'es amoureuse de mon frère ?

Mon souffle se coupe et il me faut plusieurs secondes pour répondre.

— Oui…

— J'hallucine ! C'est n'importe quoi ! Comme ça ? Du jour au lendemain ?

— Éva, il… a tout changé. Il me pousse là où je ne pensais plus être capable d'aller. Il est gentil, il fait attention à moi, il… il me rend heureuse.

Son regard est noir.

— Tu ne peux pas être avec mon frère.

— Pourquoi ?

— Parce que c'est mon frère, putain !

À mon tour de serrer les poings.

— Tu te rends compte de ce que tu dis ? Tu sors avec le meilleur ami de ton frère, ça, c'est normal, mais l'inverse non ? Tu réalises ?

— C'est mon frère ! Je t'ai confié tous mes secrets, toutes mes peurs, tous mes rêves et voilà que tu te maques avec lui ?

— Je ne comprends pas, tu as peur que je répète tout ce que tu m'as dit ?

Elle claque la langue d'agacement comme si je refusais de comprendre.

— C'est chelou ! C'est comme si… merde, Avril, tu es presque comme ma sœur. Comment veux-tu que j'accepte ça ? Jimmy, il a pas cette relation avec mon frère. Ils se connaissent depuis moins longtemps, ils sont pas aussi proches que nous. Et puis d'ailleurs, c'est quoi le truc ? Augustin n'a jamais été là pour toi et soudain, il est la solution à tous tes problèmes d'un coup de baguette magique ? C'est du délire !

— Tu te compares à lui ?

— Ouais ! Juste pour te rafraîchir la mémoire : qui était là quand tu en avais besoin ? Pour te consoler, te rassurer, te prendre la main et passer des heures au téléphone avec toi qui étais au fond du trou ? Lui ? Non. C'était moi.

— Et j'en ferais autant pour toi, mais quel est le rapport avec Augustin ? Tu as peur que je l'aime plus que toi ?

— Ne raconte pas de conneries ! Je connais mon frère, vous deux, ça ne durera pas. Tu vas pleurer. Et je ne serai pas là pour toi parce que je t'aurai avertie. Je vais quand même te donner un conseil : arrête avant que ça arrive. Et tant que c'est pas fait, pas la peine de venir me parler.

Cette fois, je ne tiens plus.

— Tu peux penser ce que tu veux de ton frère, mais pas me dire ce que j'ai à faire. J'ai le droit de faire mes propres expériences sans te demander ton avis ou ton autorisation. T'es pas contente avec ça ? Tu sais quoi ? Ras le cul, je me passerai de toi !

Éva me fusille du regard, me bouscule et entre à l'intérieur du Yéti Bleu.

Je suis sonnée, j'ai les jambes qui tremblent. Jamais on ne s'est engueulées comme ça. Je m'adosse contre le mur d'un chalet et refoule mes larmes. J'ai l'impression d'être dans un mauvais rêve. Je vais me réveiller, c'est pas possible !

Je rentre au chalet avec la démarche d'un automate. Mon père vient apparemment juste d'arriver.

— Ça va, bijou ? Tu as une petite mine. Tu as pleuré ?

Comme je ne réponds rien, il s'approche.

— Avril ?

Et là, je fonds en larmes. De gros sanglots bruyants.

— Hé… mon petit cœur, qu'est-ce qui s'est passé ?

Je renifle.

— J'ai perdu ma meilleure amie…

— Mais…

Il me prend par les épaules et me conduit dans le salon. On s'installe tous les deux sur le canapé, j'ai du mal à arrêter de pleurer.

— Allez, allez…, chuchote-t-il en me serrant contre lui. Essaie de me raconter.

— J'ai honte, papa, si tu savais… mais je suis amoureuse.

Mon père m'écoute sans m'interrompre. Je n'ai pas envie d'omettre quoi que ce soit. Je lui raconte tout, mes sentiments, mes mensonges, la façon dont j'ai eu l'impression de revenir à la vie et comment mon monde s'effondre subitement.

— Voilà, tu sais tout…

Il fronce les sourcils.

— Tu serais un ami, je te demanderais si je peux te donner mon avis, mais comme tu es ma fille, je vais le faire sans ta permission.

La suite ne me dit rien qui vaille.

— Je me réjouis que tu sois enfin sortie de ta coquille et que tu aies envie de t'ouvrir à d'autres horizons. L'amour est toujours une bonne raison, pour peu qu'il ne nous aveugle pas.

— Qu'est-ce que tu veux dire ?

— Je ne suis pas d'accord avec la façon dont te traite Éva, c'est injuste, mais je pense que tu vas peut-être un peu vite, et qu'il serait dommage de perdre une si belle amitié pour une histoire qui pourrait ne pas durer.

Douche froide.

— Toi aussi tu penses qu'Augustin n'est pas quelqu'un de sérieux ?

— Non, mais il a bientôt vingt-deux ans, toi dix-neuf et encore aucune certitude sur ce que sera la vie. Tu devrais prendre le temps de réfléchir à ce que je t'ai dit.

Je me raidis.

— En fait, c'est moi que tu ne trouves pas sérieuse.

— Je n'ai jamais dit ça, Avril, enfin !

— Bien sûr que si. Tu penses que mes sentiments ne le sont pas suffisamment pour risquer mon amitié avec Éva. Ça me paraît très clair. Et jusqu'à présent, ce n'est pas Augustin qui m'a mal traitée, mais Éva !

— Tu te braques…

— Bien sûr que je me braque ! Je te dis que je n'ai jamais été aussi heureuse de toute ma vie, que je veux continuer à l'être et toi, tout ce que tu me réponds, c'est de réfléchir ? Mais réfléchir à quoi, papa ? À si j'ai le droit ou non d'avoir ma part de bonheur sous prétexte que ça pourrait déplaire à ma meilleure amie ?

— Bijou, tu extrapoles. Je ne donne pas raison à Éva, je dis juste qu'il convient de peser le pour et le contre.

Je me lève d'un coup, survoltée.

— Je l'aime, c'est aussi simple que ça, et si toi et Éva n'arrivez pas à l'accepter, c'est que vous avez moins de considération pour moi que vous le prétendez ! Je vais dans ma chambre.

— Avril !

Mais je ne me retourne pas. Plus envie de parler.

Ras le bol de cette journée, il est temps qu'elle se termine.

Je me jette sur mon lit et ferme les yeux un long moment avant de les rouvrir sur le plafond blanc.

Mon père est totalement à côté de la plaque, et Éva ne m'a jamais paru aussi irrationnelle. Sa réaction est disproportionnée et fondée sur un truc qui s'est passé il y a si longtemps qu'il devrait y avoir prescription.

C'est ma meilleure amie, elle compte pour moi, et mon père est peut-être l'homme que j'aime le plus au monde, j'en crève de cette situation, mais ils font clairement chier.

Je prends mon téléphone, prête à envoyer un message à Augustin et me ravise. Pour lui dire quoi ? Que mon père n'a pas confiance en lui ?

Je jette mon smartphone sur le lit, prends l'oreiller, me l'écrase sur le visage et le mords pour ne pas hurler. Puis je fais ce qu'il y a de mieux à faire dans ce genre de situation : je récupère un dossier sous mon lit et étale les feuilles devant moi.

Réviser et oublier.

En fin de journée, alors que je suis restée silencieuse, c'est moi qui reçois un message d'Augustin.

> Jimmy m'a dit pour Éva. Je suis désolé.

Et moi donc…

17
décembre

J'ai mal dormi et je suis d'une humeur exécrable quand mon téléphone me réveille en faisant tinter le bip d'une notification. Ma mère.

Déjà réveillée ?

Bonjour, m'man, oui, à l'instant.

Ça va mieux ?

Comment ça ?

Je sens le truc désagréable arriver.

On s'est parlé avec ton père, hier soir,
il m'a expliqué la situation avec Éva.

Et voilà ! Mais pourquoi éprouvent-ils le besoin de toujours tout se raconter quand il s'agit de moi ? C'est insupportable. Je regrette de lui en avoir parlé. Qu'est-ce qui m'a pris ?

Je préfère ne pas en parler, maman…

Elle ignore ce que je viens de dire. Classique.

Je pense comme lui qu'Éva surréagit et qu'elle ne devrait pas te menacer de mettre fin à votre amitié, mais que tu devrais te poser et y réfléchir. Augustin est jeune, toi aussi, ça pourrait ne rien donner de sérieux.

Maman, pardonne-moi si je suis désagréable, mais je n'ai pas envie d'avoir votre avis à papa et toi.

Je m'en doute, mais tu ne nous empêcheras pas de te dire ce que nous en pensons. Notre rôle est de te protéger et de te guider.

Je n'ai pas besoin que vous me protégiez, mais que vous me fassiez confiance et me laissiez libre de mes choix.
Je te laisse, maman, car moi non plus, tu ne m'empêcheras pas de ne pas vouloir en parler.

Tu es bien la fille de ton père…
Je te laisse donc. Mais si tu as besoin d'en parler, je suis là.
Bisous. 😘

À cran, je coupe mon téléphone. J'aurais cent fois préféré recevoir un message assassin d'Éva qui me dit qu'elle m'en veut à mort plutôt que ça.

Je me lève et vais directement sous la douche, l'eau chaude aura peut-être le pouvoir de me rendre moins chonchon.

Lorsque je descends dans la cuisine, il est 9 heures et mon père est déjà parti. Il a laissé un mot sur la table.

Bonjour bijou,

J'espère que ça va un peu mieux. Je m'absente toute la matinée, réunion avec l'office de tourisme. Je ne pense pas rentrer à midi. Et cet après-midi, j'emmène des clients autour du lac de Montriond. Je rentre vers 16 heures, et demain repos ! On se fera un resto ? Je suis très mauvais cuisinier, mais je sais où manger d'excellents potchons.

Bisous, papa

L'attitude de mes parents m'énerve, mais je n'ai aucune envie de me prendre la tête avec mon père. Je sors mon téléphone et lui envoie un message pour lui souhaiter une bonne journée et lui dire que le resto est une excellente idée.

J'avale sans tarder mon petit déjeuner et me force à réviser une bonne partie de la matinée. À 11 heures, ras le bol de rester enfermée, Éva fait la gueule, Augustin travaille toute la journée, je me décide à aller marcher un peu en centre-ville.

Sauf que j'avais oublié que c'était le premier jour des vacances, et aussi celui des festivités de Noël qui débutent à Morzine ce soir. Je regrette assez vite de ne pas être allée me promener en pleine campagne, les trottoirs sont noirs de monde, aucun fauteuil libre aux terrasses des cafés, des files encore monstrueuses aux remontées mécaniques et des magasins pleins à craquer. Alors que le soleil est encore haut dans le ciel, tout est illuminé de guirlandes électriques et d'étoiles, les chalets, les bâtisses, les lampadaires, et de la musique de Noël retentit dans les haut-parleurs de la ville. C'est l'effervescence totale. Les gamins sont surexcités, tout le monde porte des bonnets rouges, l'ambiance est excellente, un peu magique, même, exactement comme celle que j'ai toujours aimée à Morzine, mais je n'avais pas prévu de prendre un bain de foule.

Je m'apprête à contourner l'une des rues principales quand je tombe sur Jeff au moment où il sort d'un magasin. Il bloque, moi aussi. On ne s'est pas revus depuis la fois où je l'ai remis à sa place chez Margot. Passé l'instant de gêne entre nous, je lui souris.

— Salut, Jeff !

— Hé… Ça va ?

— Impec. Tu ne travailles pas aujourd'hui ?

— Jour de congé, j'avais des courses à faire.

Il se gratte la tête.

— Écoute, euh… je suis vraiment désolé pour la dernière fois. Je suis un peu lourd parfois.

C'est rien de le dire !

— Ça va, pas de bile.

— Cool. Il paraît qu'Aug et toi vous êtes en couple ?

— Les nouvelles vont vite !

— C'est Jimmy qui nous l'a dit à Margot et à moi. Je vous voyais pas ensemble.

Je hausse les sourcils.

— Enfin, je veux dire, vous êtes cools tous les deux, mais Aug, c'est pas le genre de mec qui cherche une relation sérieuse, et toi, ben…

OK… Je ne sais pas pourquoi tout le monde se croit obligé de me parler de lui en ces termes et de donner son avis sur nous, mais ça commence sérieusement à me gonfler.

— Tu sais quoi ? Je ne suis pas une princesse, alors faudrait arrêter de croire que je tombe dans les mailles du filet du grand méchant loup et que je suis juste un coup comme ça.

— C'est pas ce que j'ai dit. Juste…

Je lève une main pour l'interrompre.

— Bien sûr que c'est ce que tu as dit, et c'est ce que tu penses. De toute évidence, vous avez tous un avis sur la question, mais moi j'aimerais bien qu'on me foute la paix avec ça.

— Désolé… le prends pas mal. Je t'aime bien et je voudrais pas que ça se passe mal, enfin… avec ton cœur, tout ça.

Je rêve !

— Mon cœur n'est jamais allé aussi bien, merci, et il irait encore mieux si chacun se mêlait de ses affaires. Je dois te laisser, passe le bonjour à Margot.

Dans un mouvement d'humeur impossible à cacher, je passe devant lui sans attendre qu'il m'ait dit au revoir et marche d'un pas nerveux.

À entendre tout le monde, et c'est systématique, Augustin n'est pas le diable, mais il joue aussi bien que lui. Avec les filles, avec moi, donc. Ras le bol d'entendre ce genre de conneries. Parce que j'ai beau être sûre de moi, ça commence à tirer sur une corde que je déteste : celle du doute. Augustin et moi, on n'est pas encore allés trop loin, mais si ça devait arriver, j'aimerais bien ne pas me retrouver à mordre la poussière.

Il est 13 heures, Augustin devrait être en pause ou sur le point de l'être. Je décide de le rejoindre à l'ESF en espérant qu'il y soit. Je veux parler de cette situation avec lui, sinon ça va finir par me rendre dingue. Je pars dans une semaine, je dois savoir si nous deux c'est sérieux, ou si je dois juste en profiter avant de retourner chez moi.

Lorsque j'arrive, il marche en direction du chalet, un snowboard sous le bras, ses lunettes remontées sur la tête. Avec le soleil de ces derniers jours, il a le contour des yeux encore plus marqué par le bronzage et je le trouve magnifique.

— Hé… salut, mère Noël. Ça, c'est une merveilleuse surprise !

Il se penche et pose un baiser sur mes lèvres. Maintenant que le secret est éventé, plus besoin de se cacher.

— Coucou, je me demandais si tu avais un peu de temps entre midi et deux, j'aimerais te parler.

— Rien de grave ?

— Non, non ! Juste… c'est compliqué de discuter comme ça.

— D'accord. Mon cours de 14 heures a été annulé et c'était le dernier. Tu veux qu'on aille chez toi ?

— Non !

Je réponds avec un tel élan qu'il fronce les sourcils. Comment lui dire de but en blanc que je ne préfère pas que mon père nous voie ensemble ?

— En fait, je préférerais qu'on soit seuls.

— T'es bien énigmatique.

— Oui, je… désolée. On peut prendre un sandwich quelque part et on mange sur un banc ?

Je lui souris pour dédramatiser. Augustin semble réfléchir.

— Avec le monde qu'il y a dans les rues, question intimité, ça se pose là. Je te propose un truc. J'ai un pote qui est parti pour quinze jours chez ses parents et il m'a laissé les clés de son appart pour nourrir ses poissons rouges.

Au début, je pense qu'il me fait une blague, mais non.

— Je plaisante pas ! Je récupère mon sac à dos, on achète de quoi béqueter et on y va ?

J'acquiesce et le suis jusqu'à un foodtruck où ils vendent des paninis et des frites, je n'en ai pas mangé depuis une éternité.

On passe commande avant de marcher jusqu'à un chalet sur trois niveaux, en plein centre, du même genre que celui où habite Margot. L'ami d'Augustin vit dans un studio au dernier étage, sous les toits, uniquement éclairé par des Velux. C'est assez spartiate, un clic-clac, une commode sur laquelle trône un aquarium, une télé, un coin cuisine, une table, deux chaises et un bordel sans nom…

Augustin pose nos sacs sur la table, sort des verres des placards, une carafe d'eau et m'invite à m'asseoir.

— Donne-moi deux minutes, je me change.

Quand il revient, il a troqué sa tenue de ski contre un jean bleu et un gros pull en laine à col roulé. Il me tue. Il est trop beau.

— Comment va Éva ? je demande dès qu'il s'assoit à côté de moi.

— Je sais pas, répond-il sans me regarder.

— Elle refuse toujours de te parler ?

Il hoche la tête.

— Comment vous faites, devant vos parents ?

— On compose. Elle refuse de m'écouter et je n'ai aucune envie d'insister.

— Je suis désolée…

Comme je baisse les yeux, Augustin me glisse un doigt sous le menton pour que je le regarde.

— C'est pas ta faute. C'est la faute de personne. Tomber amoureux n'est pas un crime, pas vrai ?

Mon cœur tressaute.

— Tu es amoureux ?

Il sourit.

— Il y a bien que les filles pour se poser ce genre de questions alors que l'évidence est sous leurs yeux. Évidemment que je suis amoureux.

Je me sens tout à coup très bête d'être là parce que j'ai douté de lui. À cause des autres, à cause de ce qu'ils racontent, de ce qu'ils croient.

— Moi aussi je suis amoureuse.

— Je sais, et c'est pourquoi toi et moi, on va sortir de cette situation merdique. Ma sœur finira par comprendre.

— Aug… tout le monde semble penser que toi et moi, c'est de la folie, que tu es un coureur et que je suis trop naïve pour m'en rendre compte.

Il fronce les sourcils.

— Je ne sais pas qui est ce « tout le monde » et je m'en cogne. J'ai eu une seule relation sérieuse, toutes les autres étaient passagères, OK, mais à quoi ils s'attendaient ces « gens » ? Que je me marie à vingt ans et que je fasse un gosse à vingt-deux ? Tu sais quoi ? Je suis un mec comme les autres, je suis même un mec comme bien des filles. Et qui peut me condamner d'être tombé amoureux de toi ?

— Personne…

Il se lève et me prend la main pour m'emmener sur le clic-clac.

— Ça fait deux fois qu'on a cette conversation, j'ai pas envie que ça revienne tout le temps entre nous, j'aimerais bien que tu me fasses confiance.

— On sait même pas ce que ça va donner après Noël, quand je rentrerai chez moi.

— Lyon est à deux heures et demie d'ici, tu crois que ça me fait peur ?

Je lui souris.

— Je n'ai pas mon permis…

— Je conduirai pour deux, le week-end, pendant les vacances. Avril, dit-il en me prenant les mains, les yeux dans les miens. Je te repose la question : tu veux bien nous laisser une chance, en dépit de ma sœur, des autres et de tes craintes ?

Pas besoin de réfléchir pour répondre.

— Oui, je le veux.

Puis, réalisant ce que je viens de dire, j'éclate de rire.

— On dirait que je viens d'accepter une demande en mariage !

Il se passe une main dans les cheveux.

— Ouais ben, pas pour tout de suite quand même ! On mange ? J'ai la dalle !

Les sandwiches sont vite avalés, mais je n'ai pas envie de repartir tout de suite, alors quand Augustin propose qu'on se colle devant Netflix, je ne dis pas non.

On se retrouve avachis sur le clic-clac ouvert, ma tête contre sa poitrine et son bras autour de mes épaules. Ce qu'on regarde est bidon, on *binge watche* une minisérie de zombies qui me fait sombrer petit à petit dans le sommeil. Je m'endors sans qu'Augustin essaie de me réveiller, et quand je rouvre les yeux, le soleil s'est déjà couché, la télé est éteinte et il me caresse les cheveux.

Je me redresse et m'étire, complètement dans le pâté.

— Hé… je me suis endormie, je crois.

— Non, sans blague ?

— Tu as tout regardé ?

— Ouais.

— Ça s'est fini comment ?

— Tragiquement. Tous les zombies ont été éliminés et l'humain a vaincu. On est foutus, contraints de nous bouffer les uns les autres pour survivre.

— Lol !

— Il est 17 heures, je te ramène chez toi ?

Je me perds dans le noir de ses yeux. Ils sont si brillants.

— J'ai pas envie… pas encore. À moins que toi tu aies des choses à faire ?

— Non…

Puis il se penche au-dessus de moi et m'embrasse. C'est tout mon corps qui s'enflamme, j'ai l'impression de brûler vive. Notre baiser n'a pas le même goût que les autres ; il est plus pressant, moins timide, plus audacieux, plus puissant et cette fois, je ne m'interdis rien.

Je me retrouve très vite allongée sur le clic-clac, Augustin à moitié sur moi, son corps est lourd, mais je m'en fiche. Ses mains descendent sur mes épaules, ma taille et mes hanches, tandis que les miennes s'agrippent à lui. Puis je sens ses doigts glisser sous la laine de mon pull, sous le coton de mon tee-shirt, ils touchent ma peau et remontent le long de mon ventre. Je me raidis. Augustin s'immobilise.

— Tu veux que j'arrête ?

— Non… c'est juste que tu vas la toucher.

Il fronce les sourcils.

— Toucher quoi ?

— Ma cicatrice.

Ses doigts se crispent au-dessus de mon nombril.

— Oh. Elle te fait… mal ?

— Non, plus maintenant, mais c'est un peu bizarre, une sensation que j'arrive pas à expliquer, et à part moi et mon médecin, personne ne l'a jamais touchée.

Il retire sa main.

— Alors, ça peut rester comme ça. Je ne veux pas te mettre mal à l'aise.

Je lui souris, Augustin est aussi doux qu'il est patient et intelligent.

— Cette cicatrice, elle fait partie de moi. Je l'oublie tant qu'elle est cachée sous mes vêtements, mais quand je la vois, je me rappelle que ça n'a pas toujours été le cas et… ça m'angoisse un peu. J'ai du mal à la regarder, elle est encore récente et pas très jolie.

— Je suis sûr que si.

Oh que non… Elle forme une longue ligne de vingt centimètres qui court entre mes seins et s'arrête un peu plus bas dans un nœud de chair rose. Je me souviens quand je l'ai montrée à Éva la première fois, elle s'est mise à pleurer. Ça m'arrive encore à moi aussi, même si je sais que si elle ne disparaîtra jamais totalement, elle s'estompera un peu plus avec les années.

Augustin prend appui sur un coude pour me regarder droit dans les yeux.

— Tu es une guerrière, et cette cicatrice, c'est la preuve que tu as gagné ton combat. Sois-en fière.

— Un jour peut-être, pour le moment, j'ai un peu de mal.

De sa main libre, il me caresse la joue, de la tempe à la mâchoire.

— Je veux tout savoir de toi. Tout ce que je sais pas.

— Pourquoi ?

— Parce que je n'ai jamais rencontré quelqu'un d'aussi extraordinaire que toi. Et aussi parce que… si tu ne me fais pas la conversation, je vais encore avoir envie de te sauter dessus, et ça, c'est pas permis !

Ma voix se fait toute petite.

— Si, moi, je te le permets.

Il s'immobilise totalement, on dirait même qu'il retient son souffle.

— J'ai besoin de savoir… Pardon si ma question te gêne, si tu ne veux pas, tu ne réponds pas.

— Oui ?

— T'as déjà été avec quelqu'un ? Intimement, je veux dire ?

À mon tour d'avoir le souffle court.

— Oui… une fois.

Augustin devine le trouble dans mes yeux, le nœud dans ma gorge aussi.

— Ça s'est mal passé ?

Je ferme les paupières et rassemble tout ce que j'ai de courage pour lui révéler la vérité, afin qu'il comprenne que dans mon cœur, il y avait une violente tempête, qu'il est sur le point de la raviver, mais que c'est avec lui que je veux l'anéantir.

Alors, je vais tout lui dire, et il ne restera aucune ombre entre nous.

18
décembre

— Il s'appelait Benoît et il était hospitalisé dans le même service que moi, en cardiologie pédiatrique, et c'est en partie à cause de lui que je n'ai pas réussi à me réintégrer quand je suis rentrée chez moi.

Augustin est assis en face de moi, silencieux et aussi tendu que peut l'être quelqu'un qui ne sait pas à quoi s'attendre. J'ai sans doute l'air un peu dramatique, alors j'essaie de me donner une expression plus neutre, moins crispée.

— Il était là pour trois semaines, on se voyait tous les jours. On prenait nos repas ensemble dans la chambre de l'un ou de l'autre, on avait chacun notre ordinateur, on regardait des séries, on jouait sur Roblox, on échangeait des textos quand on n'était pas ensemble… En fait, on se quittait pas. Il était gentil, drôle, et il me faisait oublier que je pouvais mourir du jour au lendemain.

— Puis il a cessé d'être juste un ami ?…, en conclut Augustin d'une voix plus sombre que d'habitude.

— Oui. Ça s'est passé quand on m'a annoncé qu'on aurait peut-être un cœur pour moi. Le garçon qui m'a sauvé la vie était en mort cérébrale, il venait d'avoir un gros accident de scooter. Ses parents espéraient encore, ne voulaient pas céder et… bref, je n'allais pas bien. Je me disais qu'il était ma seule chance et que si ses parents me refusaient cette greffe, je m'en sortirais peut-être pas.

— Ça a dû être difficile, dit Augustin en voyant mes yeux s'embuer.

— J'avais tellement peur que ce ne soit pas possible, peur de ne pas avoir le temps de faire ce que fait une fille de mon âge. J'avais jamais connu l'amour, j'ai pas trop réfléchi.

« Le soir, je suis allée voir Benoît dans sa chambre. Je voulais savoir ce que ça faisait, parce que j'en aurais peut-être plus jamais eu l'occasion. Il ne m'a pas repoussée.

Augustin ferme un instant les paupières et me sourit tristement. Pas parce que je me suis donnée à un garçon, mais parce que je l'ai fait pour de mauvaises raisons. Je suis certaine qu'il comprend.

— Le lendemain, on m'a appris que les parents du garçon accidenté avaient accepté de le débrancher et de donner son cœur. J'ai été opérée l'après-midi même, et quand je suis revenue dans le service de cardiologie quelques jours plus tard, Benoît avait quitté l'hôpital.

— C'était prévu ?

— Je ne sais pas, il n'en avait pas parlé… J'ai essayé de le contacter plusieurs fois, il ne répondait jamais.

— Tu n'as plus jamais eu de nouvelles ?

— Si… J'ai fini par trouver son compte TikTok. Et là, c'était horrible. Il avait posté plusieurs gifs de lui en train de se taper sur la poitrine, avec des phrases comme « Quand t'as ken à l'hosto le dernier jour de ta convalescence ». Et ses potes le félicitaient. Il s'en foutait, de moi.

Augustin est tellement effaré qu'il n'ose pas me toucher. Un long silence s'étire entre nous avant qu'il ne reprenne la parole.

— Je comprends que tu aies du mal à me faire confiance.

— Tu n'es pas comme lui. Benoît et toi n'avez rien en commun.

— Ce n'est pas ce que pense ma sœur.

Je lui prends les mains et lève vers lui des yeux remplis de sincérité.

— Et elle se trompe ! Augustin, j'ai confiance en toi.

— Je veux pas te brusquer. En fait, je veux que tu sois cent pour cent sûre de moi avant d'aller plus loin.

— Je suis cent pour cent sûre de toi.

Il me caresse la joue avec une telle délicatesse que je le sens à peine. Puis soudain, mon estomac se met à faire un bruit hallucinant. Tu parles d'un moment opportun ! Augustin rit.

— On sort manger un truc ou on fouille dans les placards ?

— Trop de monde dehors.

— OK !

On trouve une boîte de raviolis, un paquet de crackers et un bocal de compote. Puis on choisit un film et on mange devant la télé, assis en tailleur sur le clic-clac grand ouvert.

Le temps n'a aucune prise sur nous, je suis complètement déconnectée de la réalité. Avec Augustin, les heures passent comme des minutes, et lorsque le film se termine et qu'on se retrouve allongés l'un à côté de l'autre, emmitouflés sous une couette, je me dis que je vais me donner encore une heure ou deux avant de rentrer chez moi.

Je me serre contre lui, l'écoute me parler de la vie, de ses rêves et de tout ce que nous pourrons faire ensemble. On est dans le noir complet, on entend à peine les gens qui font la fête dehors, alors je finis par m'endormir, plus sereine que je ne l'ai jamais été.

Je me réveille en sursaut à 10 heures du matin, encore tout habillée. Je regarde Augustin à côté de moi, il dort profondément.

Merde, merde, merde !

Mon père doit être mort d'inquiétude. Je sors en vitesse du clic-clac, récupère mon téléphone portable et vois la multitude de messages et d'appels en absence. Il a essayé de me joindre jusqu'à 2 heures du matin, mon téléphone était en silencieux.

Même ma mère m'a apparemment laissé un vocal, qui n'est cela dit peut-être pas en rapport avec la situation.

— Aug… Augustin !

Je le secoue.

— Hummm…

— On s'est endormis et je n'ai prévenu personne chez moi !

Il ouvre les yeux et se redresse d'un coup.

— Merde !

— Comme tu dis. Mon père va me tuer…

Il sort du clic-clac et se frotte les cheveux.

— Ma voiture n'est pas loin, je te ramène tout de suite.

— Je lui ai même pas dit où j'étais hier soir.

Augustin consulte son portable et blêmit.

— Ton père a essayé de me joindre…

Il écoute sa messagerie, grimace et met le haut-parleur.

« Augustin, c'est Étienne. Éva me dit qu'Avril pourrait être avec toi, tu veux bien me dire ce qu'il en est, s'il te plaît ? Rappelle-moi dès que possible. »

— Allez, mets ton manteau, on y va. Ça va aller, ne t'inquiète pas.

Justement, je m'inquiète. Je n'ai jamais fait un coup comme ça à mes parents, jamais, et je déteste savoir que mon père est mort d'inquiétude.

Quand on arrive au chalet, il y a de la lumière dans la cuisine.

— J'y vais seule, ça vaut mieux.

Il hoche la tête et se penche pour déposer un baiser sur mes lèvres.

— Appelle-moi pour me raconter, OK ? Je bosse pas aujourd'hui, je décrocherai.

— Promis.

Je lui souris, prends mon courage à deux mains et marche jusqu'au chalet, le cœur battant à tout rompre. Lorsque j'ouvre la porte, mon père sort de la cuisine, survolté.

— Nom d'un chien, Avril, tu as vu l'heure qu'il est ? Mais où tu étais passée ?

— Pardon, papa… C'était pas du tout prévu, je suis allée en centre-ville hier, j'ai passé l'après-midi avec Augustin, on a été dans l'appartement d'un de ses amis et j'ai pas vu le temps passer.

— Pas vu le temps passer ? Tu te fous de moi ? Je n'ai pas arrêté de t'appeler ! J'ai cru qu'il t'était arrivé quelque chose ! Merde, Avril, t'as pas été élevée comme ça !

— Je suis désolée…

— Va falloir que tu gères ça avec ta mère, elle m'a appelé plusieurs fois cette nuit pour savoir si tu étais rentrée.

Je blêmis.

— Tu l'as prévenue ?

— Non, c'est elle qui m'a appelé pour savoir si tu t'étais réconciliée avec Éva. Elle voulait te parler et j'ai bien dû lui dire que je ne savais pas où tu étais. Nom d'un chien ! Tu fais n'importe quoi en ce moment, ressaisis-toi !

— Papa, je t'ai dit que j'étais désolée.

— Oui, eh bien ça ne suffit pas ! Je te vois à peine réviser, tu t'embrouilles avec ta meilleure amie parce que tu as subitement décidé de sortir avec son frère, et tu découches sans prévenir.

— Je révise, j'ai même fait ça une grande partie de la journée d'hier, si tu étais plus souvent là, tu t'en rendrais compte.

— Tu me reproches d'aller travailler ?

— Non, c'est toi qui me fais des reproches. Je n'ai plus dix ans, papa, je sais gérer mon temps.

Il me défie du regard.

— J'aime beaucoup Augustin, mais il me déçoit et je trouve qu'il a une mauvaise influence sur toi.

Alors ça !

— Il n'a aucune mauvaise influence sur moi et j'aimerais bien que vous arrêtiez tous de le juger comme si c'était un dangereux criminel.

— N'exagère pas, ce n'est pas ce que j'ai dit !

— Je sais très bien ce que tu as dit et tu te trompes !

Mon téléphone se met soudain à sonner.

— Tu t'es enfin décidée à sortir du mode silencieux ? dit mon père d'un ton cynique.

Je ne réponds pas et me contente de décrocher, c'est ma mère. Elle est hystérique.

— Maman, calme-toi, je suis rentrée, tout va bien.

— Tu te rends compte de ce que tu nous as fait subir ? Nous étions morts d'inquiétude ton père et moi, j'ai failli prendre ma voiture pour arriver en pleine nuit ! Tu étais avec Augustin, c'est ça ?

— Oui. Je suis désolée, j'aurais dû vous prévenir.

— Tu vas surtout arrêter de le voir, je te le dis !

Alors là !

— J'ai passé l'âge, maman ! Je ne vais sûrement pas vous demander la permission.

— Avril ! tonne mon père sans savoir de quoi il retourne.

Je vais exploser. Survoltée, je raccroche au nez de ma mère et me dirige vers la porte d'entrée.

— Où tu vas ? aboie mon père.

— Je sors, et tu vois, cette fois, je te préviens !

Il ne cherche pas à me retenir. J'en ai les larmes aux yeux tant je déteste ce qu'ils sont en train de faire. OK, je ne les ai pas prévenus, mais c'est n'importe quoi ce drama. Ils ne parlent pas à une petite fille, je ne suis pas en sucre, merde, et j'ai le droit d'avoir une vie ! Et s'ils pensent que je vais arrêter de voir Augustin, ils rêvent !

Je cours presque en direction du centre-ville et essaie de rappeler Augustin. Comme il ne répond pas, je lui laisse un message et lui demande s'il peut me rejoindre au Yéti Bleu.

— Ils me soûlent, ils me soûlent, ils me soûlent !

Je beugle comme un veau toute seule dans la rue. Tant pis si j'ai l'air d'une dingue.

Lorsque j'arrive, Jimmy n'est pas là, c'est son père qui est derrière le comptoir. Je me commande un café latte et commence à peine à le boire quand Augustin arrive. Il a troqué sa tenue de ski de l'ESF contre l'une des siennes. Il s'installe à ma table et je lui raconte. Ça ne me calme pas davantage, ça fait même pire.

— Tu partais skier ? finis-je par lui demander.

— Oui.

— Je viens avec toi.

— Pardon ?

— Je veux aller skier. Maintenant. J'ai besoin de me défouler.

Il fronce les sourcils.

— Tu as l'air hyper énervée, je ne sais pas si c'est une bonne idée. Et il y a beaucoup de monde aujourd'hui.

— Hors des pistes. Tu dois bien connaître un endroit sécurisé et pas trop difficile, où il y a personne ? J'ai vraiment besoin de faire quelque chose.

Augustin semble peser le pour et le contre.

— OK… Tu as mangé ce matin ?

— Pas encore.

— Alors on commence par là.

Il me commande un petit déjeuner avec du pain, du beurre et de la confiture de fraises. Je pense à ma mère et ris en croquant dans ma tartine.

— Qu'est-ce qu'il y a ? demande-t-il.

— Si ma mère voyait ce que tu me fais manger, elle te détesterait encore plus !

Il fronce les sourcils.

— Elle me déteste vraiment ?

— Non… enfin, je crois qu'elle détesterait quiconque me ferait dévier de la trajectoire qu'elle m'a habituée à suivre. Ma mère s'emballe vite.

— Je la comprends.

— C'est parce que tu ne la connais pas ! Elle rendrait hypocondriaque un médecin !

— Elle a eu peur pour toi, je suppose.

Il a l'air si sérieux.

— Certes… Ça n'empêche qu'elle est parfois insupportable, et que si, hier soir, j'aurais pu prévenir, ça ne justifie pas qu'on essaie de dicter ma vie. Je vais avoir dix-neuf ans, je veux pouvoir me tromper et me corriger sans qu'on me tombe dessus à bras raccourcis.

— En tout cas, c'est ce que je ferai si tu déconnes sur tes skis !

— Même pas en rêve ! Je finis et on y va !

C'est avec précaution qu'on refait un saut chez moi pour que je puisse me changer, mais le 4x4 de mon père n'est plus là.

On n'est que deux, alors impossible pour Augustin d'utiliser la motoneige. On prend les télécabines.

Le deal, c'est d'abord de m'échauffer sur une piste bleue et voir si je m'en sors mieux que la dernière fois. Je n'éprouve aucune difficulté. Galvanisée par la dispute avec mes parents, je trouve même ça facile. Mon rythme cardiaque est bon et je ne tombe pas une seule fois.

— On va aller faire du hors-piste à Chamossière, dit Augustin. On n'a pas à marcher depuis le télésiège et là-haut, l'enneigement est parfait et plutôt stable.

— Cool !

— Par contre, la combe est très ouverte, sans bosquets de pins, et la descente peut être super rapide si tu ne fais pas gaffe.

J'entends, mais aujourd'hui, je n'ai pas peur, je sais que je suis bien accompagnée, Augustin ne prendrait pas le risque de m'emmener dans un endroit qu'il ne maîtrise pas.

— Je ferai attention.

— OK, dans ce cas, on y va.

Il est 13 heures quand on arrive à 2 000 mètres d'altitude. Malgré le ciel plus couvert que la veille, ici, l'air est sec et vivifiant, ça nous prend presque à la gorge. Le vent souffle forcément plus que dans la station, mais le paysage en contrebas est merveilleux, jalonné de roches saillantes et de pins d'un vert intense. L'espace d'un instant, l'immensité immaculée me fait oublier ce qui s'est passé ce matin. Rien n'est pareil à la montagne, j'ai du mal à croire que j'ai pu m'en passer pendant si longtemps.

— Ça va aller ? s'assure Augustin en regardant son téléphone pour vérifier mon rythme cardiaque.

— Je crois que oui.

— Tu n'as pas peur ?

— Hum… un peu, mais j'ai pas trop envie de réfléchir sinon je vais changer d'avis. On y va ?

— Ouais, mais doucement, pas de pointes, d'accord ? N'oublie pas de maîtriser ta vitesse, tes gestes, ta posture. Tu laisses glisser, mais tu chasses dès que nécessaire, on est OK ?

— On est OK !

Je prends une profonde inspiration et m'élance la première. Je suis incapable de fournir un effort trop grand tout de suite, alors je prends mon temps, je zigzague en descendant, je savoure chacun de mes mouvements, que je n'ai jamais trouvés aussi fluides. Les ondulations de terrain sont facilement praticables, la neige est excellente et je n'ai presque pas l'impression qu'on fait du hors-piste. À une telle altitude, c'est prodigieux.

On skie comme ça pendant un moment, puis soudain Augustin me dépasse dans une maîtrise parfaite.

— Je passe devant toi ! Suis mes traces et ne dévie pas ! Je gère la vitesse, dans deux cents mètres on amorce une pente plus raide.

Bien sûr, je l'écoute, il sait parfaitement ce qu'il fait, et c'est génial, car c'est lui qui imprime mon rythme. J'ai totalement confiance en lui. Autour de nous, il n'y a personne, juste nous deux, pas un bruit à part celui de nos skis sur la poudreuse, je suis en pleine ivresse, et quand je le vois stopper quelques mètres plus bas, je décide de ne pas m'arrêter et me mets au défi d'y arriver toute seule, doucement, prudemment.

— Hé ! crie Augustin quand je passe devant lui. Fais attention, reste bien au centre !

— Oui, chef !

J'obéis, je reste dans les clous, mais je suis littéralement en train de m'éclater. Je n'aurais jamais cru pouvoir de nouveau skier avec autant de facilité, ça fait tellement de bien ! Autour de nous, les arêtes effilées de la montagne me donneraient presque le vertige. Tout paraît plus grand et plus beau ici… Je suis grisée, dans mon élément, chez moi.

À un moment donné, la pente semble plus plate sur quelques mètres. Comme je ne vais pas très vite, j'ouvre les bras, écarte un peu les jambes et ferme les yeux quelques secondes. Ce sentiment de liberté est exceptionnel, indéfinissable et enivrant, mais, quand je rouvre les paupières, j'ai l'impression d'avoir la tête qui tourne. Je me mets en chasse-neige pour ralentir, me raidis, ma respiration s'accélère. J'essaie de me reprendre, mais, perds l'équilibre avant de tomber et rouler dans la neige sur plusieurs mètres. L'un de mes skis se détache, mes bâtons s'envolent, la voix d'Augustin crie mon prénom, puis je m'immobilise, sur le dos. Je respire par à-coups et par automatisme pose une main sur mon cœur.

— Avril !

Augustin se jette à mes pieds.

— Peux… pas… respirer…

Je regarde son visage paniqué, ses lèvres bouger.

Et puis plus rien.

19
décembre

La chambre d'hôpital de Thonon-les-Bains ressemble à toutes les autres. Blanche, froide, austère et sans âme. Le bip d'un électrocardiogramme retentit à intervalles réguliers, j'ai des capteurs partout sur la poitrine.

Je suis arrivée hier, après mon malaise en altitude. Les urgences, les examens, le stress.

Je déteste être là, mais mon cas était sérieux, j'ai fait une crise de tachycardie. Mon rythme cardiaque s'est emballé d'un coup, et j'ai perdu connaissance. On veut s'assurer que mon cœur n'est pas dans une situation critique.

— Bonjour, petit déjeuner ! Vous avez bien dormi ? crie l'aide-soignante comme si j'étais sourde.

L'intervention toutes les deux heures d'une infirmière qui venait contrôler mon ECG[1] m'en a empêchée, mais je préfère mentir.

— Oui, merci. Je n'ai pas très faim.

— Je vous laisse quand même le plateau, vous mangerez ce que vous voudrez ! Café, thé, chocolat chaud ?

— Thé, s'il vous plaît.

1. Électrocardiogramme.

Elle remplit un gobelet en carton, y plonge un sachet et me sourit.

Dans la foulée, une infirmière entre.

— Bonjour, mademoiselle Hamon ! Comment vous sentez-vous, ce matin ?

— Ça va, merci.

— Votre ECG est excellent. Le médecin s'excuse de ne pas avoir eu l'occasion de venir vous voir hier soir avant votre transfert dans le service, mais il passera en début d'après-midi pour faire le point avec vous.

— Vous pensez que je pourrai sortir aujourd'hui ?

Elle me passe un thermomètre à infrarouge sur le front et regarde le résultat.

— Parfait ! Il faudra voir ça avec lui. Et jusque-là, vous gardez vos électrodes, désolée.

— D'accord… Je peux prendre une douche ?

J'ai l'impression de sentir le fennec.

— Bien sûr, je vais vous retirer tout ce bazar et vous pourrez y aller. Vous avez besoin d'aide ?

— Non merci. Juste de linge de toilette si vous avez.

— L'aide-soignante va s'occuper de ça. Votre père nous a appelés, il va venir vous apporter quelques affaires avant midi.

— Il… va bien ?

Hier, j'étais dans le service des urgences et on ne lui a pas permis de venir me voir.

Je l'ai rassuré par messages avant que la batterie de mon portable me lâche, mais j'imagine l'état dans lequel il devait être, je me sens tellement coupable… Sans compter

Augustin, qui après m'avoir vue partir en hélicoptère a dû rester chez lui pour les mêmes raisons et je n'ai pas pu le joindre.

— Nous l'avons rassuré, votre maman aussi, ne vous inquiétez pas, dit-elle en détachant mes électrodes.

Ma mère… aucune hâte qu'elle arrive.

— Voilà, c'est fait ! Je vous laisse, mademoiselle Hamon, l'aide-soignante va vous rapporter ce dont vous avez besoin pour vous laver.

— Merci.

Sans télé ni téléphone, le temps s'écoule de façon interminable, et je ne fais que ressasser ce qui est arrivé, les étoiles devant mes yeux, mon souffle qui s'amenuisait, l'hélicoptère qui est venu me chercher.

Je vais devenir folle à force d'y penser. Je voudrais juste me changer les idées. J'appuie sur le bouton pour appeler une infirmière.

— Excusez-moi, vous auriez un chargeur d'iPhone ?

L'infirmière sourit.

— Non, désolée, vous devez trouver le temps long.

— Un peu.

— Il n'est pas encore tout à fait l'heure pour les visites, mais je peux faire une exception. Votre ami vient d'arriver dans la salle d'attente, est-ce que vous voulez que je le fasse entrer ?

Augustin…

Mon cœur se met à battre un peu plus. L'infirmière sourit en voyant s'emballer l'électrocardiogramme.

— Ah, apparemment ça vous fait plaisir !

— Oui… s'il vous plaît.

Elle sort de la pièce, Augustin entre presque aussitôt.

— Hé…

Il s'arrête dans l'embrasure de la porte, l'air fatigué, inquiet. Je remonte les draps sur moi et lui fais signe de rentrer.

Il avance comme s'il marchait sur des œufs et risquait de casser quelque chose, puis il se penche au-dessus de moi et me dépose un doux baiser sur le front.

— Comment tu te sens ?

— J'ai peu dormi cette nuit, je suis épuisée.

— Tu es entre de bonnes mains.

Je hoche la tête, je ne risque plus rien.

Pour le moment.

— Je suis désolée de t'avoir mis dans cette situation. Vraiment.

— Ne t'excuse pas. C'est moi qui devrais le faire, je n'ai pas été assez vigilant, j'aurais dû regarder ton rythme cardiaque plus souvent.

— Tu l'as fait, et tu pouvais pas prévoir, c'est arrivé d'un coup.

— Tu as au moins fait un baptême en hélico, essaie-t-il de plaisanter. Et la prochaine fois, on sera plus prudents !

J'ai du mal à avaler ma salive, j'ai envie de pleurer.

Il se trompe.

Il ne peut pas y avoir de prochaine fois… J'ai eu tellement peur.

Je suis restée inconsciente quelques minutes à peine et Augustin avait déjà appelé les secours, mais quand l'hélicoptère est venu me chercher et que je me suis retrouvée coincée dans un brancard qui se balançait dans les airs pour me faire monter dans l'appareil, je me suis vue mourir une seconde fois.

Je me suis souvenue du jour où j'ai fait mon arrêt cardiaque, j'étais parfaitement consciente alors qu'on s'activait autour de moi.

Ma mère était là, elle me tenait la main.

Pas cette fois.

J'étais seule et terrorisée à l'idée d'avoir tout fichu en l'air pour une descente à skis.

Augustin ne devine rien de mon état, il me sourit.

Quand il est là, c'est comme si je le voyais au bout d'un tunnel, qu'il me tendait la main en me disant de ne pas avoir peur… Tout semble si lumineux autour de lui. Je l'envie de voir l'avenir comme une certitude, une chance de réaliser ses rêves et de ne passer à côté de rien. Il est libre dans tout ce qu'il y a de plus beau, mais ce n'est pas ainsi que la vie se présente pour moi, je dois me rendre à l'évidence.

— Hé, mère Noël, ça va ? Tu préfères que je te laisse ?

On est interrompus par des petits coups donnés sur la porte.

— Oui ?

— Coucou, c'est moi, dit mon père en entrant. Est-ce que tu te sens mieux ?

Quand il me serre contre lui, si je me retiens de pleurer, c'est pour ne pas en rajouter.

— Ça va, papa, je n'ai rien de grave.

Mon père se redresse et se tourne vers Augustin, qui s'est un peu écarté.

— Ça t'ennuierait de nous laisser ?

Le ton de sa voix est suffisamment sec pour que je le remarque, mais Augustin fait profil bas.

— Je suis désolé, Étienne, j'aurais dû faire plus attention.

— En effet. Mais nous en reparlerons plus tard.

Il hoche la tête et s'efforce de sourire en me regardant.

— Essaie de te reposer, je reviens te voir plus tard, d'accord ?

Je n'ose rien dire du tout et me contente d'acquiescer.

— Qu'est-ce qui vous a pris ? demande mon père d'une voix douce en s'asseyant sur le lit.

— J'étais en colère, j'avais besoin de me défouler. Il ne faut pas lui en vouloir, c'est ma faute. Au début, il voulait pas et j'ai insisté. C'était irréfléchi, je le sais.

Il soupire, j'ai l'impression qu'il ne veut pas en rajouter et je lui en suis reconnaissante.

— J'ai prévenu ta mère hier, elle doit être en route.

— Tu as réussi à la retenir aussi longtemps ?

— Moi ? Non, les médecins qui lui auraient fait passer la nuit dans sa voiture, mais je ne te cache pas que les infirmières vont se souvenir d'elle longtemps, elle les a harcelées au téléphone.

Je lui souris.

— Papa… n'en veux pas trop à Augustin, c'est pas sa faute.

— Je parlerai avec lui en temps et en heure. En attendant, il y a quelqu'un qui est là pour toi.

Je fronce les sourcils, mais il sort de la chambre et fait un signe de la main en direction du couloir. J'attends quelques secondes et vois arriver Éva, elle a les yeux tout rouges. Il ne me faut pas cinq secondes pour fondre en larmes quand elle accourt pour me prendre dans ses bras.

— T'as pas le droit de nous faire aussi peur !

— Oh, Éva…

Elle me fait un gros câlin, sanglote, pleure avec moi et se redresse.

— Je suis encore plus en colère contre toi, maintenant, mais je suis si heureuse de voir que tu vas bien. Il fallait vraiment que je m'inquiète pour prendre ma voiture avec une neige pareille. Ne recommence jamais.

Je sèche mes larmes et ferme un moment les yeux.

— C'est pas près d'arriver de nouveau.

Entre les différents examens que j'ai passés, les radios et les prises de sang, j'ai l'impression d'être ici depuis une éternité et il est clair que je vais m'éviter ça désormais.

— J'ai pris le temps d'aller chercher quelques affaires à la maison avant de venir, me dit mon père. Ton chargeur de portable aussi, je te les rapporte, je les ai laissés dans la voiture.

Quand il sort, Éva me regarde d'un air sévère.

— Tout le monde t'embrasse, Jimmy, Jeff, Margot. Mais vous avez vraiment fait n'importe quoi toi et mon frère.

— J'ai pas tellement envie d'en parler…

— Je m'en doute…

Non, elle ne sait pas à quel point.

— Merci d'être venue…

Éva me sourit.

— Les amis, c'est fait pour ça.

Ma mère arrive alors que je viens juste de terminer mon repas. Elle a les traits tirés, elle n'a pas dû dormir beaucoup, mais il y a surtout dans son regard quelque chose que je n'oublierai jamais : de la déception.

C'est comme si on me comprimait l'estomac.

Mon père entre avec elle et s'assoit dans le fauteuil près de la fenêtre.

Ma mère, elle, s'approche et me regarde, les yeux brillants d'émotion.

— Je vais bien, maman…

Elle se penche au-dessus de moi et me serre fort contre elle, sans dire un mot.

Puis elle s'assoit sur mon lit et me dévisage longuement avant de prendre la parole.

— À la minute où je t'ai mise au monde, je savais que tu compterais plus que tout. J'ai même compris que je n'aurais jamais d'autre enfant parce que je ne pourrais l'aimer autant que toi. À l'instant où j'ai posé les yeux sur toi, petit être fragile, mais plus brave qu'un guerrier viking, j'ai su que je serais capable de donner ma vie pour toi, que je me battrais jusqu'à la mort pour que tu vives. Tu es née malade et rien ni personne n'aurait pu m'empêcher de croire que tout allait s'arranger. J'ai gravi des montagnes de doutes, vaincu des incertitudes médicales, démantelé des préjugés qui annonçaient que tu ne t'en sortirais pas, je n'ai rien lâché, pas une seconde, je t'ai portée, j'y ai cru pour deux, mais jamais, jamais je n'aurais imaginé devoir me battre contre toi.

Des larmes inondent mes joues.

— Ton corps est ton temple, ce que tu as de plus précieux et personne ne vaut que tu le négliges. Personne, tu entends ?

— Je suis désolée…

Ma mère reste de marbre.

— Tu ne reverras plus ce garçon.

Je regarde mon père à travers le rideau de mes larmes, il ne réagit pas. Je me sens si seule soudain.

— Ce n'est pas la faute d'Augustin, maman… Il ne voulait pas, j'ai insisté.

— C'est bien ce que je dis, vous n'êtes pas prêts. Pas plus toi que lui n'avez pas pris en compte la gravité de la situation.

— Je lui en veux, intervient enfin mon père. Pas suffisamment pour le rendre responsable, mais parce qu'il n'a pas eu le courage de s'opposer à toi. Il n'a pas agi en homme.

— Ça veut dire quoi « agir en homme » ? C'est quoi cette phrase toute faite ? Un homme peut hésiter, pleurer et… merde à la fin, ce n'était pas son rôle ! Tout est *ma* faute. S'il ne m'avait pas accompagnée, j'y serais sûrement allée seule et là, il n'y aurait eu personne pour appeler les secours. En fait, vous pouvez le remercier au lieu de l'accuser. Je suis la seule fautive.

Ma voix se brise et j'éclate en sanglots.

— Avril…, murmure ma mère en posant la main sur mon épaule. C'est à toi que tu dois penser, à ta santé, à ton…

— Tu crois que je ne le sais pas ? Alors que dois-je faire ? Me priver de tout pendant ce temps ? J'arrête de vivre pour mourir de toute façon ? Maman, dans quinze ans ce cœur sera bon à mettre à la poubelle, peut-être même avant, alors je veux en profiter un peu !

— Oui, je comprends, mais pas de cette manière… Si tu fais attention, si tu prends soin de ton corps, le moment venu tu bénéficieras d'une autre greffe et tu vivras longtemps, tu auras des enfants si tu en veux et tu seras très heureuse.

— Et avec qui ? Un mec parfait que vous aurez choisi pour moi ?

Ma mère ignore ma remarque.

— Ton père et moi avons longuement discuté, nous rentrons ce soir à Lyon. Tu as besoin de repos et de réfléchir à la situation.

J'ai un peu de mal à respirer, j'étouffe.

Le médecin entre au même moment. Mes parents se lèvent.

— Bonjour, mademoiselle Hamon. Vos ECG sont parfaits et vos résultats de prise de sang aussi, les marqueurs d'insuffisance cardiaque ne montrent aucune anomalie particulière. L'altitude, l'activité physique soudaine et l'adrénaline ont vraisemblablement provoqué l'arythmie et l'hyperventilation. Mais votre cœur va très bien.

— Elle peut sortir ? demande ma mère.

— Tout à fait. Je vais m'occuper des papiers, mademoiselle, l'infirmière va vous retirer les électrodes et vous pourrez vous habiller. Toutefois, je vous demanderai d'être vigilante et de ne plus oublier votre traitement immunosuppresseur. L'omission occasionnelle est sans conséquence, toutefois si elle devait être plus fréquente, il serait…

— Tu as oublié ton traitement ? l'interrompt ma mère en me regardant.

— Madame, tout va bien, elle a rattrapé sa prise, nous lui avons donné une gélule.

Je vois que ma mère prend sur elle pour ne pas exploser devant le médecin. Quand il quitte la pièce, elle se pince l'arête du nez.

— Il est vraiment temps que tu te ressaisisses. Vraiment temps.

Elle respire comme si elle manquait d'air.

— Faut que je sorte, sinon je vais dire des choses que je risque de regretter. Tu me déçois, Avril, tu me déçois vraiment.

Je suis au bord des larmes quand elle tourne les talons et disparaît dans le couloir. Mon père me regarde en pinçant les lèvres.

— Je vais te laisser t'habiller, fais-nous appeler quand tu es prête.

Tandis que mon électrocardiogramme s'emballe, j'ai l'impression que tout est en train de s'écrouler autour de moi.

J'ai vécu trois semaines extraordinaires, goûté à l'insouciance que j'avais reniée ces dernières années, mais je me suis interdit de penser et ma mère a raison, je suis allée trop loin. J'ai plongé dans un profond déni et oublié que ce nouveau cœur ne m'appartenait pas vraiment.

Et peut-être pire, j'ai pris des risques, je me suis mise en danger et j'ai fait reposer sur Augustin une trop grande responsabilité.

Ça, c'est la réalité.

La deuxième réalité, c'est que j'ai le cœur qui saigne, parce que pour son bien comme pour le mien, je dois arrêter tout ça.

Il faut que je lui dise, il faut que je trouve le courage.

Je ne le reverrai plus.

Tout est fini.

20
décembre

Une tempête de neige vient de se lever, les routes sont bloquées, vous avez pu arriver au chalet ?

Coucou, mère Noël. L'hôpital m'a dit que tu rentrais cet après-midi. Je peux passer te voir chez toi ?

Bon, à mon avis tu devais être crevée, tu n'as même pas lu mes messages.

« 888 » messagerie : le 19/12 à 16 h 35 ce correspondant a essayé de vous joindre une fois sans laisser de message.

Il est 18 heures, toujours aucune réponse de toi et la neige n'arrête pas de tomber. J'ai essayé d'appeler, répondeur. Tout va bien ?

OK, je viens d'avoir ton père au téléphone, il dit que tu es fatiguée et qu'il ne faut pas te déranger. Donne des nouvelles dès que tu peux. Je pense à toi.

Ces messages datent tous d'hier, je n'ai toujours pas répondu à Augustin et fait en sorte qu'il ne voie pas que je les ai lus. Je n'arrive pas à lui répondre, je n'arrive pas à lui dire… Je sais que je lui dois des explications, je sais que si je ne le fais pas, il va finir par m'en vouloir et penser que je lui en veux ou que je le tiens pour responsable de ce qui est arrivé, mais je ne trouve pas le courage de lui parler.

Le temps a tourné hier quand on est rentrés de l'hôpital. On se retrouve coincées ici avec ma mère, les routes n'étaient pas praticables, elle a passé la nuit sur le canapé du bureau. Je me lève, j'ai le cœur et le ventre en vrac. Je tourne un peu en rond et je me décide à écrire à Augustin.

Je te demande pardon de ne pas avoir eu le courage de te répondre. Celle que je suis vraiment me rattrape, je dois prendre soin de moi, m'interdire le moindre risque. Je ne peux pas être avec toi dans ces conditions, c'est trop dangereux et jamais je n'accepterai de te faire porter la responsabilité de mes erreurs. Je rentre à Lyon dès que possible.
J'ai aimé être avec toi, j'ai eu l'impression de revivre, et je te suis tellement reconnaissante pour ça, mais il ne faut plus qu'on se voie.

Sa réponse est presque immédiate.

Ce sont tes parents qui t'obligent à faire ça ?

C'est ma volonté…

Donc, tu me plaques par message ?

Je suis désolée, c'est mieux pour nous deux. Je te demande de respecter mon choix.

Comme si moi je l'avais.

Puis soudain, mon téléphone sonne. C'est lui qui appelle.

Mon cœur accélère la cadence, je ne peux pas décrocher, je n'en ai pas la force, je vais m'effondrer si je l'entends. Augustin réessaie une fois, deux fois, trois fois, puis il arrête.

N'essaie plus de m'appeler. Je suis désolée. Pour tout.

C'est tout ce que j'arrive à dire.

J'attends encore quelques secondes, immobile, mais, à partir de là, il ne me répond plus. Je me retiens de pleurer, c'est moi qui ai provoqué cette situation, je dois assumer, mais je n'arrive pas à retenir la larme qui s'écrase sur l'écran de mon téléphone. Je n'ai jamais autant détesté ma vie.

Je vais me mettre à la fenêtre pour regarder les flocons qui tourbillonnent dans tous les sens. Ça me rappelle la nuit qu'on a dû passer dans le gîte de montagne. Je fronce les sourcils, ma mère ne saura jamais conduire avec un temps pareil.

Lorsque je descends, je la trouve dans la cuisine. Mon père n'a pas l'air d'être là.

— Bon, ben, je crois qu'on n'est pas près de partir, dit-elle. Comment tu te sens, ce matin ?

— Mieux, merci…

— Tu as pleuré ?

Et je recommence. Je renifle et m'essuie les joues.

— Avril…, dit-elle en s'asseyant à côté de moi pour me prendre les mains. Ce n'est pas de gaîté de cœur que je te demande de rentrer avec moi.

Aucune envie de discuter.

— Maman… je sais ce que j'ai à faire, je connais l'enjeu et j'ai dit à Augustin que c'était fini entre nous. C'est assez difficile comme ça, pas besoin d'en parler.

Je suis plus dure que je le souhaite, mais, si je m'appesantis, je vais m'écrouler pour de bon.

Ma mère hoche la tête, me sourit d'une drôle de façon et quitte la pièce.

Je m'occupe de ranger la cuisine, vais prendre une douche et essaie de plonger dans mes révisions, mais, je n'y arrive pas. J'ai été assez persuasive pour qu'Augustin n'ait pas envie de revenir vers moi. J'ai le cœur en miettes. J'aimerais que la neige cesse de tomber et que nous partions au plus vite d'ici. Laisser Morzine derrière moi, ne plus y penser et peut-être ne plus y revenir.

Il règne une ambiance étrange dans la maison lorsque je descends un peu avant le déjeuner, un air de déjà-vu qui fait ressurgir en moi le souvenir des moments heureux. Je m'immobilise dans les escaliers pour les regarder. Mes parents sont tous les deux installés dans le canapé l'un en face de l'autre, un verre de vin à la main.

— C'est finalement pas si mal que vous soyez restées ici, lui dit mon père. Même si les conditions ne sont pas idéales.

Ma mère jette la tête en arrière et lâche un petit rire.

— La vie est parfois étrangement faite, mais oui. On doit rester soudés pour Avril.

Mon père acquiesce.

— Si vous devez encore rester cette nuit, tu prendras mon lit, le bureau n'est pas confortable.

Le regard silencieux qu'ils échangent ne dit pas son nom, mais j'y devine le souvenir d'une intimité longtemps partagée. Ce lit, ma mère y a dormi de nombreuses années. Avec mon père.

Il y a des bougies allumées sur la table basse, le feu crépite dans l'âtre, les guirlandes électriques du sapin clignotent doucement, et mes parents se sourient. Quelque chose se glisse entre eux. Quelque chose qui ressemble à de la tendresse.

Vers 15 heures, alors que dehors, il y a une accalmie, on sonne à la porte. Ma mère est toujours enfermée dans le bureau, mon père fend du bois dans l'arrière-cour, l'illusion familiale est au maximum. J'ouvre la porte sur Éva. Emmitouflée dans une combinaison de ski, elle me sourit.

— Avec cette neige, j'ai cru que je n'allais jamais réussir à venir jusqu'ici. Tes parents sont là ?

— Occupés…

— Je voulais absolument te parler. On va faire un tour ?

Rester ici m'oblige à ruminer de toute façon. Je laisse un mot à mes parents, m'habille chaudement, et claque la porte derrière moi.

Les routes sont impraticables, les chasse-neige ne sont pas passés et aucun véhicule ne tente de s'aventurer sur une couche aussi épaisse et presque gelée par le vent glacial de la nuit dernière.

Avec Éva, on marche quelques minutes dans le silence. Je n'arrive pas à parler, je ne pense qu'à Augustin, à la situation, à nous, à tout ce gâchis.

Soudain, peu avant le centre-ville, Éva s'arrête au niveau d'un abri de bus en bois recouvert de guirlandes de Noël.

— OK ! Viens t'asseoir avec moi.

Elle s'installe sur le banc et tapote la place à côté d'elle. J'obéis. Je connais ce petit air déterminé, je n'y échapperai pas.

— Mon frère refuse de parler à qui que ce soit. Comme il est bloqué à la maison à cause des risques d'avalanche, il reste enfermé dans sa chambre et envoie chier quiconque essaie de passer la porte.

Je baisse les yeux.

— Je ne dis pas ça pour te culpabiliser, mais il se passe quoi ? Tu ne fais pas que rentrer chez toi, vous avez rompu ?

— Oui… Je lui ai dit que c'était fini, que je n'étais pas faite pour lui, que c'était une erreur et que je devais prendre soin de moi avant tout.

Éva m'observe. On dirait même qu'elle me scanne pour parvenir à lire en moi.

— T'as vraiment des sentiments pour lui ?

— Oui…

— Depuis longtemps ?

— Non, j'ai rien vu venir… lui non plus.

Éva me sourit tristement, son regard est voilé.

— Il t'aime aussi, c'est évident.

— Je ne suis pas encore prête… J'ai pris des risques, j'ai oublié mon traitement, j'ai fait comme si je n'avais pas à faire attention et je l'ai mis lui aussi dans une situation qui aurait pu être beaucoup plus grave. Tout ça pour quelques petits moments de plaisir.

— Pour vivre…, conclut-elle pour moi. Et tu le méritais.

Elle a raison, mais je suis allée trop vite.

— J'ai été dure avec mon frère. Cruelle aussi, murmure Éva.

Malgré la situation, je suis heureuse qu'elle le dise.

— Ton frère n'est pas comme tu le penses, c'est quelqu'un de bien.

— Je sais, ma réaction était disproportionnée parce que je lui en voulais.

— Pour Noémie, la fille qui était au lycée avec toi ?

— Oui, et pour ce qui s'en est suivi.

Comme je ne comprends pas, elle prend une profonde inspiration, prête à parler.

— Je ne t'ai pas tout dit… Quand Noémie a quitté le lycée, certains m'ont prise pour cible et ont décidé de me faire vivre la même chose.

— La même chose ?

— J'ai eu un crush. Il m'a invitée en soirée chez lui, on était nombreux. J'avais un peu bu et je me suis retrouvée dans une chambre avec lui, parfaitement consentante. On a couché ensemble, c'était ma première fois, et le lendemain, il m'a larguée en me disant qu'à cause de mon frère, c'était tout ce que je méritais. Si tu savais combien j'ai détesté Augustin pour ça…, ajoute-t-elle avec émotion.

Je porte la main à ma gorge, j'ai l'impression d'avoir pris un coup, le souffle coupé. Éva a les yeux qui brillent.

— C'était Kevin, ta première fois ?

Elle acquiesce en baissant les yeux.

— Oh, Éva, tu ne m'as jamais raconté cette version ! Tu m'as dit que tu l'avais fait par curiosité et que tu ne voulais pas que ça dure.

— Tu venais de faire un arrêt cardiaque, tu ne savais pas pour mon frère et j'avais tellement honte…

Son histoire avec Kevin me fait réaliser pourquoi elle s'est autant investie quand Benoît m'a brisé le cœur. Elle avait des mots si justes, je n'aurais jamais imaginé. Alors, avec trois ans de retard, j'essaie de la prendre dans mes bras, mais elle pose les mains sur mes épaules pour me regarder intensément.

— C'est derrière moi, même si avec Jimmy, ma première réaction a été de penser qu'il ferait pareil, même si j'en voulais à mon frère. Avril, j'ai du mal à l'expliquer, mais… tout s'est mélangé dans ma tête parce que… j'avais peur de te perdre. J'avais peur que tu n'aies plus besoin de moi et que mon frère prenne toute la place dans ton cœur.

— Ça n'arrivera jamais… Tu es comme une sœur pour moi.

Elle me sourit.

— Je le sais… Et ça ne veut pas dire que mon frère est aussi le tien. Pardon pour mes propos horribles…

Je ferme les yeux. J'ai encore envie de pleurer.

— Je sais que tu ne le pensais pas.

Elle me regarde et me sourit tristement. J'essaie de passer à autre chose, je ne veux pas retourner le couteau dans la plaie.

— Jimmy et toi, ça va ?

— Oui, il est super. On se voit tous les jours ou presque.

— Tu l'as tellement attendu. Je suis contente pour toi…

J'essaie d'inspirer pour faire passer la boule que j'ai dans la gorge, mon souffle se saccade bruyamment. Éva me pose la main sur l'épaule.

— Hé… Toi et Augustin, si vous vous aimez, ça peut pas se terminer comme ça.

Au même moment, un groupe d'enfants passe devant nous à toute vitesse sur des luges. Leurs éclats de rire résonnent dans toute la rue. Ils portent tous un bonnet de Noël rouge qui n'est pas sans me rappeler la balade en ski de fond avec Augustin, les rires que lui et moi avons partagés. Ma gorge se noue et bêtement, sans prévenir, une larme coule sur ma joue.

— Oh non…, dit Éva en me prenant dans ses bras. Ça va aller, ma moufette…

La tête contre son épaule, je m'entends rire nerveusement.

— Personne ne m'avait jamais encore comparée à un putois !

Éva se met à rire aussi.

— C'est mignon une moufette !

Je regarde ma meilleure amie droit dans les yeux.

— Je suis sincèrement désolée de t'avoir menti et de ne pas avoir su te faire confiance.

— N'en parlons plus. Tu as fait ce qu'il fallait, parce que, cette fois, c'est moi qui n'étais pas prête, j'ai été très conne. Maintenant, écoute-moi très attentivement, Avril Hamon, dit-elle en me prenant par les épaules. Ne laisse pas les choses être définitives si tu penses qu'elles ne doivent pas l'être.

Je vois très bien le tableau, tes parents, la pression de ta mère qui a peur pour toi, ta propre trouille, mais tout ça, c'est du pipi de chat.

— Du pipi de chat ?

— Exactement. Ce qui compte, c'est l'instant présent, c'est ce que tu as à vivre, c'est ce que tu veux faire avec ce cœur, c'est toi. Pas tes parents, pas moi, pas ce que disent les médecins, juste toi. Tu aimes mon frère ? Dis-lui. Tu as peur ? Dis-lui. Tu veux quand même essayer une nouvelle fois ? Dis-lui. Dis-lui et laisse-le te montrer qu'il est capable de te soutenir. Il a toujours eu un côté saint-bernard, il va adorer.

L'une des raisons pour lesquelles j'ai toujours aimé Éva, c'est l'incroyable aura d'évasion qui irradie d'elle. La liberté avant tout. Pour la première fois depuis que je suis revenue de l'hôpital, un rai de lumière perce l'obscurité dans laquelle je m'étais plongée. Grâce à elle.

Alors, je ne peux m'empêcher de sourire.

— Quel revirement !

— Mon côté schizo !

On se regarde un moment, les yeux dans les yeux. On est de nouveau nous, unies, ensemble, les deux meilleures amies du monde.

— Merci…

— De rien ! Tu veux que je lui parle ?

— Non, je… je dois réfléchir à tout ça.

— OK, OK ! Laisse mariner, tu as raison ! Mais juste, en attendant que ça mijote, tu veux pas qu'on aille s'envoyer une gaufre sur la place ? Je meurs de faim !

La moufette et le glouton, un jour on écrira cette histoire !

Lorsque je rentre vers 17 h 30, la neige s'est remise à tomber et le vent souffle encore plus fort, on croirait le chalet encerclé par un blizzard sibérien, on ne voit rien à un mètre, j'ai eu un mal de chien à avancer.

— On commençait à s'inquiéter, dit ma mère.

Je soupire.

— Maman… ça va devenir lourd si chacune de mes sorties t'angoisse.

— Désolée, c'est à cause de la neige. Il y a une alerte orange et la météo ne prévoit pas d'accalmie avant demain. Je crois qu'on est définitivement coincées ici.

— Tu sais que vous pouvez rester aussi longtemps que nécessaire, lui dit mon père.

— C'est gentil, mais j'ai quand même des choses à faire à Lyon. Tu sais combien de temps ça va durer ?

— Aucune idée, l'alerte est donnée au moins jusqu'à demain. Tu peux utiliser mon bureau pour travailler, si tu veux.

Ma mère soupire et me regarde.

— OK… Heureusement que j'ai mis mes fichiers sur un drive. Bon… ben, je vais prendre mon mal en patience. Il y a un feu dans la cheminée, c'est toujours ça !

Mon père lui sourit. J'ai l'impression que lui est content.

Vers 19 heures, alors que je me suis remise à mes révisions avant le dîner, de la musique attire mon attention. Elle provient du salon. Je descends, intriguée, et retiens un « oh ! » de stupéfaction. Mes parents sont en train de danser dans le salon. Ils dansent dans le salon !

— Hé ! Viens avec nous ! s'écrie mon père comme si tout était parfaitement normal. Ta mère et moi, on n'a rien perdu !

Allez viens, je vais te montrer quelques pas ! Un, deux, trois, et un, deux, trois !

Ulcérée, sans réfléchir, je me dirige vers la télé et l'éteins.

— Je peux savoir ce que vous faites ?

Je les dévisage l'un après l'autre, mes parents sont interloqués.

— On est coincés ici à cause de la neige, j'ai travaillé toute la journée et ton père a coupé du bois… un peu de détente ne fait pas de mal.

Je regarde mon père : il hoche la tête, il est d'accord avec elle.

Je rêve !

— Vous êtes divorcés, vous vous en souvenez ?

— Ce que tu viens de dire est déplacé, rétorque mon père.

— Déplacé ?

Cette fois, j'explose.

— Je vais vous dire, moi ce qui est déplacé : c'est que je viens de plaquer le mec qui m'a aidée à me sortir d'une situation qui m'encroûtait depuis des années, qui m'a redonné le sourire, alors que mes propres parents n'y arrivaient pas, que ça me fait un mal de chien de devoir m'en éloigner, et vous, vous êtes là en train de danser la salsa comme si c'était la meilleure nouvelle du monde ? Mais regardez-vous ! Trois ans que vous vous faites la guerre pour un oui ou pour un non, à mon sujet, au sujet de la pluie, du beau temps et de tout ce qui vous permet de vous bouffer le nez, et soudain, vous tombez d'accord, à mes dépens ? Comment vous croyez que je me sens ?

— Avril…, commence ma mère.

— Non, je ne veux pas écouter. Si vous avez de nouveau envie de vous sauter dessus, faites-le, mais pas devant moi. Un minimum de décence, c'est tout ce que je demande face à mon sacrifice. Je monte dans ma chambre, pas la peine de venir me chercher pour manger, j'ai pas faim. Bonne soirée.

S'il y avait eu une porte, je l'aurais claquée, mais mes mots ont été suffisamment forts pour que ça fasse le même effet.

Je me jette sur mon lit, pleine d'une rage que je n'ai pas vue venir. C'est les regarder ensemble qui l'a provoquée, fait tout exploser. Je me moque bien de ce qu'ils ont l'intention de faire l'un avec l'autre, et peut-être même qu'avec un peu moins d'égoïsme je devrais me réjouir pour eux, mais je ne peux pas. Pas comme ça. Pas après que j'ai l'impression de m'être brisée en mille morceaux. Je déteste qu'ils tirent profit de ma situation désastreuse.

Ce soir, j'ai besoin de laisser éclater ma colère et je sais que mes parents me laisseront tranquille. Demain, ils s'expliqueront et peut-être aurai-je le courage de les écouter sans les juger. Peut-être arriverai-je à me réjouir pour eux.

Demain. Peut-être.

21
décembre

Bien sûr, j'ai ruminé une grande partie de la soirée et de la nuit. J'ai repensé à ce que m'a dit Éva, à mes parents et à l'étrange état d'esprit dans lequel ils sont. J'ai pensé à moi aussi, à mes choix et à ce que pourrait être ma vie si je prenais des décisions différentes. J'ai aussi pensé à Augustin, le rayon de soleil qui est entré dans mon existence, à son sourire qui s'est accroché à mes lèvres, et à sa joie qui est venue chercher la mienne dans les tréfonds de mes angoisses. Puis, j'ai pris mon téléphone pour lui écrire une évidence.

Je pense à toi.

Le message est parti, « non délivré », il ne devait pas être connecté. Alors, j'ai regardé ces quatre mots sur mon téléphone, plusieurs fois, et je les ai disséqués sans vraiment savoir ce qu'ils voulaient dire. Si j'énonçais un simple fait ou l'envie de revenir sur ma décision et d'aller envers et contre la trouille que je me colle depuis des années.

Je ne suis pas sûre de moi, je suis complètement paumée.

Il est 8 heures passées quand je descends dans la cuisine, j'ai l'impression que mon père n'est pas là. Ma mère est attablée devant un café, elle lit un magazine.

— Bonjour, m'man.

Elle lève la tête.

— Bonjour ! Ça fait du bien de dormir ?

— Oui, merci…

— Ton père est parti faire quelques courses en centre-ville, avec ce qui est encore tombé cette nuit, il ne peut toujours pas reprendre les randos. Quant à nous, on est encore coincées.

Je jette un œil par la fenêtre, c'est impressionnant. Il doit y avoir deux fois plus de neige que la veille, cristallisée comme de toutes petites étoiles de givre. Je suis venue très souvent à Morzine et je n'ai pas le souvenir d'un temps pareil. C'est comme si la neige se reposait la journée pour repartir en tempête la nuit.

Je m'installe à table, il y a du pain grillé dans une assiette et la bouilloire est encore chaude. Je me sers un mug d'eau et y mets un sachet de thé.

Ma mère replonge dans sa lecture comme si de rien n'était. Je la connais par cœur, elle attend que je revienne toute seule sur mon éclat de la veille. Elle aussi me connaît bien, parce que je ne vais pas pouvoir laisser pourrir ça bien longtemps. Pas une minute de plus, en fait.

— Maman ?

— Oui ? répond-elle distraitement.

— J'ai besoin de savoir ce qui se passe entre papa et toi.

Elle boit une gorgée de café et tourne une page de son magazine, l'air toujours aussi serein.

— Ça s'appelle la vie, Avril, pour le meilleur comme pour le pire.

Réponse de Normand. Je déteste ça.

— OK, et tu dirais que là, c'est pour le… meilleur ?

Cette fois, j'ai capté son attention. Elle croise les bras devant elle et me regarde droit dans les yeux.

— J'aime toujours ton père.

Comme ça, d'un coup, sans prendre de gants. Paf !

Je ferme un instant les paupières. Quand mes parents se sont séparés, j'ai longtemps rêvé d'entendre cette phrase. J'avais même demandé à ma mère si elle l'aimait encore, mais mes mots rencontraient seulement le vide. Trois ans plus tard, ils me reviennent comme un boomerang. J'ai grandi, ma mère ne prend plus de pincettes. Très bien. Moi non plus.

— C'est parce que vous êtes enfin tombés d'accord sur mon état de santé et sur la vie que je dois mener que soudain tu revois en lui la personne idéale ?

Elle blêmit. C'est un coup bas, mais je n'ai pas pu m'en empêcher.

— Tu es injuste.

— Vous l'êtes avec moi.

Elle ferme son magazine et soupire.

— Hier, tu as cru qu'on se réjouissait de ta situation et c'est faux. Tu as cru que nous fêtions notre victoire et tu as eu tort. Il n'y a aucun succès dans cette histoire. Il y a surtout des choses qui auraient pu être évitées. Je ne suis pas aveugle, j'ai compris que tu étais malheureuse et que tu consentais à un sacrifice immense, toutefois, je te connais, ma fille, et j'aimerais te poser une question : qu'avais-tu toi-même décidé avant que je n'arrive à l'hôpital ?

Je décide de répondre avec franchise.

— J'avais anticipé la situation… Parce que j'avais conscience que les « choses qui auraient pu être évitées » étaient une réponse au manque de libertés que je me suis imposé toutes ces années, mais en fait je crois que les choses sont plus compliquées que ça.

— Comment ça ?

— J'ai eu raison de pousser les murs de la pièce dans laquelle j'étais enfermée. J'ai eu tort de me jeter dans le vide sans parachute. Et j'ai eu tort de dire à Augustin que tout était fini entre nous.

Et tout à coup, en le disant, c'est devenu une évidence.

J'ai eu tort, j'ai eu tort, putain !

Ma mère fronce les sourcils.

— C'est un peu radical.

— Tu trouves ? Moi pas. Tu aimes papa ? J'aime cet homme.

— Je ne pense pas que ce soit tout à fait comparable.

— Moi je trouve au contraire que, sur ce coup-là, on se ressemble beaucoup toi et moi.

— Explique.

— Ma situation t'a fait ouvrir les yeux, tu regrettes de t'être séparée de papa. Ma situation m'a fait ouvrir les yeux, je regrette d'avoir dit à Augustin que je préférais continuer sans lui.

— Voyons, Avril, tu confonds une vie commune de plusieurs années, un mariage, un enfant mis au monde, avec un flirt !

— Je ne confonds rien du tout, maman, je l'aime vraiment, pour tout ce qu'il a provoqué de bon en moi, pour tout ce qu'il m'a fait oublier de mauvais, pour tout l'amour qu'il a mis dans chacun de ses gestes et de ses regards. Si tu ne peux pas comprendre ça, c'est peut-être que tu n'es jamais vraiment tombée amoureuse ?

— Quoi ? C'est la meilleure !

— Han han… Ben tu vois, quand tu dis qu'Augustin n'est qu'un flirt, j'ai envie de te répondre la même chose.

Ma mère hausse les épaules d'un air dédaigneux. Mais je crois qu'elle sait que j'ai raison.

— Maman, je continue, hier je me suis mise en colère contre papa et toi et j'ai eu tort, c'est à moi que j'en veux.

Comme elle plisse le front, je vais plus loin.

— Après ma nuit à l'hôpital, j'ai dit à Augustin que tout était fini, parce que je ne voulais pas qu'un jour il se retrouve dans la même situation à cause de moi. Mais en réalité, je reportais toutes les responsabilités sur lui. Je l'accusais inconsciemment de ne pas avoir été à la hauteur, alors que le problème c'était moi, pas lui, et c'est terriblement lâche de lui avoir tourné le dos.

— Eh bien, quelle remise en question !

— J'imagine que tu penses que je fais erreur ?

Ma mère réfléchit quelques secondes avant de répondre :

— Non, je pense que tu as raison…

Ça y est, il gèle en enfer !

— Et peut-être tu penses aussi que, finalement, je n'aurais pas dû lui dire que c'était fini entre nous ?

Ma mère sourit en coin.

— Tu pousses un peu le bouchon, non ?

— Tu trouves ? Tu sais, maman, j'ai grandi. Suffisamment pour savoir que je l'aime et pour te dire, droit dans les yeux, que je refuse de vous faire croire que c'est pas vrai et qu'il n'a pas la moindre importance.

Ma mère me donne l'impression d'avoir pris un seau d'eau glacée, comme si elle réalisait que, soudain, je n'avais plus cinq ans. Elle inspire, baisse les paupières et me regarde de nouveau, de femme à femme.

— Couper le cordon est plus difficile qu'on le croit, surtout dans les circonstances qui sont les nôtres. J'imagine que je te dois des excuses parce que c'est quelque part à cause de moi que tu as manqué de prudence.

— De toi ?

— Trop de pression, trop d'angoisse de ma part.

— Tu le penses vraiment ?

La voix de ma mère se brise.

— J'ai peur de te perdre, c'est ma seule excuse. Je vois bien quelle magnifique et courageuse jeune femme tu es devenue, te voir autant changer m'effraie parce que… j'ai moins de prise sur tout et que je n'arrive pas à te lâcher la main.

Et soudain elle éclate en sanglots. Je me lève pour la prendre dans mes bras.

— Oh, maman. Je n'ai aucune envie que tu me lâches la main, je veux juste que tu arrêtes de m'écraser les doigts.

Son petit rire mêlé de sanglots est étouffé par la veste de mon pyjama.

— Il faut que tu aies davantage confiance en moi, maman. C'est ta confiance qui me portera. Je ne veux pas être en guerre contre toi chaque fois que je décide de faire quelque chose qui sort des clous.

— Moi non plus…

Comme elle me tient la main, je tire une chaise pour m'asseoir en face d'elle.

— J'ai besoin de toi, maman, tu es mon ange gardien.

— Toi, tu es mon ange tout court…

On se serre l'une contre l'autre quelques secondes, comme pour sceller ce moment qui signe un nouveau départ, puis je m'écarte un peu.

— Tu sais ce qui me ferait plaisir ?

— Non ?

— Puisqu'il semblerait que notre famille ait décidé de se reformer, je voudrais qu'on passe Noël ici, tous les trois, tempête ou pas.

— Hum… OK, mais c'est pas ton père qui cuisine !

— Dieu merci !

Je regarde son pouce me caresser le dos de la main.

— Vous êtes vraiment prêts à vous remettre ensemble ? Après seulement quarante-huit heures de… retrouvailles ?

Elle me sourit.

— Non… enfin, pas aussi vite, on doit réapprendre à se connaître et à s'apprivoiser. Tu sais, j'ai longtemps vu ton père comme quelqu'un de laxiste, là où moi je prenais les choses à bras-le-corps. Je me suis peut-être trompée.

— Qu'est-ce qui t'a fait changer d'avis ? Qu'est-ce qui vous a rapprochés aussi subitement ?

Elle a encore les yeux humides quand elle me répond :

— La peur de te perdre…

Cette phrase prend tout son sens quand je réalise que c'est à cause de moi qu'ils se sont séparés et que c'est grâce à moi qu'ils se retrouvent. J'ai un peu de mal à cacher mon émotion.

— Je vous aime tant tous les deux…

— Et nous t'aimons aussi.

Nous nous regardons quelques secondes en souriant, puis je prends mon téléphone pour regarder si Augustin a répondu à mon message. Il est toujours « non délivré ». Ma mère soupire.

— J'imagine que tu vas contacter Augustin, maintenant ?

— S'il veut bien se reconnecter… Je vais laisser un message sur son répondeur.

— Avril… Ton père ne sera pas aussi conciliant que moi à son sujet. Il lui en veut beaucoup.

— Mais c'est injuste ! Il n'a fait que me suivre.

— Je lui parlerai.

Je hoche la tête, attrape une tartine sans beurre et mon mug pour monter dans ma chambre. Puis je me retourne avant de quitter la cuisine.

— Maman… pas tout de suite. Nous le ferons après Noël, tu veux bien ? On a bien assez de la tempête comme ça !

— D'accord. Tu es raisonnable.

— Sous la torture !

Je m'enferme dans ma chambre et compose le numéro d'Augustin. Ça sonne sans discontinuer, et sans jamais tomber sur son répondeur. Je sais très bien ce que ça veut dire : il m'a bloquée.

En panique, j'appelle Éva.

— Hé ! T'es bien matinale…, répond-elle d'une voix ensommeillée.

— Il m'a bloquée.

— Hein ? Quoi ?

— J'ai réfléchi à la conversation qu'on a eue toutes les deux hier, je voulais l'appeler pour lui dire que j'avais changé d'avis et que je voulais pas que notre relation se termine, et il m'a bloquée. Il m'a bloquée !

— Mon frère ?

— Non, le père Noël ! Bien sûr ton frère ! Il veut plus me parler. Il m'a bloquée !

— Je crois que j'ai compris… Qu'est-ce que je peux faire ?

— Dis-lui que j'aimerais qu'on discute.

Éva lâche un bâillement énorme.

— OK, OK… Donne-moi deux minutes, je te rappelle.

Je suis au bout de ma vie quand elle raccroche. Il m'a bloquée ! J'arrive pas à le croire…

Quand Éva me rappelle, j'ai encore mon téléphone entre les mains.

— Alors, il a dit quoi ?

— Rien du tout.

— Rien du tout ?

— Non, il est pas là.

— Il est où ?

— Il aide à déblayer les abords de l'ESF.

— Il rentre bientôt ?

— Mais qu'est-ce que j'en sais, moi ? Bon, écoute, je sens que tu ne vas pas me lâcher, on se retrouve dans le centre dans une heure devant la boutique de mes vieux et on y va ensemble, OK ?

J'ai du mal à retrouver une respiration normale.

— D'accord, merci… À tout à l'heure.

Il y a tellement de neige que j'ai failli venir en luge. C'est juste parce que je ne veux pas pousser ma chance avec ma mère que je l'ai pas fait.

Quand j'arrive dans le centre, mon pantalon de ski est trempé, j'ai parfois eu de la neige jusqu'aux genoux. Pas un véhicule ne circule dans les rues du centre-ville, c'est impressionnant, on se croirait au pôle Nord.

Éva m'attend devant le magasin de ses parents et à voir sa tête, elle n'a pas dû passer la meilleure nuit du monde. Lorsque je me pointe devant elle, elle dresse aussitôt les mains.

— Je sais, il t'a bloquée !

— Arrête de te moquer, c'est pas drôle !

Elle lève les yeux au ciel.

— Bon allez, on va jusqu'à l'ESF, tu lui déclares ta flamme, tu lui roules une pelle et je retourne me coucher.

Côte à côte, on marche sur les trottoirs déneigés jusque dans la rue où se trouve l'ESF. Mon cœur bondit dans ma poitrine lorsque j'aperçois Augustin. Il vient de poser sa pelle à neige contre le mur de l'hôtel, juste en face de l'ESF. Je m'arrête et ne bouge plus.

— Qu'est-ce que tu fais ? me demande Éva. Viens !

Je secoue la tête.

— Tu te fous de moi ? Tu voulais le voir, il est là !

— Et s'il voulait plus me parler ?

Elle hausse un sourcil.

— C'est le risque à prendre. Cela dit, mon frère est ce qu'il est, mais je le vois pas faire ça du tout.

— Tu es sûre ?

— Non, mais bon, on n'est quand même pas venues là pour rien. Allez !

Je prends une profonde inspiration et marche en direction d'Augustin, Éva à côté de moi. Il tourne la tête et bloque quand il me voit.

— Vas-y, je t'attends là si tu veux, chuchote Éva.

Je déglutis et m'approche.

J'essaie de deviner ce qu'il pense, mais il reste impassible. J'ai presque envie de partir en courant. Je me retourne sur Éva, qui me fait signe d'avancer. OK…

Je m'arrête en face de lui, obligée de lever la tête pour le regarder.

— Salut… On n'est finalement pas parties à cause de la tempête, on va passer les fêtes de Noël ici. C'est quand même impressionnant toute cette neige, vous n'en avez pas trop bavé ?

Je m'enfonce avec mon bla-bla inutile et Augustin ne répond pas.

— En tout cas, vous avez fait du beau travail, j'ajoute en regardant les abords de l'ESF.

Sans déconner, depuis quand je me prends pour un inspecteur des travaux finis ? Ridicule ! Et Augustin qui ne dit toujours pas un mot. Je suis mortifiée, je n'aurais jamais dû venir.

— Bon ben euh… je veux pas te déranger plus longtemps, je vais te laisser.

Je lui souris, un peu crispée, et commence à faire demi-tour, quand il me retient.

— Pourquoi t'es venue ?

Je me retourne et lui fais de nouveau face. Je crois qu'il est inutile de tourner autour du pot, je ne sais pas faire.

— Je… J'ai pas du tout envie qu'on se quitte.

— Ça ne peut pas être aussi facile que ça, répond-il froidement.

— Je sais… j'ai fait une erreur.

— Et donc ?

— Si tu voulais bien… ne pas en tenir compte ? Effacer ce que j'ai dit ? On pourrait peut-être en parler ?

Il me regarde de toute sa hauteur, sans sourire.

— Je ne sais pas.

Je cligne des yeux, le ventre tout noué.

— Tu ne sais pas ?

— Je vais y réfléchir.

Et il tourne les talons, passe devant le petit kiosque du jardin d'enfants, et monte sur la motoneige garée juste en bas de la piste.

L'espoir au bord du précipice, je le vois démarrer et s'éloigner sur le manteau neigeux.

— Qu'est-ce qu'il a dit ? me demande Éva.

— Qu'il allait réfléchir.

— À quoi ?

Alors que je suis comme une conne au milieu de la rue, que des gens passent sur le trottoir et que les chants de Noël retentissent soudain dans les haut-parleurs, mes joues se couvrent de larmes.

— À rien. Je crois que c'est vraiment fini.

22
décembre

— Avril, tu peux aller ouvrir, s'il te plaît ? On a les mains dans la poussière !

Pendant que mes parents bricolent je ne sais quoi dans la cheminée, encore en pyjama, à peine réveillée d'une nuit durant laquelle je n'ai presque pas fermé l'œil tant le vent a soufflé, je me traîne de la cuisine au salon pour voir qui sonne chez nous alors qu'il est tout juste 8 h 30.

C'est Éva. Elle a la peau si pâle et les cernes si creusés que je me dis qu'elle n'a pas passé une meilleure nuit que la mienne.

— Éva ?

— Dis-moi que tu as des nouvelles de mon frère…

J'écarquille les yeux. Hier, Augustin a dit qu'il allait réfléchir et à ce stade, c'est toujours le cas. Je suis toujours bloquée et pas un message de lui.

— Non, désolée…

Éva époussette la neige qui s'est collée à sa veste et entre à l'intérieur du chalet.

— Que se passe-t-il ? demande mon père.

— On ne l'a pas vu depuis hier, la motoneige n'est pas dans le garage, il y a eu une avalanche près du col des Portes du Soleil tôt ce matin. Des skieurs hors-piste ont été signalés aux équipes de secours.

— Mon Dieu…, murmure ma mère.

Mes pulsations cardiaques font une envolée.

— Est-ce que Jimmy et Jeff sont avec lui ?

— Jimmy non, mais Jeff est introuvable, Margot dit qu'il cherchait Augustin hier après-midi.

Éva retient ses larmes.

— Têtes brûlées comme ils sont, c'est sûr qu'ils sont ensemble.

— Mais qu'ils sont cons ! maugrée mon père. Il devait faire à peine jour quand ils sont partis, et les risques étaient maximum, ils le savaient. Qu'est-ce qui leur a traversé l'esprit, bon sang ?

Éva se passe une main nerveuse dans les cheveux. Ses yeux sont tout rouges, et moi j'ai l'impression que la pièce est en train de tourner. Je connais les statistiques : en cas d'avalanche, au-delà de trois ou quatre heures, on n'a plus qu'une chance sur dix de retrouver un enseveli vivant.

Je ferme les yeux et essaie de me ressaisir.

— Vous êtes certains qu'il est allé skier ? Je sais qu'il aime les sensations fortes, mais je suis sûre qu'il n'aurait pas pris de tels risques… Peut-être qu'il a juste déposé des skieurs et que Jeff n'était pas avec lui ? Augustin n'aurait pas prêté la motoneige de ton père pour qu'on le dépose lui, pas vrai ?

Je veux qu'elle me rassure… je le veux de toutes mes forces.

— Je ne sais pas, Avril… Ça me rend dingue.

— Si ça se trouve, il n'est allé nulle part. Hier il a dit qu'il avait besoin de réfléchir, il est peut-être resté seul dans l'appartement de son ami ?

Éva fronce les sourcils.

— Quel appartement ? Quel ami ?

— Je n'ai pas son nom, mais je peux t'y accompagner, j'y suis allée avec lui.

Je pose les yeux sur mes parents. Ils échangent un regard entendu, mais hors de question de me justifier et de revenir sur la nuit où j'ai découché. Pas maintenant.

— Tu veux qu'on y aille ?

— Oui, s'il te plaît, mes parents sont dans tous leurs états.

— Allez-y, dit mon père, moi je vais passer un coup de fil et essayer d'en savoir plus.

— Attends-moi, je dis à Éva, je me dépêche.

Je monte en courant dans ma chambre, enfile un pantalon de ski et un pull. Tout ce que je veux, c'est savoir qu'Augustin et Jeff ne sont pas là-bas. Quand je redescends, mon père est encore au téléphone.

— Oui, très bien. Je comprends, on attend bien sûr. Merci pour ton aide, Mike.

Il raccroche.

— L'avalanche a eu lieu dans le secteur des Crosets à 1 970 mètres d'altitude. Une coulée de 450 mètres de large sur 1 500 mètres de dénivelé… Aucune remontée mécanique n'était ouverte, l'accès s'est forcément fait en motoneige, mais, d'après ce que j'ai compris, l'avalanche a surpris les skieurs alors qu'ils n'avaient pas complètement atteint le sommet.

Je vais m'évanouir… Rien qu'à l'idée qu'il lui soit arrivé quelque chose, j'ai du mal à respirer.

— Une équipe aérienne suisse est sur place, les chiens sont déjà au travail, il faut attendre, conclut mon père.

Je prends la main d'Éva. Elle est au bord de la rupture.

— Allons-y, dit-elle. Mon crétin de frère n'est peut-être pas sous cette putain de neige. Et s'il y est, quand il reviendra vivant, je le tuerai.

Quand on arrive dans le centre, il ne neige plus depuis la veille et les routes ont commencé à être dégagées, c'est plus praticable. En attendant que les remontées rouvrent, les touristes se massent sur quelques centaines de mètres carrés en bas des pistes pour skier, inconscients du drame qui se joue quelques kilomètres plus loin. J'ai envie de leur hurler qu'ils n'ont pas le droit d'être aussi insouciants, que nous, on est mortes d'inquiétude.

Je redouble la cadence jusqu'au chalet où se trouve l'appartement. Au rez-de-chaussée, une boucherie-charcuterie, dont le patron, un monsieur à la grosse moustache poivre et sel, est en train de déneiger le trottoir. On se dirige vers la porte d'accès, évidemment, elle est fermée.

— Le Velux donne sur la rue perpendiculaire. C'est pas très haut, si on l'appelle il nous entendra peut-être ?

Éva hoche la tête, me suit, et à peine ai-je montré la fenêtre de toit qu'elle se met à hurler le prénom de son frère. Je l'imite, mais personne ne répond.

— Vous cherchez quelqu'un ? demande alors le boucher en nous rejoignant.

— Mon frère ! répond Éva. Il y a eu une avalanche aux Crosets, on espère que c'est pas lui qui est pris dessous, on n'a pas de nouvelles depuis hier.

Le patron fronce les sourcils.

— J'ai les clés de la porte principale, je vais vous ouvrir.

On acquiesce, on le suit et on court jusqu'au troisième étage.

— C'est ici !

Elle n'attend pas une seconde et se jette sur le battant en hurlant.

— Augustin, Augustin ! Ouvre, c'est moi !

Le silence qui nous répond est aussi étouffant qu'une nappe de fumée.

— Augustin, putain, mais ouvre !

Rien.

— Augustin !

Je pose le bras sur Éva.

— Il n'est pas là…

J'ai du mal à cacher les tremblements dans ma voix.

Éva éclate soudain en sanglots.

— Il doit être là… il faut qu'il soit là…

Puis soudain, on entend le verrou tourner. On arrête littéralement de respirer. La porte s'ouvre sur un grand brun échevelé.

— Vous êtes qui ? demande-t-il, interloqué de trouver deux meufs bruyantes et en larmes devant sa porte.

— Je suis la sœur d'Augustin, on le cherche.

— Ah… désolé, il est pas là. Moi je suis revenu avant-hier, j'ai récupéré mes clés et je l'ai pas vu depuis. Il y a un problème ?

Je sens qu'Éva va s'écrouler si elle explique la situation une troisième fois. Alors je prends la parole sans perdre de temps.

— Tu peux lui demander de nous contacter au plus vite si tu as des nouvelles ? C'est urgent. Moi c'est Avril.

— Ouais, bien sûr, dit-il d'une voix encore endormie. J'espère que c'est pas trop grave.

— J'espère aussi… Merci, et désolée de t'avoir réveillé.

Je prends Éva par les épaules pour descendre les escaliers. Nous nous retrouvons sur le trottoir, plus abattues que jamais. Je sors mon téléphone de ma poche, la main tremblante.

— Je vais appeler mon père pour savoir s'il y a du nouveau.

— S'il y en avait, on le saurait déjà, dit Éva. Je vais péter un plomb si je ne fais pas quelque chose pour me calmer. Je te jure quand il réapparaîtra, je lui arracherai les yeux ! Allons au Yéti Bleu. Je ne sais pas si Jimmy sert de la gnole, mais il m'en faut au moins deux litres !

Le bar est à une centaine de mètres, pour y arriver, on doit passer devant l'ESF. Éva n'a même pas remarqué, je l'arrête en la retenant par le bras.

— Viens, on va demander s'ils ont vu Augustin.

Quand on rentre, une monitrice est en train de ranger des documents.

— Bonjour, est-ce qu'Augustin Rosset travaille aujourd'hui ?

— Ah non, il ne reprendra que demain. Du moins on l'espère, la neige est vraiment instable ces jours-ci, il y a eu une avalanche sur le col des Portes du Soleil. Vous voulez que je lui laisse un message ?

— Je suis sa sœur, dit Éva, on n'a pas de nouvelles de lui depuis hier et il est fort possible qu'il soit parti faire du hors-piste. Avant l'avalanche, des skieurs ont été repérés…

La monitrice blêmit.

— Oh ! Vous pensez qu'il a pu… ? Écoutez, je suis sûre que ce n'est pas le cas, Augustin est toujours très prudent. Vous savez quoi ? Je vais aller voir si ses skis et sa planche de snowboard sont toujours dans son casier. Vous serez fixées !

Elle se lève, disparaît dans l'arrière-salle, et revient. Elle est blême.

— Ses skis sont bien là, mais pas son snow…

Je ferme les yeux. La main d'Éva s'enroule autour de la mienne. Elle tremble. Nos espoirs se dessinent et s'évaporent un à un…

J'attrape un Post-it posé sur le bureau, ainsi qu'un stylo, et griffonne nos numéros de téléphone.

— Vous pouvez nous joindre si vous avez du nouveau ?

— Oui… bien sûr. Écoutez, ça ne veut rien dire du tout, je suis sûre qu'il n'a pris aucun risque. Et si vous vous avez du neuf, dites-nous, d'accord ?

On quitte l'ESF pour marcher en direction du Yéti Bleu. Tout ce que je voudrais, c'est passer la porte et le découvrir, là, à boire un café avec Jimmy, sauter sur sa tignasse brune et lui ébouriffer les cheveux, l'embrasser dans le cou et lui dire qu'il m'a manqué, mais, à cette heure, il y a à peine trois clients dans le bar, et aucun d'eux n'est Augustin.

La télévision est allumée sur une chaîne d'informations, on y voit l'intervention de la compagnie Air-Glaciers. Un hélicoptère rouge et blanc s'est posé sur un plat de neige stable à proximité de l'impressionnante coulée. On voit des chiens, des sauveteurs, des sacs de secours partout et des brancards. Le temps presse, j'ai envie de vomir.

— Ils ont trouvé un corps…, dit un client d'une voix forte. Faut quand même être con pour aller skier après des chutes de neige pareilles. Tout ce pognon qu'on est en train de dépenser pour des inconscients !

— Vous n'avez rien de mieux à dire ? aboie Jimmy en faisant le tour du comptoir pour rejoindre Éva. Si c'est pour balancer de telles conneries, allez regarder les infos depuis chez vous !

Puis il ajoute à notre intention :

— Je suis sûr que ce n'est pas lui. C'est pas lui… J'en suis certain.

Mon cœur s'arrête de battre, je me retiens à une table tant j'ai peur de flancher, je ne tiens plus sur mes jambes.

Jimmy prend Éva dans ses bras, elle le repousse avec dignité, attrape son téléphone et appelle ses parents. Quand elle raccroche, elle respire un peu mieux. Moi, je suffoque.

— C'est un skieur suisse… D'après les balises de détection des victimes, il semblerait qu'ils soient encore quatre.

L'image à la télé passe d'une vue aérienne à l'hélitreuillage d'une motoneige blanche en piteux état. La même que celle du père d'Augustin. Je sens la bile me remonter le long de l'œsophage et atteindre le bord de mes lèvres. Cette fois, je m'assois. C'est un cauchemar, on va tous se réveiller.

Je refuse que ce soit lui.

Je refuse qu'il soit là, quelque part sous la neige.

Je refuse de me passer de lui.

Je refuse de ne plus jamais le revoir.

Je refuse qu'il soit mort.

Le téléphone d'Éva se met à sonner, j'ai l'impression qu'elle n'est plus capable de pleurer ni de parler, mais elle décroche comme un automate. Alors que Jimmy la soutient d'un bras autour de ses épaules, je vois Éva s'affaisser littéralement. Elle s'assoit sur une chaise, le visage aussi rouge que si elle avait trop longtemps retenu sa respiration.

— C'était la monitrice de l'ESF. Elle ne savait pas, mais on vient de lui dire qu'hier soir Augustin a demandé s'il pouvait laisser la motoneige dans le hangar de l'école et elle y est toujours…

Mon souffle s'accélère en même temps que je regarde l'hélitreuillage de l'engin à la télé. La même motoneige, mais pas la sienne. Pas la sienne !

— Il ne l'a pas prise…

— Non ! s'écrie Éva en riant nerveusement.

— Mais sa planche de snow…

— Elle avait besoin d'être fartée, dit Jimmy.

Éva et moi on se regarde, puis elle percute et saute une nouvelle fois sur son téléphone. C'est quand elle demande à un certain Pierrot d'aller voir dans l'atelier si la planche de snow d'Augustin y est que je comprends qu'elle est en train d'appeler le magasin de ses parents. Et elle y est, putain, la planche y est !

Éva raccroche, me regarde et se met littéralement à aboyer de rire. C'est si nerveux qu'elle en pleure, s'étrangle et semble ne plus pouvoir s'arrêter. Moi, je ne sais pas trop comment réagir, j'ai encore le souffle coupé. Je la regarde sans bouger, sans rien dire, comme pétrifiée après que quelqu'un a allumé la lumière alors que j'étais restée longtemps dans le noir.

Éva laisse éclater ses émotions et Jimmy se met à rire aussi. C'est communicatif, je commence à secouer les épaules, je lâche un hoquet, puis deux et je m'engouffre dans le même sas de décompression. On ne s'arrête plus. Les clients du bar n'y comprennent rien, mais on s'en fout… Augustin est quelque part dans ce monde, bien en vie. Il est en vie !

Éva finit par se calmer, elle s'essuie les yeux et boit le grand verre d'eau que Jimmy lui a apporté. Encore quelques secondes à se reprendre, puis sur son visage se tapisse une détermination effrayante.

— Espèce de trou du cul ! lance-t-elle à un Augustin imaginaire. Où que tu sois, sache que quand je t'aurai trouvé, je vais t'apprendre à valser !

C'est sur cette promesse que je rentre chez moi. Vidée, l'impression d'avoir couru un marathon. Le corps fourbu, fatigué, je tiens à peine sur mes jambes. Ma mère me rejoint, le regard inquiet.

— Tu es toute pâle.

— Ça va aller…

— Je pense que tu as eu les mêmes nouvelles que nous, dit mon père pour me rassurer, il est fort probable qu'Augustin ne soit pas allé skier.

Je hoche la tête, j'ai pas la force de leur dire que j'étais aux premières loges.

— Je monte me changer, on en parle après ?

Mes parents n'insistent pas et je m'enferme dans ma chambre.

Je ne sais pas où est Augustin en ce moment et je veux croire qu'il est en sécurité, même si je suis morte de trouille.

Je sais que je suis toujours bloquée, mais je lui écris un long message qu'il ne recevra jamais.

Je ne pensais pas qu'il était possible d'avoir aussi peur. Je ne pensais pas qu'à l'idée de te perdre, mon cœur pourrait une nouvelle fois s'arrêter. Je ne pensais pas autant aimer et être aussi éloignée de la réalité. Peut-être es-tu vraiment en train de réfléchir, peut-être vas-tu me dire que je n'en vaux pas la peine, peut-être voudras-tu m'embrasser encore. Je ne sais pas vraiment ce que tu décideras, je ne sais même pas ce que tu penses de moi. Aujourd'hui, je t'ai cru mort et je t'ai détesté. Je t'ai détesté de t'aimer autant. Et toi, Augustin, est-ce que tu m'aimes ?

Je pose mon téléphone au moment où mon père frappe à la porte. Il entre et s'assoit à côté de moi.

— On a des nouvelles. On vient d'apprendre que Jeff faisait partie des skieurs. Augustin n'était pas avec eux.

Le soulagement est tel que j'étouffe un sanglot.

— Et Jeff, comment il va ?

— Cet idiot est vivant, sous le choc. Il a écopé de quelques fractures.

L'émotion me submerge, et je me mets à pleurer.

— J'ai eu tellement peur…

— Tout va bien maintenant, dit-il en me caressant les cheveux. Essaie de te reposer, d'accord ? Tu en as besoin.

Je hoche la tête et m'endors rapidement. Lorsque je rouvre les yeux deux heures plus tard, il est midi et Éva m'a laissé le seul message que j'espérais vraiment lire.

Augustin est rentré ! Mais ne te réjouis pas trop vite, je vais évidemment le tuer. Adieu. Tu viendras me voir en prison.

PS : ne m'apporte pas d'oranges, on ne peut pas cacher de lame à l'intérieur.

PPS : ne contacte pas mon frère et laisse-le mariner. Il l'a mérité.

PPPS : ah non, c'est vrai, il sera mort !

Je pose mon téléphone et m'assois sur le lit, incrédule, puis j'éclate en sanglots, incapable de retenir mes larmes de soulagement. Je n'ai jamais prié de toute ma vie, ni même invoqué qui que ce soit, mais je me surprends à remercier le ciel, l'Univers et tout ce qui m'entoure. Je sais mieux que personne combien la vie est éphémère et cruelle, mais, pour la première fois, je réalise que ce sentiment d'impuissance est décuplé quand on croit perdre quelqu'un qu'on aime. Soudain, je comprends mes parents.

Je sors de mon lit, descends les escaliers et les trouve l'un à côté de l'autre en train de préparer le repas.

Sans dire un mot, je les prends dans mes bras.

— Augustin vient de rentrer et je voulais juste vous dire que je vous aime.

— Et nous t'aimons aussi, dit ma mère.

Elle se dégage un peu, tout aussi émotive que moi, et désigne le plat derrière elle.

On va manger des potchons. Je souris.

Notre famille est vraiment réunie.

Cette affreuse journée s'est finalement terminée et je n'ai qu'une hâte, l'oublier.

Il est minuit, je suis épuisée, j'enfile ma longue chemise rayée, des chaussettes, et me réfugie sous la couette. Augustin ne m'a pas écrit et je n'arrive pas à lui en vouloir. Demain, c'est moi qui irai lui parler et il devra m'écouter, j'ai eu bien trop peur pour lui pour ne pas lui dire en face à quel point il compte pour moi. S'il ne veut pas de moi malgré tout ? Je ne veux pas y penser.

J'éteins ma lampe de chevet, ferme les yeux et ne pense plus à rien.

Je suis sur le point de m'endormir quand on frappe contre la baie vitrée. Je sursaute et rallume, le cœur battant.

Il y a quelqu'un sur mon balcon.

23
décembre

— Tu vas me laisser dehors encore longtemps ?

Il chuchote pour qu'on ne l'entende pas. Je suis tellement surprise que, la main bloquée sur la poignée de la porte-fenêtre, je n'arrive pas à dire un mot ou faire un geste. Augustin se tient devant moi, les cheveux couverts de flocons, son visage est éclairé par la lumière de ma chambre, il semble très amusé par la situation.

— Je me gèle et toi aussi j'imagine, je peux entrer ? chuchote-t-il.

Je recule pour le laisser passer.

— J'espère que tu ne m'en veux pas d'avoir escaladé le balcon, j'en ai même un peu chié, ça glissait méchamment. J'ai hésité mais, vu la dernière conversation que j'ai eue avec ton père, j'étais pas certain qu'il soit très content de me voir frapper à sa porte. Tu m'excuses, mais faut que je retire ça sinon je vais inonder ta piaule.

Il s'époussette avant de dézipper sa combinaison de ski et de retirer les manches pour la faire tomber à ses pieds. Dessous, il porte un legging thermique et un tee-shirt noirs ultramoulants qui dessinent chacun de ses muscles, chaque… aspérité. Je dois me faire violence pour le regarder droit dans les yeux. On n'a pas idée d'avoir un corps pareil…

— Que… qu'est-ce que tu fais là ?

— Il paraît que tu t'inquiétais pour moi. Il paraît aussi que tu me détestes, alors je suis venu en discuter !

— Que… je te déteste ?

— Ouais, c'est bien ce que tu m'as écrit dans ton message, non ?

— Tu l'as lu ?

— Je l'ai lu.

— Ah…

Il fait un pas vers moi, je recule instinctivement.

— Je te fais peur ?

— Non, bien sûr que non ! C'est juste que…

— Tu me détestes !

Il s'arme d'un petit sourire en coin.

— Je ne te déteste pas… On était tous morts d'inquiétude. J'ai jamais vu Éva dans un tel état.

Il soupire.

— Je suis sincèrement désolé, j'avais besoin d'être seul et je me suis déconnecté dans tous les sens du terme. Ça faisait plusieurs jours que je m'arrangeais pour ne croiser personne chez moi, pas un seul moment on m'a demandé des comptes, je me doutais pas que la situation allait déraper. Je n'étais même pas au courant pour l'avalanche.

— Tu étais où ?

— À Montriond, chez un pote.

Je lève un sourcil.

— Pas vraiment seul alors…

— Un ami invisible, répond-il en souriant. Il loue des chambres d'hôtes, j'ai tenté ma chance, et aujourd'hui je suis allé marcher en forêt.

— Pour réfléchir ?

Il sourit.

— Je t'en ai voulu, tu ne m'as laissé aucune chance de défendre mes sentiments, j'avais l'impression qu'ils ne comptaient pas pour toi. Quand tu es revenue pour me dire que tu avais changé d'avis, j'ai douté. Est-ce qu'au moindre pépin tu allais encore m'annoncer que tu préférais partir ? Est-ce que tu avais vraiment des sentiments pour moi ou est-ce que j'étais celui avec qui tu pouvais être quelqu'un d'autre ? Celui avec qui tu pouvais défier ta mère, ta peur, tes certitudes ? Oui, j'ai douté.

Comme j'ai mal d'entendre ça…

— Je n'étais pas énervé, mère Noël, j'avais peur de ne pas être aussi important que tu le disais.

— Tu l'es… plus que je ne l'aurais imaginé.

Il me sourit, puis on entend le craquement des escaliers. On s'immobilise.

— Qui est dans la chambre d'à côté ? Ton père ou ta mère ?

— Peut-être les deux…

Augustin ne cache pas sa surprise.

— Ils se sont remis ensemble ?

Je hausse les épaules.

— Ouais, quelque chose comme ça…

Toujours debout au milieu de la pièce, les bras croisés sur ma poitrine, les mains calées sous mon cou, j'ai l'impression d'avoir froid. Mais c'est la présence d'Augustin qui me fait trembler. De nervosité. D'envie. Tout à la fois. Je voudrais me serrer contre lui, et lui dire que là, tout de suite, je me fous pas mal de la situation de mes parents, mais j'ose pas.

Il me regarde longuement, ma respiration s'accélère.

— Tu penses tout ce que tu m'as écrit ?

— Oui…

— Qu'est-ce qui t'a fait changer d'avis ?

— Je n'ai jamais cessé de le penser, c'est juste que… Je n'ai plus envie d'avoir peur et d'être celle qui se cache derrière ses angoisses. Je devrai être de nouveau opérée d'ici une dizaine d'années, et peut-être encore dix ans plus tard, tu savais ?

Il hoche la tête.

— C'est ce que j'ai cru comprendre, mais, avec tout ce que tu fais pour rester en bonne santé, je suis sûr que tu vas gagner quelques années.

— Je devrai faire attention jusqu'à la fin, mais je ne veux pas vivre juste pour survivre…

Il refait un pas vers moi, et cette fois-ci je ne bouge pas.

— Ton cœur ne me fait pas peur, murmure-t-il. J'aimerais que tu me laisses l'apprivoiser, et lorsqu'il t'effraiera, tu te cacheras derrière moi et tu me laisseras m'occuper de lui.

— Augustin…

Dans un élan que je ne contrôle pas, je me jette contre lui et pose ma bouche sur la sienne. Je l'embrasse comme si ma vie en dépendait, comme s'il était un puits et que j'avais été privée d'eau pendant des jours. Je l'embrasse comme seule une fille déterminée sait le faire, parce que c'est ce que je suis : amoureuse, libre et décidée.

Personne ne nous séparera plus jamais.

Les mains d'Augustin se resserrent autour de ma taille et me collent un peu plus à lui. Je sens que lui non plus n'est pas prêt à me laisser m'échapper une nouvelle fois. Notre baiser n'a plus rien de raisonnable, plus rien de timide. Il est beau, intense. Il est juste nous.

Mes doigts avides repoussent le rebord de son tee-shirt et se glissent dessous, cherchent la douceur et la chaleur de sa peau.

— Attends, je murmure contre ses lèvres.

Je vais verrouiller la porte et fermer les rideaux.

Quand Augustin se retrouve face à moi, son regard est enflammé et brille d'un éclat que je ne parviens pas à définir.

— Avril… Je ne veux pas que tu croies que je suis venu pour ça. Si je suis là, c'est parce que…

— Tu as cru que je te détestais, j'ai bien compris. Comme tu peux le constater, je te déteste vraiment vraiment beaucoup.

Il sourit, laisse glisser ses doigts sur ma joue, le long de ma nuque. Je ferme les yeux et inspire à fond.

— Je ne veux pas réfléchir. Je ne veux pas savoir si c'est bien ou mal. Je veux juste que tu en aies envie autant que moi.

— J'en ai envie…, chuchote-t-il avant de m'embrasser.

J'attrape le tissu de son tee-shirt et cette fois il lève les bras pour l'enlever. Il est encore plus beau que ce que j'avais imaginé, j'en ai presque le souffle coupé. Augustin me regarde longuement, la respiration saccadée, puis il passe un bras derrière mes jambes et me soulève comme si je ne pesais pas plus lourd qu'une poupée de chiffon, m'arrachant un petit cri de surprise.

— Chut… on va se faire capter.

J'étouffe mon rire contre son cou et le laisse me déposer sur le lit.

Sans cesser de m'embrasser, il s'étire pour m'enlever mes chaussettes. Des doigts, il parcourt mes jambes et mon ventre par-dessus ma chemise de nuit, puis s'arrête à l'endroit exact du nœud de chair qui referme ma cicatrice. Je ne respire plus. Dans mes yeux, il cherche mon consentement.

Pour seule réponse et sans la moindre hésitation, je détache un à un les boutons de ma chemise, et en ouvre les pans, entièrement exposée à son regard.

Augustin observe la couture de l'entaille qui a un jour mis mon cœur à nu, puis il la frôle comme s'il avait le pouvoir de la faire disparaître. Ma poitrine se soulève, mon souffle est lourd, profond.

— Tu es magnifique…, murmure-t-il.

Je lui souris, l'attire à moi et laisse son grand corps recouvrir le mien.

Il est chaud, si chaud…

Je n'ai plus peur.

Je suis avec lui, plus rien ne m'arrivera jamais.

Les rayons du soleil traversent l'épais rideau de ma chambre et diffusent une lumière tamisée. J'ouvre les yeux dans cette pièce si familière et réconfortante qui a vu passer toutes les années de ma vie, et me souviens que quelque chose a changé.

Je tourne la tête et regarde Augustin. Il est profondément endormi, la joue enfoncée dans l'oreiller. Il est beau, le visage détendu, le souffle lent et régulier. Demain, c'est le réveillon de Noël, et j'ai déjà reçu mon cadeau.

J'ai passé la plus belle nuit de ma vie et j'en veux beaucoup d'autres.

Il bouge un peu, fronce les yeux et piaffe.

— Hum… bonjour, mère Noël, quelle heure est-il ?

Je m'étire et attrape mon téléphone sur la table de nuit.

— Neuf heures.

Augustin se redresse d'un coup.

— Merde ! Je n'avais pas prévu de rester aussi longtemps, tes parents sont sûrement réveillés.

— Oui, je les ai entendus se lever.

— Putain ! dit-il en s'asseyant pour chercher des yeux ses vêtements éparpillés dans la pièce. Il va falloir que je fasse super gaffe pour repartir ! Je suis vraiment trop con.

Il panique, mais pas moi. Tôt ou tard, il faudra que mes parents, mon père surtout, affrontent et acceptent la réalité. Je crois que c'est le bon moment, je me sens prête à déplacer des montagnes.

Augustin enfile ses chaussettes, je me redresse et lui encercle la taille.

— On va descendre tous les deux, calmement, comme deux personnes majeures et responsables. On ne va pas se cacher.

Il se retourne pour me faire face.

— Mais ton père ?

— Il devra comprendre, ma mère l'a déjà fait.

Il hausse un sourcil.

— Vraiment ?

— Oui. Habille-toi et on y va, j'ai faim.

Je dépose un baiser sur ses lèvres et puis je me rends un peu plus présentable. Je n'ai aucune idée de la manière dont mon père va réagir, mais je sais ce qui va se passer : je ne lui laisserai pas le choix. Augustin c'est « Augustin et moi », pas « Augustin sans Avril ». S'il ne comprend pas, tant pis.

Quand j'ouvre la porte de ma chambre, Augustin ressemble à un petit garçon qui aurait fait une grosse bêtise, les épaules un peu affaissées, les cheveux ébouriffés et le regard vers le bas. Il a renfilé sa combinaison, et laissé les manches pendre autour de sa taille, dévoilant son tee-shirt de cambrioleur.

— T'as de la gueule, tout va bien ! je le rassure en souriant.

— Ah, putain… j'ai pas hâte.

On descend dans le salon, mes parents sont dans la cuisine, devant leur petit déjeuner. Quand ma mère nous voit, elle manque de laisser tomber sa tartine sur la table. Mon père, lui, se raidit d'un coup. Pas besoin de lui faire de dessin, il a très bien compris ce qui se passe et ce qui s'est passé.

— Étienne, dit Augustin d'une voix mal assurée, Amélie… bonjour.

— Euh… bonjour, dit ma mère. Assieds-toi. Tu veux… un café ?

Mon père ne le quitte pas des yeux quand il s'assoit. Ses narines frémissent. J'avoue que je le trouve un peu flippant, mais il n'a jamais fait de mal à une mouche et le savoir me donne encore plus de courage.

— Papa, on a décidé d'être ensemble, envers et contre tout, et je veux que tu l'acceptes, parce que je sais que ce que tu veux le plus au monde, c'est que je sois heureuse. Augustin me rend heureuse.

Naïf peut-être, mais cash.

Mon père se lève, Augustin l'imite aussitôt. Ils se défient même du regard.

— Dans le salon, on doit parler, d'homme à homme.

— Pas la peine d'être aussi rétrograde, fait remarquer ma mère d'un ton qu'elle veut léger.

Mais mon père n'a pas l'air de vouloir sourire. Il sort de la cuisine et fait signe à Augustin de le suivre. Je m'interpose.

— Sauf que ça me concerne aussi, papa, alors je vous accompagne.

— Tu as mis ma fille en danger…, commence-t-il.

— J'admets avoir très mal cerné la situation et avoir manqué de prudence, répond Augustin avec le plus grand calme. J'en suis désolé.

— Mais enfin, tu ne m'as pas forcée ! Papa, faire porter le chapeau à Augustin, c'est te faire porter le chapeau à toi aussi.

Il fronce les sourcils sans comprendre où je veux en venir.

— Tu m'as fait venir ici pour reprendre un bol d'air, pour me faire sortir de mon quotidien de terreur, alors peut-être est-ce toi qui t'es trompé depuis le départ ? Si on part du principe que j'étais pas prête…

— Avril, arrête tout de suite, ça ne fonctionne pas avec moi.

— Tu as raison, accuser Augustin est aussi ridicule que de t'accuser toi. Je suis la seule responsable de cette situation, parce que j'étais la seule à connaître les tenants et les aboutissants, et parce que j'ai voulu prendre le droit de vivre.

C'est pas un crime, merde. Ni toi ni Augustin ni personne n'êtes à ma place. Je refuse que tu le tiennes pour responsable, il ne l'est pas.

— Peut-être, mais tu n'es pas assez mature pour porter une telle responsabilité, Augustin. Tes parents t'ont cherché pendant vingt-quatre heures sans qu'une seule fois tu penses à te manifester. Ils t'ont cru mort ou blessé. Tu es encore jeune, tu vas apprendre, mais je refuse que ce soit aux dépens de ma fille.

Cette fois, Augustin s'impose.

— Découcher sans prévenir fait partie des choses qui arrivent et ma famille n'a jamais paniqué pour autant. J'ai bientôt vingt-deux ans, je ne suis plus un enfant. C'est l'avalanche qui est responsable de leur angoisse légitime, pas moi.

Mon père claque la langue.

— Tu sembles au-dessus de tout, mais tu te trompes. Mon garçon, chacune de tes décisions a des conséquences.

— Il ne peut pas être responsable de tout, papa ! finis-je par m'emporter. Tu es au courant qu'hier, Jeff est venu le voir et lui a demandé de le déposer sur le col et qu'Augustin a refusé ? Et c'est justement parce qu'il est responsable qu'il n'a jamais fait de sortie en hors-piste sans te demander d'évaluer les risques !

— Si, une fois, et ça a failli te coûter la vie.

Bam ! Augustin accuse le coup.

Le regard de mon père est aussi noir qu'inflexible, mais mes mots aussi vont faire l'effet d'une bombe, parce que je sais exactement ce que je veux faire de ma vie.

— Tu ne nous empêcheras pas de nous aimer, papa. Tu acceptes notre relation ou tu te passes de moi.

— Holà ! intervient ma mère en se mettant au milieu de tout le monde. Tout de suite les grands mots ! Vous savez quoi ? Demain c'est Noël, alors pas de mauvaises blagues, compris ? Avril, je suis sûre qu'Augustin et toi avez un truc super important à faire. Ton père et moi, on doit se parler. Maintenant.

Avec mon père, on se défie du regard quelques secondes, puis j'attrape mes affaires sur le portemanteau et sors avec Augustin.

— Tu étais sérieuse ? demande-t-il en s'arrêtant une dizaine de mètres plus loin.

— Complètement.

Il secoue la tête.

— Tu ne peux pas faire ça… ce sont tes parents.

Je lui souris.

— Hé, cool… je ne suis pas en train de te demander en mariage, mais je peux t'affirmer que je ne vivrai pas avec mes parents toute ma vie.

Je me mets en face de lui et le regarde sans ciller.

— Je suis sûre de t'aimer, Augustin, et mon père va devoir l'accepter, même s'il a peur pour moi, même si finalement il préférait quand j'étais sous cloche.

Il glisse ses mains autour de ma taille et me rapproche de lui.

— Comme la rose dans *La Belle et la Bête*.

— Hors de question que je me fane ! Il changera d'avis.

— Tu crois ?

— Oui, parce qu'il m'aime et parce que… ma mère va le harceler jusqu'à ce qu'il soit convaincu que c'est elle qui a raison !

— Gros virage entre toi et elle.

— Elle a été jeune avant moi, elle a aimé avant moi et… je suis sa seule fille. Je crois qu'elle a compris qu'après toutes ces années de galère, on avait peut-être le droit d'être heureuses, elle comme moi.

— Tes parents vont vraiment se remettre ensemble, tu penses ?

— C'est ce que je leur souhaite.

De tout mon cœur.

24
décembre

— Et qui c'est qui va fêter Noël dans sa chambre d'hôpital parce qu'il s'est pris pour Ötzi 2.0 ?

Jeff grimace en regardant le mini sapin en plastique couvert de neige artificielle que Jimmy pose sur sa table de nuit.

Les cheveux hirsutes, le teint pâle, Jeff a clairement tout de l'homme des cavernes. Il essaie de se redresser en attrapant la poignée qui pendouille au-dessus de lui et grimace.

— Ah, putain, ça fait un mal de chien…

Augustin fait exprès de tapoter sur le plâtre de sa jambe, lui arrachant un grognement de douleur.

— Plains-toi, crétin, ç'aurait pu être pire.

— C'est vrai quoi, renchérit Jimmy, il te reste encore un quart de la moitié de cerveau que t'avais !

Jeff lève sa main valide et lui montre son majeur.

— Merci d'être venus, les mecs, vraiment. Votre soutien me touche à mort.

— Et voilà que ça recommence…, râle Margot. Il y a trois meufs dans cette pièce, moit-moit, où t'as vu qu'on était des mecs ?

— Fais pas chier, j'ai mal…

Éva et moi on sourit, tout le monde a quand même un peu pitié de lui. L'avalanche qui les a emportés était impressionnante, Jeff a eu de la chance. Quelques côtes cassées, une fracture tibiale et une épaule luxée. Il douille, mais il s'en remettra vite.

— Aide-moi avec ça ! lance Éva à son frère.

Elle lui tend une immense guirlande en faux sapin et boules de Noël rouges. Elle monte sur une chaise et l'accroche à l'aide de punaises juste au-dessus du lit de Jeff pendant que je noue de fausses feuilles de houx aux barreaux de son lit.

— Vous êtes vraiment obligés de faire ça ? J'aime pas Noël.

— C'est ta punition pour nous avoir foutu une trouille pareille, dit Margot.

Éva descend de son piédestal et sort d'un sac une immonde boule à neige qu'elle pose sur la table de nuit, à côté du sapin. Puis elle appuie sur le socle et un *Jingle Bells* strident s'élève dans la pièce.

Pour le moment, Jeff est seul dans sa chambre d'hôpital, mais j'imagine la tête de son futur voisin quand il prendra le lit d'à côté. Margot, elle, fouille dans le sien et lui montre une boîte de Mon Chéri.

— Regarde, si jamais la morphine fait pas effet, tu pourras toujours les vider pour te bourrer la gueule et jeter le chocolat aux pigeons !

— Trop sympa…

— Et attends, t'as pas vu le clou du spectacle ! C'est Mme Pierre qui t'en fait cadeau pour que ton Noël soit plus gai. Elle espère que tu vas vite te remettre, tu lui manques déjà.

Jeff prend un air écœuré.

— La proprio ? demande Jimmy. Ouah, je t'ai dit qu'elle t'avait à la bonne, mec !

Margot attrape un gros sac transparent contenant une couette. Elle l'ouvre et la déplie sous les yeux horrifiés de Jeff. Elle est verte, avec des étoiles, des bonshommes de neige et des rennes au gros nez rouge. Plus kitsch tu meurs !

— Ah non, hors de question que vous mettiez ça sur mon lit !

— Râle toujours, s'esclaffe Jimmy, tu ne peux presque pas bouger de toute façon !

Augustin s'approche de moi et me passe un bras autour des épaules.

— Et toi, qu'est-ce que tu as apporté à notre ami Jeff ?

C'était le deal en venant ici, chacun devait venir avec un cadeau. Augustin les guirlandes, Jimmy le sapin, Margot, les chocolats, Éva la boule à neige, et moi…

Je m'approche de son lit et lui dépose un bisou sur la joue. Jimmy rit de plus belle.

— Un baiser ? Je parie qu'il l'aurait préféré ailleurs !

Je lève les yeux au ciel et regarde Jeff.

— C'est pour te dire que je suis bien contente que tu t'en sois sorti. Tu nous as vraiment fait peur.

Puis je sors de ma poche la décoration de Noël qu'il avait regardée attentivement quand il était venu chez moi, la minuscule paire de skis en bois.

— Tiens. Et rappelle-toi qu'un skieur heureux, c'est un skieur en vie. Ne recommence pas tes conneries, promis ?

Jeff donne l'air d'avoir perdu dix ans, on dirait un gamin devant ses parents.

— Ouais… ça m'a servi de leçon.

On s'assoit tous sur un bout de matelas pour l'entourer et lui montrer qu'on est là, solidaires.

— Je ne sais même pas ce que sont devenus les deux autres gars…

— L'un d'eux a réussi à s'extirper tout seul sans trop de mal, l'autre est à peu près dans le même état que toi, lui répond Augustin. Tu les connaissais d'où ?

Jeff bascule un peu la tête en arrière, il a l'air épuisé.

— Je les connaissais pas. J'ai entendu que des types allaient tenter un truc de ouf au col, des cracks, des mecs hyper pointus qui font des sauts de dingue. Je voulais juste les voir glisser et peut-être les filmer. Comme t'as pas voulu m'emmener, je suis allé les voir juste avant qu'ils partent et ils ont accepté que je vienne avec eux, moyennant cent balles.

— Cent balles pour se prendre une avalanche sur la tronche ? C'est cher payé, persifle Margot. Putain, Jeff, t'as failli mourir.

— Je sais…

— Tu as eu beaucoup de chance, j'espère que tu t'en rends compte.

Il hoche la tête.

L'ambiance, festive quelques minutes plus tôt, est retombée d'un coup.

Jeff nous regarde tous.

— Merci d'être là. Ce soir je vais bouffer de la soupe avec les vieux, mais vous serez ici, dit-il en se tapotant le cœur avec le poing.

Puis il ferme les yeux.

— Allez, mec, t'es crevé, on va te laisser, décide Margot en se levant. Je reviens te voir demain avec de la bûche. Repose-toi.

— Merci… À demain, *les meufs*, réussit-il encore à plaisanter avant de sombrer.

Il nous faut une petite heure pour rentrer à Morzine. Augustin dépose Margot en premier, puis se gare devant le Yéti Bleu.

— On se voit ce soir ? demande-t-il à Jimmy.

— Yep, sans faute, et j'apporte le champagne !

Je me tourne vers Éva en fronçant les sourcils d'un air interrogatif.

— Les parents de Jimmy bossent ce soir, alors il passe le réveillon avec nous !

— Oh… cool.

Moi aussi j'aurais aimé qu'Augustin soit accueilli comme ça à la maison.

— Vous savez quoi ? lance Éva. Il me reste quelques courses à faire en ville, ramène Avril chez elle, je rentrerai à la maison à pied. Pouh ! regardez-moi ce monde dans les rues, il faut être complètement cinglé !

— J'y vais aussi ! dit Jimmy en sortant de la voiture avec elle. À ce soir !

Quand on est seuls, je me retrouve avec Augustin, le visage plus triste que je l'aurais voulu.

— T'inquiète pas, dit-il sans que j'aie besoin de lui expliquer. Les choses vont s'améliorer, je te promets.

— J'ai aucune envie de retourner à Lyon dans ces conditions. Je n'ai aucune envie d'y retourner tout court…

— C'est pas le bout du monde, tu sais, je viendrai souvent. Quant à ton père, il m'a toujours bien aimé et c'est réciproque. C'est un mec bien, il est juste vexé, en colère et méfiant. Ça lui passera.

— J'espère…

— Mais oui, tu verras !

Il m'attire contre lui et, la tête posée contre son épaule, je ferme les yeux. Je ne sais pas de quoi sera fait l'avenir, mais, pour le moment, rien n'est plus important qu'être avec lui.

Le soir est tombé. Le pouvoir de Noël est d'arrêter le temps et de nous faire sentir comme des enfants. Qu'importe notre âge, on a envie de croire que c'est le plus beau jour de l'année et que tout est possible.

Ma mère chante *All I Want For Christmas Is You* comme une casserole pendant qu'elle termine de préparer un repas pour douze personnes, alors qu'on ne sera que trois ; mon père s'est cru dans les années 80 et a ressorti de vieilles guirlandes qu'il accroche autour de la rambarde d'escalier sans se départir de son sourire ; et moi, je regarde mes parents être heureux comme ils l'ont rarement été. C'est la preuve irréfutable qu'à Noël, tout peut arriver.

— Vous allez mettre les cadeaux sous le sapin ? nous crie ma mère depuis la cuisine.

— Déjà ? grogne mon père en descendant de son escabeau. On n'aura qu'à aller les chercher le moment venu.

— Oui, déjà ! C'est bien plus festif comme ça, ne discute pas !

Je souris. Heureux ou pas, ils ne cesseront jamais de n'être d'accord sur presque rien. Je m'y suis faite.

Je monte dans ma chambre et récupère les cadeaux que j'ai eu le temps d'acheter cette semaine. Pour ma mère, j'ai trouvé un joli foulard rouge bordé de petites feuilles vert clair et dorées. Pour mon père, une écharpe qui viendra remplacer celle qu'il porte depuis des milliards d'années, et qu'il mettra encore jusqu'à la fin des temps si personne ne lui en offre une autre.

J'en profite pour enfiler la seule tenue à peu près correcte que j'ai apportée pour l'occasion, un jean noir slim, une paire de bottines et une large chemise blanche au décolleté suffisamment discret pour ne pas montrer ma cicatrice. Je me maquille un peu, attache mes cheveux en queue-de-cheval, et quand je redescends, mon père et ma mère sont au téléphone, chacun avec un écouteur dans l'oreille.

C'est mon père qui tient le combiné.

— Dis-leur oui ! lui chuchote ma mère en articulant.

Mon père me regarde, regarde ma mère, soupire et abdique. Pourquoi, je ne sais pas encore, mais ça ne saurait tarder.

— D'accord, bien sûr, finit-il par dire, on vous attend, il y a bien assez de place à la maison. À tout de suite.

Et il raccroche.

— Bien, me lance ma mère. Avril, tu peux rajouter des assiettes, on sera huit, finalement !

— Hein, quoi ?

— Les Favre arrivent, ils ont une grosse panne d'électricité et faire venir les services d'urgence un soir de Noël, c'est mission impossible !

— Il y a quand même des gens d'astreinte, grogne mon père.

— Et on va aussi les obliger à manger de la dinde pas cuite après ça ? Voyons, Étienne, je t'ai connu plus hospitalier que ça ! le taquine-t-elle.

Moi, je dois être blanche comme neige.

— Ils arrivent quand ?

— Tout de suite.

Mon regard croise celui de mon père. J'ai le cœur qui bat fort. Ma mère retourne dans la cuisine, il s'approche de moi, me prend par la main et nous fait nous installer dans le canapé.

— Avril… Je ne t'empêcherai pas de le voir, parce que je tiens à toi, et parce que tu as raison : rien n'est plus important que ton bonheur à mes yeux.

Il pousse un profond soupir.

— C'est difficile pour un père de laisser partir ce qu'il a de plus précieux dans les bras d'un autre. Tu l'aimes, n'est-ce pas ?

Impossible d'empêcher mes yeux d'être humides.

— Oh, papa… oui, de tout mon cœur.

— Ainsi va la vie, je suppose, et je n'y peux rien…

Je me jette dans ses bras pour le serrer très fort.

— C'est un garçon bien, et il t'aime aussi beaucoup.

— Je sais… Allez, va finir de mettre la table, sinon ta mère nous coupera la tête.

— Papa… c'est officiel ?

Il fronce les sourcils.

— Je parle de toi et maman. On est de nouveau une famille ?

Mon père me sourit.

— On n'a jamais cessé de l'être. File !

J'ai l'impression d'être sur un nuage en rajoutant des couverts, j'ai du mal à arrêter de sourire et tout à coup, je trouve que les décorations défraîchies de Noël de mon père sont les plus belles du monde. Tout dans cette pièce respire l'ambiance de mon enfance, ce que j'ai aimé, ce qui m'a sécurisée, l'insouciance, l'excitation, même si ce soir elles sont dirigées vers l'incroyable soirée que nous allons passer.

Mon premier Noël avec Augustin.

Impatiente à un point impossible à décrire, je compte les minutes et fais littéralement un bond quand les Favre sonnent à la porte. Je me tiens debout devant la pièce pour les accueillir, un sourire banane aux lèvres, difficile à cacher.

Nos parents se saluent, Jimmy et Éva parlent avec eux sans se lâcher la main, amoureux au possible, mais Augustin et moi, on se regarde sans dire un mot. On se mange littéralement du regard, et quand il s'approche de moi, j'ai un mal de chien à ne pas lui sauter dessus pour lui montrer combien je suis heureuse que leur compteur les ait lâchés.

— Tu es magnifique, murmure-t-il en m'embrassant sur la joue.

— C'est complètement dingue que tu sois là…

— C'est peut-être moi qui ai trafiqué les câbles électriques, qui sait…

Puis Éva arrive vers nous, un grand sourire aux lèvres.

— Alors ? Elle est pas belle la vie ?

J'éclate de rire.

— Je voulais passer Noël avec mon mec et toi tu as le tien, cool, non ?

— Très !

Mon rire s'étouffe lorsque je vois mon père arriver vers nous, le regard déterminé et la tête bien droite.

— Ouuhhh, je vous laisse ! dit Éva en reculant.

— Lâcheuse !

Mon père fait mine de nous examiner, puis sourit.

— La meilleure façon d'aimer est de se faire confiance, c'est ce que me disait toujours ma mère. Ma fille est mon plus grand trésor, alors tu as intérêt à prendre soin d'elle tout le temps où elle voudra de toi.

— Papa ! C'est quoi encore cette tirade ?

Mon père reste stoïque. Je suis morte de honte.

— Il ne te plaquera pas, je lui interdis, insiste-t-il tout ce qu'il y a de plus sérieusement. Si un jour votre relation se termine, ça viendra de toi.

Je lève les yeux au ciel. Ce qu'il ne faut pas entendre…

Augustin est aussi grand que mon père, il affronte son regard.

— Je prendrai soin d'elle tant qu'elle voudra de moi, répond-il sans ciller.

— Dans ce cas, nous sommes d'accord. Bienvenue dans la famille.

Cette scène est ri-di-cule. Je m'attends presque à ce qu'ils se serrent la main pour sceller leur accord, mais, à la place, mon père attrape Augustin par les épaules et lui fait une accolade de cow-boy.

— Je t'aime bien, mais si tu me déçois…

La fin de sa phrase part directement dans le creux de l'oreille d'Augustin, qui éclate de rire.

— C'est noté, chef !

— Qu'est-ce qu'il t'a dit ? je lui demande quand mon père nous laisse seuls.

— Tu préfères ne pas savoir, je t'assure ! Qu'est-ce qu'on mange ? Je meurs de faim !

Les parents d'Augustin sont venus avec autant de nourriture que ma mère en a préparé. Il nous faudra des jours pour tout terminer. On prend notre temps, on goûte à chaque plat, on rit, on parle de tout, on chante, même, on partage sans penser à rien d'autre que ce que Noël sait faire avec les gens : les rendre heureux. Il paraît que le vin est bon et que nos estomacs ne tiendront pas le coup jusqu'à la fin du repas. Le dîner s'étire, les rires aussi, personne ne voit le temps passer et l'horloge tourne, tourne jusqu'à sonner minuit.

— C'est Noël ! s'écrie Éva. On va chercher les cadeaux !

Ils sont tous sous le sapin et chacun ouvre les siens, s'embrasse, se remercie, s'extasie. Le champagne se remet à couler et les assiettes se remplissent de nouveau. Les blagues fusent, mon père lance un karaoké de Noël sur la télé, Éva se met à chanter, ma mère la suit.

— On va dehors ? me chuchote Augustin à l'oreille.

On enfile nos manteaux, nos bonnets et on se réfugie dehors sans que personne nous remarque. Le ciel est dégagé, la tempête est derrière nous et il fait si bon.

On marche jusque derrière le chalet et nous nous asseyons sur le vieux banc en face du hangar qui protège le bois pour l'hiver. Les lampes automatiques se sont éclairées sur notre passage, on voit la buée qui sort de notre bouche lorsqu'on respire.

— J'ai un cadeau pour toi, commence Augustin.

— Non… Je n'ai rien, moi. Je pensais que tu voulais plus me voir et… oh, j'ai un peu honte, là.

— Accepte-le et on sera quittes.

Intriguée, je le vois fouiller dans sa poche pour me tendre un minuscule pochon en laine bouillie. Je l'ouvre, à l'intérieur il y a un cœur en bois clair, plat et poli. Je le fais tourner entre mes doigts, en apprécie la douceur et lève les yeux vers Augustin.

— Tu garderas ce cœur toujours sur toi, et chaque fois que tu auras peur, tu te souviendras que tu es plus forte que ça, et surtout que tu as conquis le mien.

Je cligne des paupières. Je crois que s'il ne reste qu'un seul romantique sur Terre, il est ici, à côté de moi. Pour moi.

— Merci… Il est tellement joli.

Augustin se penche et dépose un baiser sur mes lèvres.

— Joyeux Noël, mère Noël.

— Joyeux Noël…

Au-dessus de nos têtes, des milliers d'étoiles, des milliers de promesses et des milliers de présages. Tous me ramènent à nous. C'est écrit et rien ne sera autrement.

Je lui rends son baiser, et serre entre mes doigts le précieux cadeau qu'il m'a offert, le plus beau cadeau que je pouvais espérer.

Un cœur pour Noël.

Une romance de Noël pour jeunes adultes ? Mais quelle bonne idée pour une autrice qui a commencé par écrire du Young Adult ! Ce retour dans l'univers si charismatique des jeunes adultes m'a enchantée !

Que vous dire d'Avril et Augustin ? Je les ai aimés tous les deux, j'ai vibré avec eux, j'ai tremblé, j'ai eu des papillons dans le ventre et j'ai pleuré, un peu. D'eux, il me restera le bonheur d'une période de Noël que j'aurais aimé vivre à leur âge.

Un cœur brisé qu'on va réparer et rendre plus beau, de la force, du caractère, une bande d'amis, des rêves en pagaille et tout ce que la magie de la fin de l'année nous apporte.

Oserais-je un mot de la fin ? Oui, pour toi, Jennifer, pour cette idée qui m'a redonnée l'envie d'écrire pour ceux qui ont fait de moi une autrice il y a treize ans.

Joyeux Noël à toutes et à tous, et n'oubliez pas cette petite phrase que je dis tout le temps : « Les miracles existent pour ceux qui y croient. »

Sophie Jomain

À chaque âge son roman de l'Avent !

Mon premier ROMAN DE L'AVENT

MON ROMAN DE L'AVENT

ROMAN DE L'AVENT

avec des énigmes

ROMANCE DE L'AVENT

Collector